J. DE SOMER,

COMÉDIES ET CONTES

SCÈNES DE LA VIE DE BORD

POÉSIES DIVERSES

Mais ce champ ne se peut tellement moissonner
Que les derniers venus n'y trouvent à glaner.

LA FONTAINE
(Le Meunier, son Fils et l'Ane.)

LILLE

ERNEST VANACKERE, EDITEUR-LIBRAIRE
GRAND'PLACE, 7
—
1856

MÉLANGES

Lille — Imprimerie Vanackere.

PRÉFACE DE L'AUTEUR

Mais ce champ ne se peut tellement moissonner
Que les derniers venus n'y trouvent à glaner.

LA FONTAINE. (*Le Meunier, son Fils et l'Ane.*)

Nous ne nous permettrions pas d'être d'un avis différent
de celui du bon La Fontaine ; mais le sage Salomon a dit
bien avant lui : qu'il ne peut rien y avoir de nouveau sous
le soleil. Comparant et réduisant, on pourra, de ces deux
assertions, déduire ce principe, que si l'on trouve toujours
des épis à glaner dans le champ de l'imagination, la
plupart de ces épis sont parfaitement semblables à ceux
ramassés antérieurement. C'est pourquoi il est prudent
d'abdiquer toute prétention à la nouveauté pour ne pas
tromper ses lecteurs, surtout quand on écrit particuliè-

rement pour se distraire soi-même ; ce n'est pas qu'il ne soit très-flatteur d'amuser d'aimables lecteurs, au contraire ; mais comme la réussite de cette entreprise est le privilége d'un petit nombre et qu'elle est au-dessus de nos forces, nous n'y prétendons pas ; et sans réclamer une indulgence hors de saison, nous laisserons, sans nous plaindre, le lecteur sauter les feuillets ennuyeux, et même jeter le livre au loin, car c'est tout au plus ce qu'il mérite.

LES INGRATS

COMÉDIE EN TROIS ACTES ET EN PROSE

PAR

J. DE SOMER

LES INGRATS

PERSONNAGES

LE PRESLE, banquier retiré.
DERSAUT, son ami.
HENRY, neveu de Dersaut.
CARUT (ADOLPHE), amant de Jeanne.
LE CURÉ DE SAINT-ANNE.
PROSPER, jardinier, domestique de
Le Presle.

MARTIN, son fils.
HORTENSE, femme de Le Presle.
JULIE, fille d'Hortense et de Le Presle
JEANNE, nièce de Dersaut.
AUGUSTINE, cuisinière, femme de
Prosper.
MARIE, sa fille.

ACTE PREMIER

La scène se passe chez Le Presle.

(Appartement confortablement meublé, et le même pour les trois actes.)

SCÈNE PREMIÈRE

LE PRESLE, HORTENSE

LE PRESLE

Dis donc Hortense.... Hortense !

HORTENSE

Je t'entends bien ; voyons, je t'écoute.

LE PRESLE

N'as-tu pas remarqué que notre fille Julie est triste depuis quelque temps?

HORTENSE

Vraiment non... Je ne l'ai jamais vue si gaie. Que veux-tu qui l'attriste?

LE PRESLE

Oh! voilà bien les femmes. Je te dis : notre fille est triste, aussitôt tu réponds : Je ne l'ai jamais vue si gaie. Moi, je te dis qu'elle est triste. Vous prétendez connaître exclusivement les pensées et la manière d'être de vos filles; eh bien! moi, le père de Julie, je prétends la connaître aussi bien que toi, et je te dis qu'elle est triste.

HORTENSE

Eh bien! soit, elle est triste; c'est comme tu voudras.

LE PRESLE

Ce n'est pas comme je voudrais, c'est comme ça est, entendez-vous, Madame. Jolie manière de céder à son mari : C'est comme tu voudras... hum!... comme je voudrais; sont-ce vos confesseurs qui vous enseignent cette soumission? C'est comme tu voudras... voyez-vous cette impertinence : au lieu de discuter sagement et de me convaincre, si j'ai tort, par des raisons, par de bonnes raisons, vous vous permettez de répondre : C'est comme vous voudrez; c'est-à-dire : Je ne discute pas avec vous, vous ne savez ce que vous dites, et je perdrais mon temps. Mais je suis sur le point de me mettre en colère.

HORTENSE

Ah! mon ami, sur quelle herbe as-tu marché ce matin? Est-ce après vingt-cinq ans de mariage que tu vas te formaliser pour une parole. Tu me fais une querelle absurde. Tu as autre chose en tête que ta fille. Qui t'a chagriné ce matin?

LE PRESLE

Personne.

HORTENSE

Bien certainement si. Ton ami Dersaut n'est-il pas venu te voir? Il t'aura appris quelque mauvaise nouvelle?

LE PRESLE

Non.

HORTENSE

Quel était l'ouvrier qui est venu avec lui ?

LE PRESLE

Son coquin de jardinier que je voudrais bien voir à tous les diables. Ce brigand-là m'a enlevé ma plus belle tulipe.

HORTENSE

Pourquoi la lui as-tu laissé prendre ?

LE PRESLE

Pourquoi? Pourquoi? Est-ce que j'ai pu faire autrement? Une tulipe dont je suis les progrès depuis cinq ans !... Mais puis-je refuser quelque chose à Dersaut ?... Pourquoi je l'ai laissé prendre? Si j'avais pu faire autrement... Une tulipe jaune et noire que je soignais comme mes yeux. Elle perdait du jaune tous les ans; j'espérais bien l'année prochaine avoir enfin la tulipe noire, toute noire... Mais n'y pensons plus, tiens, parce que ça me crispe...

HORTENSE

Tu as tant de tulipes dans ton jardin, pourquoi donner celle à laquelle tu tiens le plus ?

LE PRESLE

Et que veux-tu que j'y fasse : je ne pouvais pas refuser... Un homme qui m'a rendu un si grand service ! Et encore il n'y connaît rien : c'est un profane. Oh! que ces cent mille francs me pèsent sur le dos?

HORTENSE

Mon ami, sois raisonnable; souviens-toi que ton ami Dersaut, ce généreux ami, est venu à ton secours dans un moment bien critique; sans lui tu conviens toi-même...

LE PRESLE

Tu n'as pas besoin de me le rappeler; je sais bien que sans lui, sans les cent mille francs qu'il m'a prêtés, j'étais perdu; ma banque sautait. Mais il y a cinq ans de cela, et je lui ai rendu le capital et les intérêts.

HORTENSE

C'est pourquoi vous êtes quittes. Ne t'en prends qu'à toi si tu as la faiblesse de donner tes plus belles tulipes.

LE PRESLE

Il n'y a pas deux tulipes comme celle-là en France. En Hollande une pareille tulipe vaudrait cent mille francs comme un sou. Cinq ans de soins perdus. J'aurais préféré lui donner... je ne sais quoi!...

HORTENSE

C'était donc là la tristesse de ta fille?

LE PRESLE

J'ai trouvé ma fille triste et je te trouve maussade, moi-même je m'insupporte, et j'ai mon ami Dersaut, ce sauveur, ce libérateur, je l'ai en horreur, là, en horreur.

HORTENSE

Ne dis donc pas des choses comme celles-là, des choses qui seraient odieuses si tu les pensais... Mais voyons, puisque Julie est triste, que je suis maussade, et que tu as l'humeur aussi noire que ta tulipe, permets-moi de te faire une proposition.

LE PRESLE

Parle, tu es une bonne femme, tu es toujours ma consolation.

HORTENSE

Eh bien ! si tu veux, je vais faire atteler le cabriolet, et nous irons avec notre fille passer la journée à la campagne ; les eaux sont basses, et tu pourras facilement pêcher un brochet. Ça te distraira.

LE PRESLE

Ça ne me distraira pas.

HORTENSE

Je te dis que si, ça te distraira.

LE PRESLE

Je te dis que non.

HORTENSE.

Si ce n'est pas pour toi, ce sera pour ta fille et pour moi ; tu nous aimes assez pour nous conduire, et puis nous nous ennuierions sans toi. Nous dinerons sur l'herbe à ta place favorite ; nous irons prendre des écrevisses et nous reviendrons à dix heures du soir. Là, sois gentil.

LE PRESLE, *soupirant.*

Eh bien ! je veux bien, fais comme tu voudras ; tu es une bonne femme.

SCÈNE II

LES MÊMES, DERSAUT.

DERSAUT, *entrant sans cérémonie.*

Pardon mon ami ; Madame, vous m'excuserez de venir de si bonne heure... (*A Le Presle.*) D'abord, Le Presle, je vais vous gronder pour faire des cérémonies avec moi, cela n'est pas raisonnable. Il paraît que vous m'avez donné votre fameuse tulipe, votre tulipe noire... Cela est fort mal, et j'ai donné l'ordre qu'on vous la rendit.

LE PRESLE

Pas du tout! Pas du tout! Je n'entends pas cela. Je ne la recevrai pas. Ne me prendriez-vous pas pour un enfant? Je sais ce que je fais. D'ailleurs je refuse de la reprendre. Je vous l'ai donnée, elle est à vous.

HORTENSE

Cependant si tu y tenais beaucoup, mon ami?... Monsieur Dersaut serait enchanté de te la rendre.

DERSAUT

J'espère, Le Presle, que vous êtes assez mon ami pour ne pas me rendre coupable d'une indiscrétion, même involontaire. Là, franchement, je ne suis pas un connaisseur moi; je ne sais pas apprécier le mérite d'une tulipe; c'est pourquoi je ne voudrais pour rien au monde vous priver d'une fleur rare. C'est par erreur que mon jardinier l'a confondue avec des fleurs communes. Je vais vous renvoyer votre merveilleuse tulipe.

LE PRESLE

N'en faites rien, si vous tenez à ne pas m'offenser. Croyez-vous que je ne sache pas donner à un ami une chose qui me soit chère? Plus je tiens à cette fleur moins je suis désireux de la reprendre, parce que c'est à vous que je l'ai donnée.

HORTENSE

Mais mon ami...

LE PRESLE

Enfin, c'est comme cela, je ne veux plus entendre parler. (A part.) Cette lutte continuelle de générosité est bien fatiguante.

DERSAUT

Allons, je la garde pour vous faire plaisir. (*A part.*) Je
choisirai une occasion de la lui rendre.

LE PRESLE

Quel est l'amateur qui vous a édifié sur la valeur de ma
tulipe ?

DERSAUT

C'est simplement votre jardinier, là à l'instant, comme
j'entrais.

HORTENSE

Alors nous devons votre visite matinale à une autre cause ?

DERSAUT

Oui, Madame. Je viens de recevoir une lettre d'un des
fermiers de ma nièce qui m'apprend que des inconnus, sans
doute des malfaiteurs, ont abattu la nuit dernière six magnifiques peupliers dans la pâture qui lui appartient à trois lieues
d'ici, trois petites lieues. Il me presse d'arriver pour constater
le dégât et faire dresser procès-verbal. Je serais déjà en
route si mon cabriolet n'était en réparation; et alors j'ai
suivi spontanément la première idée qui m'est venue, l'idée
d'emprunter le cabriolet de mon meilleur ami.

HORTENSE

Nous vous reconnaissons bien là, et nous vous remercions
de votre confiance amicale; notre voiture est à votre disposition.

LE PRESLE

Certainement, notre voiture est à votre disposition, tout à
fait à votre disposition.

DERSAUT

Madame, mon ami, je vous remercie. Qu'on est heureux
d'avoir des amis comme vous, et d'être chez eux comme chez

soi, sans gêne, sans embarras, à cœur ouvert. (*Il prend la main de Le Presle.*)

LE PRESLE

A cœur ouvert!

DERSAUT

Vous savez que ma jument est un peu grosse, un peu lourde, pour votre léger véhicule.

LE PRESLE

On attèlera Soliman.

HORTENSE

Notre cheval est à votre disposition.

LE PRESLE

A votre disposition.

HORTENSE

Et si vous aviez besoin de notre domestique pour conduire, il est aussi à votre...

LE PRESLE

A votre disposition.

DERSAUT

Merci, merci, mes bons amis, mon neveu vient avec moi, il conduira. J'accepte donc le cheval et le cabriolet. J'espère bien que vous n'aviez pas de partie projetée.

HORTENSE

Aucune, aucune; acceptez sans crainte. Je vais donner des ordres.

DERSAUT

Oh! je vous en prie, Madame... Je ne souffrirai pas... Je vais moi-même trouver Martin, le fils de votre jardinier, et l'aider à atteler; je pars de suite. Madame... j'ai l'honneur.

HORTENSE

Allez, faites comme chez vous.

LE PRESLE

Comme chez vous.

DERSAUT

A bientôt, Le Presle. Madame... en vous remerciant. A revoir.

LE PRESLE

Comme chez vous!... Allez, faites comme chez vous.

SCÈNE III

LE PRESLE, HORTENSE

LE PRESLE. (*Il se promène à grands pas.*)

A la bonne heure! voilà un homme qui ne se gêne guère. J'espère que cela s'appelle ne pas se gêner. J'étouffe de colère... Nous sommes réellement sous la domination de cet homme. Tu le vois, ses caprices, l'expression de ses moindres volontés sont des ordres pour nous; notre maison est la sienne; tout ici lui appartient. Il n'a qu'à se baisser et à prendre. Ce n'est pas vivre que de vivre ainsi; c'est ceci, c'est cela : l'autre jour mon fusil quand j'allai partir pour la chasse, aujourd'hui mon cheval; cela ne finira pas. N'y a-t-il plus de voitures publiques qu'il nous condamne à rester au logis, quand nous devions faire une promenade charmante ?

HORTENSE

Mais tu n'y tenais pas, mon ami!

LE PRESLE

Je n'y tenais pas!... Si j'y tenais, et énormément encore ;
jamais je n'ai eu une si grande envie d'aller à la campagne.
Je suis sûr que j'aurais pris un brochet superbe. (*Ironi-
quement.*) Mais je n'ai pas le loisir de m'absenter, Monsieur
a besoin de mon cabriolet. (*Il regarde à la fenêtre.*) Il
fait si beau ; non, jamais je n'ai eu une si grande envie
d'aller à la campagne ; combien ai-je pris d'écrevisses la
dernière fois ?

HORTENSE

Mais, mon ami, il n'est pas encore parti ; on peut lui dire...
lui avouer...tiens je m'en charge, laisse-moi faire. (*Elle se lève.*)

LE PRESLE

Je te le défends. (*On entend rouler la voiture.*) Du reste,
le voilà qui part ; oh ! la colère m'étouffe ! Si je lui avais
refusé mon cabriolet sous le prétexte de notre partie de
campagne, il ne m'aurait pas cru. C'est un biais, aurait-il
pensé ; Le Presle est fatigué de sa reconnaissance. Je connais
bien les hommes. Dersaut serait devenu moins confiant à
notre égard, et je ne l'aurais pas engagé à le redevenir
davantage ; le froid se serait mis entre nous, et nous ne
l'aurions plus revu. Oh ! je vois cela venir de loin ; c'est
pourquoi je cède toujours. Mais je ne puis me dissimuler
que je ne suis plus mon maître ; je suis aux ordres de cet
homme à tout jamais, sinon brouille. Non, je ne puis m'affran-
chir de sa tyrannie sans me brouiller avec lui.

HORTENSE

Eh bien ! brouille-toi, fâche-toi une bonne fois ; j'aime
mieux cela que de te voir toujours de mauvaise humeur ;
finissons-en : brouille-toi !

LE PRESLE

Me brouiller avec Dersaut, tu en parles bien à ton aise ;
brouille-toi, c'est facile à dire ; les femmes ne voient pas

plus loin que cela. Mais moi je tiens à ma réputation. Les plus petites choses vont loin avec l'aide de la méchanceté. Si je me brouille avec Dersaut, sais-tu ce qu'on dira ?

HORTENSE

Eh ! qu'importe ce qu'on dira, laisse parler le monde...

LE PRESLE

On dira : Ah ! il y a brouille entre les deux amis ! Et comment cela ? Et à propos de quoi ? C'est tout simple, répondra la méchanceté : Dersaut a rendu service à Le Presle ; il lui a prêté de l'argent, une somme énorme ; il l'a sauvé de la ruine ; c'est plus qu'il n'en faut pour les brouiller. Dersaut, lui dira-t-on, on ne vous voit plus chez Le Presle ; seriez-vous brouillés ?... Hélas !!! répondra-t-il, que d'ingrats il y a dans ce monde ! et au bout un gros soupir à mon endroit.

HORTENSE

Tu vois tout en noir.

LE PRESLE

Je vois tout en noir : Tant mieux. C'est ma manière de voir, à moi ; j'y vois rouge même ; et je te le dis, Hortense, si cela continue, je ne tarderai pas à quitter le pays pour me soustraire à une tyrannie qui me fatigue et me tuera.

HORTENSE

Eh ! mon ami, il ne pense plus au service qu'il t'a rendu ; c'est ta mémoire qui est trop longue. Je te le répète, ton ami est le meilleur des amis ; il ferait pour toi tout ce que tu fais pour lui. S'il connaissait le fond de ta pensée, il serait au désespoir.

LE PRESLE

Au désespoir ! il se soucie bien de me désespérer, lui. Tiens, je sors, je vais prendre l'air ; car tu me ferais mettre en colère avec ta patience et tes raisonnements. (*Il sort.*)

SCÈNE IV

HORTENSE, *seule*.

Mon pauvre mari se rend malheureux à plaisir. Lui qui
était si bon, si confiant, je crains de le voir haïr son
bienfaiteur à l'égal d'un cruel ennemi, si par malheur ce
n'est déjà fait... Et cela sans raison apparente... Monsieur
Dersaut traite peut-être un peu trop mon mari sans cérémonie ; il ne se rend pas assez compte de la position délicate
dans laquelle un bienfait place aussi bien l'obligé que le
bienfaiteur... Qui est là ?

SCÈNE V

HORTENSE, PROSPER

PROSPER, *entrant*.

Pardon, Madame, c'est moi ! C'est parce que M. Dersaut
m'a chargé de dire à Madame que mademoiselle Jeanne
viendrait passer la soirée avec mademoiselle Julie.

HORTENSE

Merci, Prosper. (*Prosper reste debout un peu embarrassé.*)
Eh bien ! qu'y a-t-il encore ? Avez-vous quelque chose à me
dire ? Parlez, Prosper, ne craignez rien.

PROSPER

Madame est bien bonne... hum... Je voudrais bien que
Madame ne prît pas à mal ce que je voudrais lui demander ;
je crois que Madame sera assez bonne pour excuser.

HORTENSE

Ah ça, Prosper, vous faites des phrases contre votre
habitude. Il paraît que c'est une affaire grave. Ayez confiance
en moi, je suis votre amie; il y a vingt-trois ans que vous
êtes à mon service, vous et votre femme; ne craignez donc
rien, parlez... Allez, je vous écoute.

PROSPER

Madame est si bonne, ça me rend hardi, hum... hum...
C'est ma femme... hum... non, c'est ma fille... ou plutôt
c'est... c'est madame de Paretti qui n'a plus de femme de
chambre, et elle a fait demander à Augustine si Madame
consentait... Enfin, c'est pourquoi je suis venu, ma femme
voudrait bien, parce que la petite aurait de beaux gages chez
madame de Paretti, et qu'alors... si Madame voulait bien
consentir, notre fille...

HORTENSE, *interrompant.*

Votre fille me quitterait pour aller chez madame de
Parretti! Ecoutez, Prosper, vous m'avez déjà fait il y a six
mois une demande semblable. Vous savez ce que je vous ai
répondu alors; je vous dis la même chose aujourd'hui. J'ai
élevé vos deux enfants dans ma maison, votre fille est
presque la mienne; elle est apte à tout travail et remplit
parfaitement chez moi l'office de lingère; c'est à moi qu'elle
doit tout ce qu'elle sait, il est juste que je sois récompensée
de mes soins. (*Elle sonne.*) Mais vous êtes son père, je n'ai
de droit sur elle qu'après vous. Réfléchissez. De mon plein
gré, Marie ne me quittera pas; et si vous allez contre ma
volonté... (*Marie entre.*) Marie, viens m'habiller, mon
enfant. (*Elles sortent.*)

SCÈNE VI

AUGUSTINE, PROSPER

AUGUSTINE

Eh bien! que t'a dit Madame? j'étais bien là pour écouter,
mais je n'ai pas tout entendu.

PROSPER

Elle m'a dit ce que je savais bien.

AUGUSTINE

Et quoi?

PROSPER

La même chose qu'il y a six mois.

AUGUSTINE

C'est-à-dire qu'elle ne veut pas? Ça, mon homme, il est
temps aussi que nous soyons nos maîtres un peu, et voilà
l'occasion trouvée, il faut en profiter. Et que lui as-tu
répondu?

PROSPER

Dam... Rien...

AUGUSTINE

Quoi, rien! Quel sot tu fais!...

PROSPER

Eh! il fallait y aller, toi, puisque tu es si savante, tu en
aurais dit plus long que moi.

AUGUSTINE

Ce n'était pas difficile; toi, tu es resté la bouche ouverte
sans rien dire; je te vois d'ici. Je lui aurais dit, moi,
que notre fille sait gagner sa vie, et qu'il est bien temps
qu'elle s'amasse quelques écus pour plus tard.

PROSPER

Elle le sait aussi bien que toi. Et mon garçon donc, qui aura dix-neuf ans viennent les prunes, et qui est fort comme un homme.

AUGUSTINE

Une fille qui sait repasser, laver, coudre, broder...

PROSPER

Un garçon qui est bientôt aussi bon jardinier que moi, et que c'est pas peu dire !...

AUGUSTINE

Une fille qui pourrait faire la femme de chambre d'une vraie princesse, qui sait lire, écrire et compter...

PROSPER

Et mon garçon, ne sait-il pas aussi bien lire, écrire et calculer ?

AUGUSTINE

Qui sait l'orthographe, qui fait tous mes comptes avec des centimes ; jamais il n'y a de liards de reste, et qui pèse ma viande avec des kilogrammes.

PROSPER

Un garçon qui est palefrenier comme personne, qui pourrait faire le groom d'un grand seigneur. Et qui s'y connaît pour soigner un cheval !

AUGUSTINE

Et qui se connaît si bien en linge, une vraie lingère, quoi ! Et ne rien gagner à son âge !...

PROSPER

C'est vrai, ne rien gagner à leur âge !

AUGUSTINE

C'est tout ça qu'il fallait dire à Madame.

PROSPER

Elle le sait aussi bien que nous.

AUGUSTINE

Ah ben ! ça, ce n'est pas juste. C'est vrai que Madame les
a nourris pour rien pendant douze ans qu'ils étaient trop petits
pour travailler ; mais voilà six ans que ma fille en fait de
l'ouvrage, et de bel ouvrage, encore ! Voilà bien cinq ans
aussi que notre gars vaut tous les jours à nos maîtres une
bonne journée d'ouvrier, et ça en fait des journées, ça,
cinq ans...

PROSPER

Bien sûr que nous sommes quittes.

AUGUSTINE

Et encore qu'on nous redoit !

PROSPER

Tu as raison, ma femme, c'est justice qu'ils aient des
gages ces enfants-là ; et puisqu'on ne veut pas leur en
donner, eh bien !

AUGUSTINE

Faut nous en aller...

PROSPER

C'est ça, faut nous en aller, nous irons vivre dans nos
terres. C'est pas volé en vingt-cinq ans, à deux, que d'avoir
économisé quatre cents francs de rentes. C'est vrai que c'est
de la bonne terre.

AUGUSTINE

Je serai fermière ; il y a assez longtemps que je fais la
cuisine.

PROSPER

Et moi, je serai fermier. Il n'y a pas si loin de jardinier à
laboureur.

AUGUSTINE

En attendant, vas à ton ouvrage ; voilà qu'on vient.
(*Prosper sort.*)

SCÈNE VII

JEANNE, JULIE, AUGUSTINE

JULIE *entrant avec Jeanne.*

Ah ! ma chère Jeanne, que tu es aimable de venir passer ta journée avec moi !

JEANNE

Je viens aujourd'hui un peu plus tôt que de coutume, pour une raison que je vais te dire tout à l'heure. Bonjour, Augustine.

AUGUSTINE

Bien de la bonté, Mademoiselle.

JEANNE

Votre gentille Marie se porte bien?

AUGUSTINE

Très-bien, Mademoiselle, pour être votre servante comme sa mère.

JULIE

Allons, assieds-toi là et causons. Maman est à s'habiller; mère Augustine, nous n'y sommes pas pour les étrangers.

JEANNE

Au contraire, j'attends une visite.

JULIE

Toi !...

JEANNE

Oui, moi ; je vais te conter cela.

JULIE

Alors, Augustine, mettons que je n'ai rien dit.

AUGUSTINE

Bien, Mademoiselle. (*Elle sort.*)

2

SCÈNE VIII

JEANNE, JULIE.

JULIE

Voyons, dis-moi quel est le bel étranger que tu attends ici? Est-ce un jeune homme?

JEANNE

Oui, et un charmant jeune homme.

JULIE, *se levant pour se regarder dans la glace.*

Que tu es donc aimable de me prévenir. Voilà ce qui s'appelle une amie véritable. Ma chevelure était tout en désordre.

JEANNE

Quel gros mensonge! Prétendrais-tu faire la conquête de mon étranger?

JULIE

Moi! pas du tout. Quelle idée! Comment peux-tu me faire une pareille question, toi, une femme! C'est la pensée d'un amoureux ou d'un jaloux. Ils sont si drôles les amoureux, ils ne comprennent jamais que la politesse seule fait les trois-quart des frais de notre toilette... Quand doit-il venir ton jeune homme?

JEANNE

Il ne tardera pas bien certainement. Tu sais qu'on a commis des dégâts dans une prairie qui m'appartient; mon oncle et mon frère sont allés constater le dommage, et je ne pouvais plus, étant seule à la maison, recevoir le bel étranger. (*Elle rit.*)

JULIE

Allons, continue ton roman, petite folle!

JEANNE

Alors, j'ai imaginé un stratagème : je suis venue me réfugier auprès de toi, et j'ai laissé des ordres pour qu'on m'envoyât ici mon prince charmant.

JULIE

Comment l'appelles-tu ton prince charmant?

JEANNE

Devine.

JULIE

Que veux-tu que je devine?

JEANNE

Devine, te dis-je.

JULIE

Tu m'agaces. Je donne ma langue aux chiens.

JEANNE

Ce serait dommage. Eh bien! c'est... Monsieur... Monsieur Adolphe Carut, ingénieur des mines, nouvellement débarqué dans cette ville par les messageries impériales, non, générales, non... par le bateau à vapeur.

JULIE

C'est bien, c'est bien, folle que tu es! nous savons ce que c'est. Il rapporte sans doute de Paris le tapis pour la chapelle de la Vierge. M. le curé va être bien content... En effet, c'est un fort joli cavalier. Et c'est toi qui lui as donné la commission ! Ah! mon pauvre M. le curé, voilà un tapis qui va coûter cher! plus cher que vous ne pensez!... Pauvre M. le curé!...

JEANNE

Je ne sais pas ce que tu veux dire.

JULIE

M. le curé comptait sur toi pour être la directrice du mois de Marie. Et je dis pauvre M. le curé!

JEANNE

Tais-toi, tiens, j'ai l'air de rire, mais j'ai bien peur au fond. Quand un jeune homme va à Paris, on ne sait jamais comment il en revient. Oh! la vilaine ville que Paris quand on n'y est pas !

JULIE

Comptes-tu faire le mois de Marie cette année.

JEANNE

Julie!...

JULIE

C'est bientôt.

JEANNE

Julie!... c'est mal à toi.

JULIE

On sonne. Ce doit être lui.

JEANNE

Où me cacher? Il me semble que je pâlis et que je rougis.

JULIE

Remets-toi, remets-toi, je vais chercher ma mère avant qu'il n'entre. Ah! M. le curé! M. le curé! (*Elle sort.*)

SCÈNE IX

JEANNE *seule.*

Je tremble!... Dans quel embarras je vais me trouver!... Moi qui ai été nommée à l'unanimité directrice du mois de Marie ! Quel moment pour songer au mariage!... Ce serait trop mal répondre à la confiance que toutes ces demoiselles ont en moi... Non, je ne puis... ce serait de l'ingratitude... je ne puis rien lui promettre aujourd'hui; et s'il a le consentement de son père, je le renverrai à mon oncle qui lui expliquera mon embarras; mais il est si impatient que je ne sais comment il prendra ce retard... J'entends marcher, c'est son pas... Oui, c'est bien lui. Ah! Julie, Julie!...

SCÈNE X

JEANNE ADOLPHE.

ADOLPHE

Mlle Jeanne... (*Jeanne reste sur son siège les yeux baissés.*) Quel bonheur pour moi de vous revoir!.. Je suis au comble de mes vœux; je rapporte le consentement de mon père. Ah! quand il a connu les qualités, les vertus de celle que j'aimais, quand je lui ai dépeint son noble caractère, il n'a plus hésité. Jeanne! m'écoutez-vous?... Jeanne! mon bonheur ne dépend plus que de vous. (*Il s'approche pour lui prendre la main.*)

JEANNE, *vivement.*

Monsieur reculez-vous, je vous en prie, laissez-moi, je vous l'ordonne.

ADOLPHE

Eh quoi! Est-ce ainsi que vous me recevez? En si peu de temps se peut-il qu'un pareil changement...

JEANNE

Monsieur. (*A part.*) Julie ne reviendra donc pas, M. Adolphe je suis heureuse de vous voir de retour en bonne santé; mais sur le sujet qui vous tient tant à cœur, je vous prierai de ne pas m'interroger dans ce moment, je ne pourrais vous répondre ; mon oncle vous dira qu'il est nécessaire... d'attendre que... Ah! voilà Julie!

ADOLPHE.

O ciel! que s'est-il passé pendant une si courte absence?

SCÈNE XI

Les mêmes, HORTENSE, JULIE.

HORTENSE

M. le voyageur, vous me voyez charmée de votre retour et fort honorée d'avoir votre première visite. Vous êtes arrivé ce matin?

ADOLPHE

Madame, il y a deux heures environ; je n'ai pris que le temps de changer d'habits. Je suis heureux, Mesdames, de vous retrouver en bonne santé. M. Le Presle se porte bien ?

HORTENSE

Parfaitement, mon mari doit être occupé dans son jardin. On dit que vous nous rapportez un tapis magnifique pour la chapelle de la Vierge.

ADOLPHE

Oui, Madame.

JULIE

Ayez la bonté de nous le faire voir, Monsieur,

ADOLPHE

Je ne l'ai pas avec moi, Mademoiselle.

JULIE

Ah ! comme c'est fâcheux, nous étions si curieuse de le voir.

ADOLPHE

Mademoiselle, je ne pouvais pas prendre dans mes poches soixante-cinq mètres de tapis ; je n'aurais même pas pu les porter sous mon bras, Cela fait un gros rouleau, je vous assure

JULIE

Ah ! comme c'est fâcheux ! Comment, réellement vous ne pouviez pas l'apporter ?

ADOLPHE

Mademoiselle, je vous assure...

JULIE

Jeanne, si tu priais M. Adolphe d'aller chercher ce beau tapis, en ta qualité de première vestale.

ADOLPHE

Si Mlle Jeanne le désirait absolument.

JULIE

Ah ! Ah ! Vous voyez bien !

JEANNE

Non, non, Monsieur, rassurez-vous, nous ne sommes pas si curieuses. Julie veut me taquiner, voilà tout. Nous n'avons au contraire, M. le curé, mes compagnes et moi, qu'à vous remercier de votre obligeance. Nous avons toutes prié pour votre heureux retour.

ADOLPHE

Vous aussi, Mademoiselle ?

JEANNE

Moi aussi.

HORTENSE

M. Adolphe, vous avez dû rapporter quelque nouveauté de Paris.

ADOLPHE

Oui, Madame, j'ai rapporté bien des choses que je n'ose avouer, de peur d'être taxé de fatuité. De belles choses qui ne me seront utiles qu'indirectement et conditionnellement, car elles sont destinées à une personne que... à une personne qui... enfin, que je ne puis nommer.

HORTENSE

Quel mystère! Il ne vous est pas loisible de nous montrer tant de belles choses?

ADOLPHE

Non, Madame, c'est impossible.

JULIE

Quel mystère! Comme c'est amusant!

HORTENSE

Et vous ne pouvez pas nommer la personne?

ADOLPHE

Non, Madame.

JULIE

C'est ravissant! Quel délicieux mystère! Oh! nous ne devinerons jamais. (A part.) Ah! mon pauvre M. le curé!

HORTENSE

Et vous, Jeanne, vous ne dites rien.

JULIE

Elle n'en pense pas moins. Mais quel délicieux mystère! n'est-ce pas maman?

JEANNE

Que tu es méchante aujourd'hui.

JULIE

(*A l'oreille de Jeanne.*) C'est ta corbeille de noces...

JEANNE

Veux-tu te taire.

JULIE

Ah! mon pauvre M. le curé!

HORTENSE

Que parles-tu donc toujours de M. le curé?

SCÈNE XII

LES MÊMES, HENRY.

HENRY

(*Il entre vivement une cravache à la main.*) Mesdames, j'ai bien l'honneur de vous saluer, (*A Adolphe.*) Tiens! te voilà, toi ; ça va toujours bien? Depuis quand es-tu de retour?

ADOLPHE

J'arrive à l'instant.

HENRY

Mesdames, désolé de vous apprendre une mauvaise nouvelle, une affreuse nouvelle, qui ne concerne que vous, mais qui est la conséquence d'une autre nouvelle encore plus mauvaise, mais, hélas ! qui ne concerne que moi.

HORTENSE

Mais, Monsieur, je vous croyais parti avec votre oncle dans notre cabriolet.

2·

HENRY

Effectivement, Madame, nous sommes partis ensemble pour dresser des procès-verbaux et nous voilà de retour. L'homme propose et Dieu dispose; nous sommes partis et nous voilà revenu.

HORTENSE

Comment, déjà! qu'est-il donc arrivé? quelque accident peut-être...

HENRY

Hélas! oui, Madame, un accident assez fâcheux... C'est la première fois que cela m'arrive... Il faut que mon oncle ait bien peu de chance ou bien que ce soit votre cheval, une bonne bête cependant, autrefois... car pour aujourd'hui... mais c'est la faute de mon oncle, je mets tout sur son dos. A-t-on jamais vu, à son âge!...

HORTENSE

Mais enfin, Monsieur, nous direz-vous de quoi il est question?

HENRY

C'est ce que je fais, Madame : je conduisais donc, et j'étais absorbé dans mes fonctions de cocher, quand tout à coup, et sans avertissement préalable, mon oncle, choisissant un endroit où la route est caillouteuse, me fait des confidences si extraordinaires que le cheval étonné fait un faux pas et tombe; et moi, non moins étonné, j'oublie de le retenir. Pauvre bête!... c'est Soliman qu'on le nomme? Pauvre Soliman donc! Il est couronné, mais couronné des deux jambes!... Enfin c'est un cheval perdu. Nous n'avons pas osé continuer la route avec lui.

HORTENSE

Pauvre bête! En effet, c'est bien fâcheux! pauvre animal! (A part.) Je ne sais comment mon mari va prendre cet événement.

ADOLPHE

Comment, toi ! un sportman, un membre du jockey-club !

HENRY

Te moques-tu de moi ? je ne suis pas plus écuyer ou cocher qu'un autre. Et puis, c'est la faute de mon oncle. Figurez-vous qu'il est amoureux, amoureux fou, d'une jeune fille qui...

JULIE

Oh ! Monsieur, vous nous aviez dit que c'étaient des confidences.

HENRY

Mais oui, Mademoiselle, et ce sont ces confidences que j'allais vous confier ; les confidences sont faites pour cela, ce me semble ; à quarante-cinq ans être amoureux !...

HORTENSE

Laissons cela, je vous prie, Monsieur. Savez-vous si mon mari est instruit de l'accident arrivé à son cheval ?

JULIE.

La pauvre bête !...

HENRY

Oui, Madame, mon oncle est allé lui-même lui raconter son malheur.

SCÈNE XIII

Les mêmes, LE PRESLE

LE PRESLE

Eh bien ! vous savez ? Bonjour Mademoiselle, bonjour Adolphe, vous voilà de retour, en bonne santé, tant mieux.

Tu sais, Hortense, ce pauvre Soliman ! couronné ! perdu ! (*A Henry*.) C'est vous, Monsieur, qui avez fait ce beau coup-là.

HENRY

Hélas ! oui. *Meâ culpâ*, quoique ce soit la faute de mon oncle. Pourquoi devient-il amoureux à l'âge de quarante-cinq ans ? Je reste convaincu que Soliman est tombé d'étonnement. Il faut que mon oncle ait perdu l'esprit, à son âge...

LE PRESLE

En effet ! il a certainement perdu l'esprit, votre oncle ! Savez-vous les excuses qu'il est venu me faire au jardin ? Dans mon malheur, m'a-t-il dit, j'ai une consolation, c'est que ce soit votre cheval que j'aie estropié. (*Avec ironie*.) C'est clair ça et c'est simple. Tout autre cheval que le mien, il en aurait eu du chagrin, mais le mien ça lui est égal. Au contraire, il se console en pensant que le cheval m'appartient. Il me l'a dit ; c'est sa consolation. Je ne lui ai pas fait dire. C'est sa seule consolation ; comment trouvez-vous cela ?

HENRY

Quand je vous dis que mon oncle a perdu l'esprit.

JULIE

(*A part*.) Je n'ai jamais vu M. Henry aussi irrespectueux envers son oncle, son bienfaiteur ! (*Haut*.) Mon père, il a voulu dire qu'un ami comme vous pardonnerait plus facilement une maladresse qu'un étranger.

LE PRESLE

Fort bien, ma fille ; je m'attendais à cette explication de votre part. Il a raison et c'est moi qui ai tort, certainement c'est votre père qui a tort.

JULIE

Mon père !...

LE PRESLE

Certainement, il a raison d'estropier mon cheval.

JULIE

Mon père!...

LE PRESLE

Et même d'en être enchanté, c'est entendu.

JULIE

Mais, mon père...

LE PRESLE

Fort bien, ma fille, vous dis-je, n'en parlons plus. C'est moi qui ai tort! (*A Hortense.*) Et vous aussi, sans doute, vous êtes de cet avis?

HORTENSE

Du tout, du tout, mon ami; je trouve que c'est très-malheureux et très-maladroit surtout.

SCÈNE XIV

Les mêmes, DERSAUT

DERSAUT.

(*Entrant sans cérémonie.*) Je suis étourdi comme un moineau, c'est ce diable de cheval que je n'ai pas encore digéré. Cela m'a fait oublier que ne devant revenir que ce soir, j'avais recommandé de ne pas me faire à dîner.

HORTENSE

Eh bien!

DERSAUT.

J'ai été ponctuellement obéi. J'ai trouvé toutes portes closes, je n'ai pas même pu rentrer au logis, de sorte que je viens m'inviter chez vous.

LE PRESLE

(*A part.*) C'est trop fort!... Il me fera sortir de mon caractère. Quel aplomb! quelle outrecuidance!

JULIE

On vous reconnait bien là, M. Dersaut! voilà qui est
agir avec la confiance d'un ami, je suis contente de vous,
je vais faire mettre votre couvert, car nous allons nous
mettre à table. Faites un tour de jardin en attendant. (*Dersaut
offre son bras à Hortense. Jeanne et Julie sortent les premières.
Henry et Adolphe prennent leur chapeau.*)

DERSAUT

Où vas-tu, mon neveu?

HENRY

J'ai des affaires, et d'ailleurs je dine ce soir avec Adolphe.
(*Ils saluent et sortent.*)

HORTENSE

Au revoir, Messieurs. (*Hortense et Dersaut sortent.*)

SCÈNE XV

LE PRESLE *seul*

Quel laisser-aller! quel sans façon! Il vient de couronner
mon cheval; et, après m'avoir fait à ce sujet le plus sot compliment, sans souci, content de lui-même, il promène ma
femme en attendant le moment de manger mon rôti. Oh!
que ce bienfait me pèse! (*Avec force.*) Trouvez donc le moyen
de vous débarrasser d'un bienfait accompli?... Allons les
rejoindre, cependant...

ACTE DEUXIÈME

—•—

SCÈNE PREMIÈRE

HORTENSE, LE CURÉ, JULIE, JEANNE

HORTENSE

Certes, oui, M. le curé, on entend souvent décrier la
richesse des églises, et l'on ne manquera pas de dire, pour
ce tapis, que vous auriez mieux fait d'en distribuer l'argent
aux pauvres.

LE CURÉ

On me l'a déjà dit, Madame, et je m'y attendais ; mais il
faut compter pour rien de pareils reproches, et ne pas permettre qu'ils troublent la paix d'une conscience honnête.
L'aumône prend incontestablement la première place dans
les domaines de la charité ; mais, en dehors de l'aumône, il y
a une charité moins touchante, il est vrai, moins immédiate,
mais d'un ordre plus élevé, et qui consiste, chez les gens riches,
tout simplement à travailler pour augmenter d'autant leurs
revenus et à les dépenser ; ce qui revient à peu près à travailler
pour les pauvres. Et, en effet, on jette feu et flammes contre
le monopole des richesses, j'avoue que pour mon compte je
trouve que ce que Dieu permet est bien permis ; un homme
riche mange-t-il plus que le manœuvre ? Non, il mange moins.

Il s'habille de drap un peu plus fin et occupe des appartements plus vastes ; en somme, il n'y a pas une grande différence de consommation...

LE CURÉ

JULIE

Excusez-moi, M. le curé, si je vous interromps.

LE CURÉ

Parlez, Mademoiselle.

JULIE

C'est que hier, M. le curé, vous étiez à outrance le champion de la pauvreté, et qu'aujourd'hui vous prêchez en faveur de la richesse.

LE CURÉ

Ce qui prouve, Mademoiselle, que je sermonne sur toutes choses, n'est-ce pas ?

JEANNE

Oh ! non, Monsieur, ce n'est pas cela ! Nous pensions seulement que vous aviez autant de charité pour les riches que pour les pauvres.

HORTENSE

Et M. le curé a bien raison, tout le monde en a besoin, les pauvres comme les riches ; mais, à propos de ce fameux tapis, Jeanne, en avez-vous recouvert les marches de la chapelle de la Vierge ?

JEANNE

Non, Madame, ce n'est que dans huit jours le premier mai.

JULIE

Maman, je t'en prie, ne parlons pas de cela ; ce n'est plus aujourd'hui qu'un affreux tapis, un tapis ingrat qui a brouillé sa maîtresse avec... son futur maître.

HORTENSE

Comment, vous vous boudez déjà? C'est beaucoup trop tôt ;
ce sera bien après les noces... C'est une plaisanterie, n'est-ce
pas, Jeanne, car M. votre oncle nous a dit que le mariage
était fixé au 15 juin.

JEANNE

Hélas, Madame, on ne peut pas savoir. Six semaines sont
si longues pour un jeune homme. Je ne sais pas... Depuis
quatre jours...

JULIE

Comment depuis quatre jours ?

JEANNE

Je n'ai pas entendu parler de lui... Il ne me pardonnera
pas d'avoir voulu faire mon dernier mois de Marie.

LE CURÉ

Mais, Mademoiselle, dans une circonstance pareille, vous
pouvez refuser, je me chargerais de vous excuser auprès de
vos compagnes.

JEANNE

Je le sais, M. le curé, mais je ne céderai pas ; Monsieur
attendra, ou bien...

JULIE

Mais ma bonne Jeanne songe qu'il y a six mois qu'il solli-
cite le consentement de son père, et tu prolonges bénévolement
son attente de deux mois.

JEANNE

Je ne puis faire autrement, je ne puis tromper la confiance
de mes amies, et puis vraiment... non, je ne puis..., non, je
ne céderai pas.

SCÈNE II

Les mêmes, ADOLPHE

ADOLPHE

Mesdames, j'ai l'honneur de vous saluer; comment vont vos santés?

HORTENSE

Asseyez-vous, Monsieur, vous arrivez bien à propos pour vous disculper, car nous parlions de vous.

ADOLPHE

C'était donc en mal.

HORTENSE

Oui, Monsieur, car on vous accusait d'un enfantillage auquel, pour mon compte, je n'ai pas ajouté foi.

ADOLPHE

Ah! et de quel enfantillage?

HORTENSE

Qu'avez-vous fait depuis quatre jours?

ADOLPHE

Je me suis promené à la campagne.

HORTENSE

Le moment est bien choisi; quand on a sa cour à faire auprès d'une charmante personne.

JULIE

Oh! Monsieur, cela n'est pas bien.

ADOLPHE

Mon Dieu, Mesdames, ce sera ce que vous voudrez, vous n'êtes pas à ma place, et vous ne pouvez vous y mettre; c'est pourquoi votre opinion dans ce cas-ci ne m'est plus aussi précieuse. Je suis venu prendre vos commissions.

HORTENSE

Comment, vous repartez!

ADOLPHE

Je repars pour un mois.

HORTENSE

Vous ne partirez pas, Monsieur.

ADOLPHE

Pardon, Madame, je partirai demain matin pour Paris, à moins que la charmante personne dont vous parliez tout à l'heure...

HORTENSE

Ne vous retienne, n'est-ce pas?

ADOLPHE

Je reviendrai dans un mois, après le mois de Marie.

JEANNE

Personne, Monsieur, ne vous presse de revenir.

ADOLPHE

Eh bien! Mademoiselle... je...

HORTENSE

(*Elle lui met la main sur la bouche.*) Voulez-vous vous taire... Voyons, M. Adolphe, nous sommes ici à peu près en famille, permettez-nous de vous gronder et de faire nos efforts pour vous ramener à la patience et à la raison.

ADOLPHE

Madame!

HORTENSE

Chut!... M. le curé que voilà vous dirait comme moi que tout vient à point à qui sait attendre.

ADOLPHE

Ah! Madame, dispensez-moi des sermons de M. le curé...
Sans ses conseils, sans doute, je n'aurais pas rencontré
une opiniâtreté fanatique...

JULIE

Vous jugez mal, Monsieur, dans ce moment, car M. le
curé engageait encore tout à l'heure notre amie Jeanne à
renoncer à ce que vous appelez une opiniâtreté fanatique.

ADOLPHE

Alors donc, ce n'est chez Mlle Jeanne que le résultat
d'un caprice, que le besoin d'avoir raison contre moi, un
besoin de ne pas céder.

HORTENSE

Mais, M. Adolphe, songez que Jeanne était, pour ainsi
dire, engagée envers ses compagnes, envers M. le curé.

ADOLPHE

M. le curé n'a qu'à la dégager.

LE CURÉ

Oh! très-volontiers, Monsieur.

JEANNE

(*Avec feu.*) Oui, mais moi je ne me dégage pas; je me
montrerai digne d'une confiance qui m'honore. Oui, (*Elle
prend la main du curé.*) M. le curé, vous êtes mon
ami, mon conseil depuis dix ans, et je ne vous quitterai
pas comme une ingrate, comme une fille sans cœur. Non,
non, je ne céderai pas, je ferai le mois de Marie... Partez,
Monsieur, on ne vous retient pas, et même ne revenez pas...
Jamais. (*Elle prend son mouchoir.*)

JULIE

Jeanne!

JEANNE

Non, laisse-moi, c'est un ingrat.

SCÈNE III

Les mêmes, HENRY.

HENRY

Mesdames, je suis heureux de vous présenter mes hommages;
et toi beau-frère comment vas-tu?

ADOLPHE

Laisse-moi !

HENRY

Tu n'as pas l'air content et ma sœur non plus. Jeanne, tu
ne veux donc pas être raisonnable; en vérité, ma chère, dans
une affaire sérieuse...

JEANNE

Henry, je n'ai que faire de vos remontrances, je sais aussi
bien que vous ce qui est sérieux et ce qui ne l'est pas.

HENRY

Ma foi, je ne m'en aperçois guère!

HORTENSE

M. Henry, je vous prie de ne pas tourmenter votre
sœur.

HENRY

Mais, Madame, je ne veux que lui faire entendre raison,
Mlle Julie!...

JULIE

Oh! Monsieur, ne recherchez pas mon suffrage, je ne suis
nullement de votre avis.

HENRY

De quel avis?

JULIE

De celui que vous alliez émettre.

HENRY

C'est-à-dire que vous n'êtes pas de mon avis quand même?

JULIE

Je ne sais, peut-être!

HENRY

C'est encourageant. (*A part.*) Moi qui viens de demander sa main à son père. (*Haut.*) Mademoiselle, j'ai une vengeance toute prête à laquelle vous ne vous attendez pas.

HORTENSE

Quelle vengeance?

HENRY

Oh! rien, Madame, je m'entends... Ah! mon pauvre Adolphe, on ne peut rien contre l'entêtement des femmes. (*A part.*) Comment leur faire comprendre que ce modèle des amoureux n'a pas même une maîtresse pour lui faire prendre patience. (*Haut.*) M. le curé, vous qui êtes un homme, vous allez me comprendre.

LE CURÉ

Monsieur, je ne suis pas un homme, je suis un prêtre et un vieillard, je ne vous comprendrai pas.

HENRY

A merveille, je suis reçu ici comme un chien crotté dans un salon; je me retire.

JEANNE

Henry, donne-moi ton bras et reconduis-moi à la maison.

HENRY

A tes ordres, ma chère.

ADOLPHE

Je me retire, je me retire; permettez, Mademoiselle, si c'est moi qui suis la cause de votre départ. (*Pendant qu'il cherche son chapeau Jeanne sort vivement avec Julie, Henry les suit.*)

SCÈNE IV

HORTENSE, ADOLPHE, LE CURE.

HORTENSE

Attendez un instant, M. Adolphe, vous avez le même chemin à faire; il ne serait pas convenable...

ADOLPHE

A-t-on vu une animation semblable : c'est qu'elle était d'une colère...

HORTENSE

Il y a bien de quoi vraiment, Monsieur, lui mettre presque le marché au poing; à sa place, je ne vous pardonnerais pas.

ADOLPHE

Mais, mon Dieu, Madame...

HORTENSE

Oh! Monsieur, vous n'avez pas de justification possible, vous n'avez que des excuses à faire. (*Un domestique porte une lettre.*)

ADOLPHE

Ah! pour moi! Tiens! de Paris; qu'est-ce que c'est?

HORTENSE

Nous vous permettons, Monsieur.

ADOLPHE

(*Il brise le cachet et lit.*) Déjà!... je ne m'y attendais pas sitôt... Voilà qui vient bien mal à propos. (*Il lit haut.*) Monsieur, j'ai l'honneur de vous faire savoir que le ministre vous a désigné pour achever la construction du pont des Roches, près de Marciac (Gers). Je suis bien aise de vous apprendre cette nouvelle preuve de confiance du ministre, et j'espére que vous me saurez gré d'avoir sollicité et obtenu un délai de trois semaines pour vous rendre à votre nouveau poste.

HORTENSE

Ah! Monsieur, vous avez plus de bonheur que vous n'en méritez.

ADOLPHE

Je ne vois pas, Madame, comment...

HORTENSE

Jeanne se rendra devant la force majeure, c'est évident. Courez faire votre paix et annoncer la nouvelle de votre avancement.

ADOLPHE

Je vous obéis.

LE CURÉ

Je vous suis. Madame, excusez-moi!... (*Ils sortent.*)

SCÈNE V

LE PRESLE, PROSPER, HORTENSE.

(*Le Presle et Prosper entrent par la porte à gauche.*)

LE PRESLE

Eh bien! Prosper, et mon pauvre Soliman! tu viens sans doute pour me donner de ses nouvelles.

PROSPER

Hélas! Monsieur, c'est un cheval perdu. Pauvre bête! Le maréchal a dit qu'il n'y avait rien à faire. Voyez-vous, il tremble sur ses jambes que c'est à vous faire trembler aussi.

LE PRESLE

Peut-on être aussi maladroit! un si bon cheval! Heureusement pour M. Dersaut que c'est mon cheval!... C'est là une bien douce consolation pour son cœur... Enfin, peut-être que tout ceci aura uné fin. Qu'allons-nous-en faire de ce pauvre Soliman?

PROSPER

Ma foi, Monsieur, je ne sais pas.

LE PRESLE

Tu ne sais pas; eh bien! alors, laisse-moi tranquille. Va-t-en à ton ouvrage.

PROSPER

C'est que, Monsieur, j'étais venu pour parler à Monsieur et aussi a Madame... et ma femme voudrait aussi parler à Monsieur et à Madame.

LE PRESLE

Ah ça! qu'est-ce qu'il y a encore? Fais venir Augustine.

PROSPER

Augustine est à la porte. (*Il va ouvrir la porte, Augustine entre.*)

SCENE VI

LES mêmes, AUGUSTINE.

LE PRESLE

Voyons, expliquez-vous, Prosper.

AUGUSTINE

Monsieur, Madame le sait bien puisque mon mari lui a déjà dit. C'est par rapport à notre fille Marie qui trouve une bonne place chez Mme de Paretti.

LE PRESLE

Est-ce que votre fille n'a pas une bonne place ici?

AUGUSTINE

Oh! bien si, Monsieur, mais elle aurait de jolis gages chez Mme de Parretti.

HORTENSE

C'est-à-dire que vous venez nous prévenir que vous retirez votre fille de mon service, malgré moi, malgré mes bontés pour elle, et cela pour la placer où vous croyez qu'elle sera mieux. C'est bien, à votre aise; je sais ce qui me restera à faire. Vous verrez que je ne me laisse pas mettre le marché au poing par mes domestiques.

PROSPER

Faites excuse, Madame, nous en sommes bien affligés, comme vous pouvez croire, car vous êtes de bien bons maîtres, comme on n'en trouve peu. Mais comme nous savons bien ce que Madame veut dire, ma femme et moi nous sommes venus prévenir Monsieur et Madame que nous partions tous; en vous remerciant de vos bontés et vous priant de nous chercher des remplaçants.

LE PRESLE

Ah! ça, mais... c'est une plaisanterie? — Prosper, tu me quittes sans rime ni raison, et tu emmènes ma petite Marie et Martin! — Quoi! Martin aussi? allons donc!

AUGUSTINE

Oh! pour ça oui, Monsieur, nous y sommes bien décidés.

LE PRESLE

(*Stupéfait, se promène à grands pas.*) Je ne puis en croire mes oreilles! C'est impossible, depuis vingt-trois ans qu'ils

sont ici. (*A Prosper et à Augustine.*) Mais, malheureux!
songez que vous avez fait votre nid chez moi ; vous vous êtes
mariés, vous avez pondu, couvé et élevé vos petits ici ; et à
présent qu'ils sont grands...

PROSPER

Tout ça, Monsieur, c'est vrai ; mais ça n'y fait rien, nous
sommes bien décidés ; nous partirons tout de même. Madame
sait bien pourquoi.

HORTENSE

. Eh ! allez-vous-en. Mon mari est bien bon de vouloir vous
retenir.

LE PRESLE

Moi ! je ne les retiens pas : qu'ils partent.

HORTENSE

Ce sont des ingrats.

LE PRESLE, *s'échauffant.*

Oui, vous êtes des ingrats, de misérables ingrats ! Vous
aurez été subornés? Je parie que c'est encore ce coquin de
Dersaut qui nous vaut cela?... Oh ! cet homme-là est notre
ennemi mortel... Avouez que vous avez été subornés par
Dersaut !... Avouez, misérables !

PROSPER

Nous ne savons ce que Monsieur veut dire.

LE PRESLE

Je sais bien que vous n'avouerai pas... Allez, sortez d'ici !
sortez de ma présence, coquins ! que je ne vous revoie plus,
monstres d'ingratitude ! bêtes brutes ! animaux stupides !
Sortez, vous dis-je ! sortez ! Les misérables ! Quelle ingratitude ! Que le ciel leur pardonne, car moi j'étouffe de colère.

(Ils sortent.)

SCÈNE VII

LE PRESLE, HORTENSE.

LE PRESLE

Oh! les vilaines gens, et que l'ingratitude est chose hideuse.

HORTENSE

Calme-toi, mon ami, nous trouverons d'autres domestiques facilement.

LE PRESLE

Tiens! tais-toi, Hortense, plutôt que de dire de semblables banalités. Oui! n'est-ce pas, fouille dans ta poche, tu vas trouver des serviteurs, de bons serviteurs, qui vous servent depuis vingt-trois ans avec fidélité! Ça court les rues... on ne voit que ça... Oh! les ingrats! si je savais que cet infâme Dersaut y fût pour quelque chose.

HORTENSE

Ecoute, mon ami, tu me fais mal quand je t'entends traiter aussi indignement ton ami, ton seul et véritable ami.

LE PRESLE

Oui, je devrais lui être attaché, car il me coûte assez cher à entretenir, cet ami-là! Pauvre Soliman, va! il m'a fait oublier ma tulipe.

HORTENSE

C'est un petit malheur bien involontaire et qui...

LE PRESLE

(*L'interrompant.*) Tiens, ma femme, ne continue pas sur ce ton, ou je vais prendre mon chapeau et je fuis la maison, car tu me fais perdre patience.

HORTENSE

Que tu es devenu irascible, mon Dieu !... Eh bien ! parlons d'autres choses.

LE PRESLE

A propos, je voulais te dire que le jeune Henri Dersaut vient de me faire ses ouvertures touchant la main de notre fille.

HORTENSE

En vérité !... Et que lui as-tu répondu ?

LE PRESLE

Je lui ai dit que je lui rendrais une réponse après vous avoir consultées, toi et Julie.

SCÈNE VIII

Les Mêmes, DERSAUT

DERSAUT

(Il entre sans frapper.) Ah ça ! un seul homme pourrait prendre votre maison à l'abordage. Je suis arrivé jusqu'ici sans rencontrer âme qui vive. Est-ce jour de congé chez vous pour les domestiques ?

LE PRESLE

(Il se place devant Dersaut les mains derrière le dos et le regarde en face.) Jour de congé pour les domestiques !... *(A part en se retournant.)* Est-ce qu'il viendrait encore pour se moquer de nous ?

DERSAUT

Madame, votre santé est bonne ? Et vous, Le Presle, vous avez un air morose qui ne vous est pas habituel ; souffrez-vous ?

LE PRESLE

Si j'ai un air morose, c'est que j'ai des raisons pour cela.

DERSAUT

Dites donc, cher ami, ce n'est pas l'accident de votre cheval qui vous chagrine ?

LE PRESLE

Laissez-moi tranquille avec mon cheval ; j'ai bien autre chose en tête.

DERSAUT

Eh bien ! contez-moi cela. (*Il s'assied.*)

LE PRESLE

Ça ne vous regarde pas.

HORTENSE

Mon ami !...

DERSAUT

Je vois en effet qu'il faut que vous soyez bien tourmenté !... Et moi qui venais avec une bonne nouvelle dans ma poche.

LE PRESLE

Quelle nouvelle ?

DERSAUT

Ma foi, je n'ose plus ; avec un homme de mauvaise humeur on ne sait trop sur quoi compter. (*Le Presle s'assied à côté de sa femme. Dersaut se lève et se promène en parlant.*) Ce n'est pas lui que je redoute, ni son excellente femme. Quelles braves gens !... Je suis sûr que ce bon Le Presle va me sauter au cou quand je vais lui demander sa fille... Mais c'est elle, c'est cette petite rieuse, cette petite espiègle de Julie, malgré ses vingt-deux ans... C'est là le nœud gordien. Je suis bien rassuré du côté de l'amitié, que ne suis-je aussi avancé dans les bonnes grâces de l'amour. J'aurais dû l'épouser il y a cinq ans, quand père et mère

voulaient presque m'y forcer. Je me suis défendu comme un
beau diable par pure délicatesse. Elle n'avait que dix-sept
ans et n'était pas maîtresse de sa personne : j'ai bien peur
que cette délicatesse ne me rapporte rien de bon... Je n'ai
que quarante-quatre ans, suis-je donc trop vieux pour
l'amour ?... Cependant je me sens rajeunir... Je suis réellement amoureux... (*Le Presle fait des mouvements
d'impatience.*)

HORTENSE

Il paraît, M. Dersaut, que quand vous avez une bonne
nouvelle à apprendre à vos amis elle vous coûte à dire.

DERSAUT

Oh! Madame, bien au contraire, et si votre mari est
disposé à m'écouter...

LE PRESLE

Allez, je vous écoute. (*A part.*) Je me défie de sa bonne
nouvelle.

DERSAUT

Et, d'abord, j'ai dit bonne nouvelle parce que je croirais
vous faire injure que de supposer que votre amitié n'est
plus aussi vive que par le passé, qu'elle n'est pas restée,
enfin, ce qu'est toujours la mienne.

HORTENSE

Oh! certes oui, ce serait nous faire injure.

DERSAUT

Je n'en doute pas, mes amis, c'est pourquoi je viens sans
crainte vous demander ce que votre amitié m'a déjà offert
il y a cinq ans, et que j'ai cru devoir refuser, c'est-à-dire la
main de votre fille.

LE PRESLE

Je n'ai pas encore eu le temps d'en parler à Julie. Sa main
ne dépend que d'elle, et aussitôt qu'elle se sera décidée...

DERSAUT

Comment! vous saviez! qui vous a donc informé?

LE PRESLE

Mais votre neveu, ce matin.

DERSAUT

Quoi, mon neveu! mais je ne l'avais pas chargé de mes affaires.

LE PRESLE

Vos affaires! mais il me semble que ce sont bien plutôt les siennes. Il m'a fait ce matin la déclaration de ses sentiments.

DERSAUT

Quels sentiments?

LE PRESLE

Eh! ses sentiments pour ma fille; on dirait que vous revenez de l'autre monde.

DERSAUT

Ainsi il vous a demandé ce matin la main de votre fille?

LE PRESLE

Sans doute!

DERSAUT

Pour lui?

LE PRESLE

Sans doute! Et pour qui donc?

DERSAUT

Ceci est un peu fort, voilà ce qui s'appelle une véritable trahison. (*A part.*) Ah! mon neveu, vous êtes un ingrat.

LE PRESLE

Puisque vous venez appuyer sa demande, nous pouvons...

DERSAUT

Moi! pas du tout, je n'appuie pas mon neveu. La démarche

que je fais en ce moment est pour mon propre compte, et je vous adresse ma demande officiellement.

LE PRESLE, *se levant vivement.*

Vous!...

DERSAUT

Mais oui, moi.

LE PRESLE

Et c'est là votre bonne nouvelle! à la bonne heure! Tu l'as entendu Hortense... Quelle gracieuse nouvelle! quel honneur pour nous! M. Dersaut épouse notre fille! Ah! ça, êtes-vous devenu fou, et avez-vous juré de me pousser à bout. Ma fille, à présent! il lui faut ma fille!

DERSAUT

Voilà une animation qui a lieu de m'étonner.

LE PRESLE

C'est ça. Ne vous gênez pas, faites comme chez vous. Mon cheval hier, ma fille aujourd'hui, ma femme demain, sans doute! Et moi, bourreau, que comptez-vous faire de moi, dites? Irez-vous me vendre au marché?... Mais c'est assez...

DERSAUT

Est-ce que je rêve? Suis-je bien éveillé?

LE PRESLE, *s'animant de plus en plus.*

Ma patience est à bout, sachez que je ne veux pas être plus longtemps l'esclave docile de vos caprices, ni le jouet de votre impudence. Sortez de chez moi.

HORTENSE

Oh! mon ami! Monsieur!...

LE PRESLE

Je me suis contenu trop longtemps. Sortez, vous dis-je.

DERSAUT

Quelle ingratitude! grands dieux!

3.

LE PRESLE

Je vous chasse, et que votre visage ne vienne plus provoquer ma colère.

DERSAUT

Puisse le ciel vous pardonner une aussi noire ingratitude ! (*Il sort.*)

SCÈNE IX

LE PRESLE, HORTENSE, MARIE.

HORTENSE

Oh ! mon ami, comme tu t'emportes à présent, toi, si calme autrefois, et envers qui encore ! Oh ! mon Dieu ! Le ciel nous a-t-il réservé des chagrins pour notre vieillesse ?

LE PRESLE, *se promenant.*

Laissez-moi tranquille. Appelez votre fille. (*Hortense sonne. Moment de silence. Marie paraît à la porte.*)

HORTENSE

Priez ma fille de descendre un instant.

MARIE

Oui, Madame. (*Elle sort.*)

LE PRESLE

Parle-lui, toi ; il faut lui faire épouser le neveu, quand ce ne serait que pour faire enrager l'oncle.

HORTENSE

Mon ami, je ne te reconnais plus... En vérité tu m'épouvantes. Je n'entends pas sacrifier ma fille pour servir ta haine... ta haine injuste...

LE PRESLE

Injuste !

HORTENSE

Oui, injuste, j'ose le dire. Julie acceptera ou refusera, et dans les deux cas je l'approuverai. La voilà qui vient... Contiens-toi. Vraiment, je ne te reconnais plus !

LE PRESLE

C'est vrai ! je ne me reconnais plus moi-même. Je ne sais quel serpent je nourris dans mon sein, mais je suis vraiment malheureux.

HORTENSE

Chut !... la voilà.

SCÈNE X

LES MÊMES, JULIE.

JULIE

Ah ! maman, tu m'as dérangée au bon moment. J'essayais le joli chapeau dont papa m'a fait cadeau à l'occasion de ma fête. (*Elle regarde la figure de son père et reste interdite.*)

HORTENSE

Ma fille, nous vous avons fait venir, votre père et moi, pour vous parler de choses sérieuses. Soyez donc sérieuse, je vous prie.

JULIE

Oui, maman.

HORTENSE

Ma fille, vous êtes d'âge à vous marier, vous le savez aussi bien que moi ; or, j'ai à vous apprendre que deux personnes honorables recherchent votre main et vous ont demandée à votre père.

LE PRESLE

Tu n'as pas besoin de lui parler du second.

HORTENSE

Mon ami, laisse-moi faire. Ne m'interromps pas. (*A sa fille.*) Vous les connaissez tous deux ; vous avez été à même de les apprécier ; leur caractère et leur fortune vous sont connus ; je n'ai plus qu'à les nommer et à vous laisser réfléchir ; le premier est M. Henry Dersaut.

JULIE

Oh ! pour celui-là, maman, je n'ai pas besoin de réfléchir ; je n'en veux à aucun prix. Non-seulement je ne l'aime pas, mais c'est tout au plus si je pourrais jamais l'estimer. Passons au second.

LE PRESLE

Elle n'a pas plus envie du second que du premier. Inutile de lui en parler.

HORTENSE

Et la justice, mon ami, la justice... Le second, ma fille, est M. Dersaut lui-même, l'oncle de M. Henry.

JULIE

Vraiment !... M. Dersaut m'a fait l'honneur de demander ma main... Comment avez-vous accueilli sa demande ?

LE PRESLE

Je l'ai mis à la porte.

JULIE

Oh ! vous plaisantez, mon père ?

LE PRESLE

Je ne plaisante pas ; j'étais bien sûr de tes sentiments, je l'ai mis à la porte.

JULIE

A la porte !... Est-il possible, maman ?

HORTENSE

Ce n'est que trop vrai.

JULIE

Mon Dieu ! pour avoir recherché ma main ? Ne l'a-t-il donc pas fait avec décence et politesse ?

HORTENSE

Tu le connais, ma fille, il est incapable de manquer aux convenances.

LE PRESLE

Oui, parlons-en : il est venu demander ta main en nous disant qu'il nous apportait une bonne nouvelle... une bonne fortune...

JULIE, *l'interrompant.*

C'est que c'est en effet une excellente nouvelle pour moi et même une bonne fortune. Autant j'ai peu d'estime pour le neveu, autant j'apprécie le noble caractère de l'oncle, sa bonté et sa franchise, et j'avoue qu'il a conquis depuis longtemps toute mon affection.

LE PRESLE

C'est toi, ma fille, ma Julie, que j'entends parler ainsi ?

JULIE

Sans doute, mon père, je suis surprise de votre étonnement, mais j'attends de votre bonté et de votre justice que vous déclariez à M. Dersaut que je l'accepte pour mon époux.

LE PRESLE

Malheureuse! je te défends de penser à cette union.

JULIE

Mon père, j'accepte M. Dersaut pour mon époux.

LE PRESLE

Je te le défends, fille dénaturée! Oses-tu bien braver ton père et te liguer contre lui avec son ennemi le plus acharné.

JULIE

Qu'entends-je? lui, votre ennemi, est-ce bien vous, mon père, qui avez...

LE PRESLE

Oui, mon ennemi. Et tu oses...

JULIE

Mon père, j'ose accepter M. Dersaut pour mon époux.

LE PRESLE

Tais-toi malheureuse! Sors de ma présence! ou, plutôt, non, fille ingrate! reste, et reçois ma malédiction! Je te maudis!...

HORTENSE

Ma fille! ma pauvre fille! (*Elle la serre dans ses bras.*)

ACTE TROISIÈME

SCÈNE PREMIÈRE

HORTENSE, JULIE.

HORTENSE

Laisse la lettre sur la table, ton père ne va pas tarder à venir, c'est l'heure où d'habitude on lui apporte son courrier, il la lira, et peut-être, si son emportement s'est calmé, reviendra-t-il à des sentiments plus dignes d'un père de famille.

JULIE

Ah! maman, c'est toi qui l'as voulu...

HORTENSE

Ne crains rien.

JULIE

Le style de ma lettre n'est pas convenable; mon père aura raison de me traiter de fille insoumise, et, au lieu de me pardonner, sa colère s'irritera encore.

HORTENSE

Ne crains rien, te dis-je, mon enfant; n'avons-nous pas suivi le conseil d'un homme âgé et respectable qui est notre ami à tous. Ayons donc confiance en Dieu!

SCÈNE II

LES MÊMES, JEANNE.

JEANNE

Bonjour, Madame ; bonjour, Julie.

HORTENSE

Je vous félicite ma chère Jeanne de l'avancement de votre futur époux, cela va hâter votre mariage.

JEANNE

Oui, Madame, je me marie de lundi en huit.

HORTENSE

Et vous faites bien ; il ne faut jamais remettre au lendemain ce qu'on peut faire le jour même, c'est un vieil adage, vous savez ; et que de mariages manqués par la lenteur des préparatifs !

JEANNE

Mais aujourd'hui je n'ai plus aucune crainte : M. le curé m'a donné liberté de manœuvre, et m'a même défendu de faire le mois de Marie. (*A Julie.*) Ce bon M. le curé !... de sorte que j'ai cru pouvoir accepter ma corbeille de noces. Tu n'as pas l'air gaie, Julie.

JULIE

Mais si, ma chère Jeanne, je suis enchantée de ton bonheur.

JEANNE

Et moi qui suis venu dans l'intention de vous étaler tous les trésors de ma parure. J'ai même pris la liberté de faire porter dans ta chambre ce que je voulais essayer.

HORTENSE

Nous allons aller voir tout cela.

JEANNE

Figure-toi que j'aurai une robe en petite moire blanche avec des volants en haut ruban de satin blanc, tuyautés, portant au bas des perles de jais blanc, formant un petit feston à jour. Le corsage montant est brodé partout et garni aussi de jais blanc. La collerette et les manchettes sont de hautes barbes en point d'Alençon.

JULIE

Oh! mais c'est magnifique.

HORTENSE, *se levant.*

Nous allons aller voir tout cela.

JEANNE

M. Adolphe m'a rapporté aussi un vrai bijou de chapeau en satin blanc, la voilette en haute blonde blanche est parsemée des mêmes perles, et l'intérieur est garni en gobes de velours rose dont le cœur est de même en jais blanc.

JULIE

Allons vite voir tes merveilles, heureuse fiancée.

SCÈNE III

(Prosper apporte le courrier; Le Presle entre au moment où il sort.)

LE PRESLE, *seul.*

Est-il possible d'être aussi malheureux! Qu'elle fatalité s'attache à mes pas? Tout le monde m'abandonne : mes vieux serviteurs s'éloignent sans regret de ma maison... ma femme et ma fille me fuient, car j'ai maudit l'une et j'ai perdu l'estime de l'autre... j'ai chassé de chez moi... je n'ose prononcer son

nom! Amitié, amour, estime, j'ai tout perdu sans espoir. De
tant de biens que je possédais je n'ai conservé que le plus
méprisable... la fortune... Et cette fortune à qui la dois-je?...
Sans lui... mon Dieu! mon Dieu! Puis-je au moins me sauver
de mon propre mépris!... (*Il s'approche de la table et voit
la lettre à son adresse*). Cette lettre... mais... c'est l'écriture
de ma fille... oui... c'est bien là son écriture... Ma fille ne
me parle plus... elle m'écrit... je l'ai maudite, ma Julie! (*Il
se laisse tomber dans un fauteuil.*) Ma pauvre fille! (*Il essuie
ses larmes.*) Non, elle ne me parle plus... elle m'écrit!... mon
enfant, ma pauvre enfant! Voyons, cependant. (*Il lit.*)

« Mon cher père,

« Veuillez oublier un instant votre courroux pour lire avec
« indulgence la prière que vous adresse une fille respectueuse,
« dont le cœur, dévoué aux meilleurs des pères, est rempli
« d'amertume... »

Va, ma pauvre enfant, mon courroux est bien tombé,
l'abattement l'a remplacé; j'ai plus besoin de consolation
que toi.

« Néanmoins, mon attachement pour vous, mon bon père,
« ne me fera pas dévier un instant de la ligne que me trace
« mon devoir. Pardonnez à votre fille si elle s'égare en
« croyant suivre la voie de la vertu. Je vous prie et vous
« supplie de vouloir bien donner votre consentement à mon
« mariage avec M. Dersaut. Je ne veux rien vous cacher,
« mon père, de mes véritables intentions, car je les crois
« justes. Ceci n'est qu'une prière officieuse. » (*S'arrêtant.*)

C'est-à-dire que les sommations officielles viendront
après... Je comprends bien. (*Il continue.*)

« Veuillez donc y faire droit, je vous prie, je vous en

« supplie; et veuillez vous rappeler aussi que vous avez
« maudit votre fille qui a besoin de vous embrasser.

« Votre Julie qui vous aime. »

Que faire? Quel parti prendre? Je suis seul et sans conseil.
Ma femme, dont les avis m'étaient si souvent utiles, m'a aban-
donné; elle a pris la défense de sa fille... Peut-être ont-elles
raison?... Il me semble que je rêve... Où puiser une consolation? Comment conserver ma dignité! Pas un ami...
(*Le curé entre doucement et entend les dernières paroles
de Le Presle.*)

SCÈNE IV

LE CURÉ, LE PRESLE.

LE PRESLE, *sans voir le curé.*

Mon enfant chérie que j'ai maudite, et moi aussi j'ai bien
besoin de t'embrasser; et pas un ami !...

LE CURÉ, *s'approchant.*

Et moi, pour qui me comptez-vous?... Je viens partager
vos peines comme j'ai partagé vos joies.

LE PRESLE

Ah! Monsieur, soyez le bienvenu... Je suis bien malheureux !...

LE CURÉ

Je sais tout et je viens vous conseiller, non pas en confes-
seur, mais en ami. Votre femme et votre fille sont dans les
larmes...

LE PRESLE

Hélas!

LE CURÉ

Et votre meilleur ami est au désespoir.

LE PRESLE

Hélas !

LE CURÉ

Il faut reprendre votre énergie, M. Le Presle, car il en faut pour chasser l'orgueil de son cœur et y faire rentrer la justice. Vous avez injurié votre ami, vous lui devez des excuses.

LE PRESLE

Des excuses!... Non. Je ne crois pas qu'il soit mon ami.

LE CURÉ

Allons, vous voulez avoir tort jusqu'au bout et garder tout le mauvais rôle. Eh bien! sans lui faire d'excuses, faites seulement appel à son amitié outragée. Ecrivez-lui que vous êtes malheureux, qu'il vienne vous consoler.

LE PRESLE

Il ne viendra pas.

LE CURÉ

C'est un cœur d'or, il viendra.

LE PRESLE

Non, il ne viendra pas, car je ne veux pas lui faire d'excuses.

LE CURÉ

Ne lui faites pas d'excuses; tenez, écrivez. (*Il le fait asseoir.*)

LE PRESLE

Que voulez-vous que j'écrive?

LE CURÉ

Ecrivez, vous dis-je. Y êtes-vous? Je dicte : « Quoi de plus « rare que la charité? » Ecrivez-vous? « Quoi de plus rare « que la charité? »

LE PRESLE *écrit et répète tout en se retournant et regardant l'abbé.*

Quoi de plus rare que la charité?

LE CURÉ

« La reconnaissance.

LE PRESLE *écrit et répète.*

La reconnaissance.

LE CURÉ

« Quoi de plus rare que la reconnaissance?

LE PRESLE, *même jeu.*

Quoi de plus rare que la reconnaissance?

LE CURÉ

« La charité pour l'ingratitude. »

LE PRESLE, *même jeu.*

La charité pour l'ingratitude.

LE CURÉ

« Quoi de plus rare que la charité pour l'ingratitude? »

LE PRESLE, *même jeu.*

Quoi de plus rare que la charité pour l'ingratitude?

LE CURÉ

« Rien.

LE PRESLE

Rien.

LE CURÉ

« Je suis malheureux; viens me consoler. » Signez : « Ton ami, Le Presle. »

LE PRESLE

Voilà.

LE CURÉ

Pliez et mettez l'adresse.

LÉ PRESLE

Voilà! Et à présent.

LE CURÉ

A présent, laissez-moi faire. (*Il sonne.*) Martin va aller porter cette lettre. Retirez-vous.

LE PRESLE

S'il vient, j'aurai renié un véritable ami ; mais ma femme et ma fille?

LE CURÉ

Laissez-moi faire; retirez-vous.

LE PRESLE

Oh! oui. Vous m'appellerez; je ne veux pas être là quand Dersaut viendra. (*Il sort. Martin entre.*)

SCÈNE V

LE CURÉ, MARTIN.

LE CURÉ

Martin, va vite porter cette lettre à M. Dersaut, et cours. En passant dis à ta mère de venir me parler ici.

MARTIN

Oui, M. le curé.

SCÈNE VI

LE CURÉ, *seul.*

Allons, j'espère que je vais faire rentrer la paix dans cette maison que j'avais laissée hier si calme et que je retrouve

toute bouleversée aujourd'hui. Le Presle est un excellent
homme, mais il nous donne un exemple frappant de ce que
peut un seul mauvais sentiment se glissant dans un cœur
honnête. Quel funeste ravage le fardeau de la reconnaissance
a causé dans son âme! Je suis peut-être trop indulgent, mais
je t'excuse, cœur loyal : dans l'impossibilité de payer ta
dette, c'est-à-dire de rendre un bienfait pour un bienfait, ta
longue gratitude pour le bienfaiteur a fait place à la haine
pour le créancier qui a refusé de se payer en refusant ta fille.
Aujourd'hui, ton esprit malade ne voit pas que c'est là ton
ancre de salut. Ta fille l'a bien compris; elle agit en conséquence. Je suis heureux de penser que ce n'est pas pour elle
un sacrifice, mais une bénédiction du ciel; car elle sauve son
père en faisant son propre bonheur... Mais voici venir Augustine. Il faut que je fasse ici un peu de politique pour remettre
les choses à leur place. Il faut convenir que Mme Le Presle y
a mis un peu d'entêtement...

SCÈNE VII

AUGUSTINE, LE CURÉ.

AUGUSTINE

Vous me faites demander, M. le curé.

LE CURÉ

Oui, ma bonne Augustine, j'avais une proposition à vous
faire à propos de votre fille Marie. J'ai voulu vous en parler
avant de m'entendre avec Mme Le Presle, car c'est de vous
qu'elle dépend d'abord, puisque vous êtes sa mère.

AUGUSTINE

Vous êtes bien bon, M. le curé, nous sommes tout à fait
pour vous obéir.

LE CURÉ

Allons, tant mieux. Je viens au fait : Je voulais vous demander si vous consentiriez à laisser faire à votre fille le mois de Marie.

AUGUSTINE

Le mois de Marie à notre fille ! C'est trop d'honneur pour nous, M. le curé, avec toutes les belles demoiselles de la ville ?

LE CURÉ

Non, pas toutes, malheureusement, bonne mère, mais enfin un bon nombre au milieu desquelles votre fille ne sera pas déplacée. C'est une charmante enfant, belle et sage ; nous lui voulons tous du bien.

AUGUSTINE

Ces demoiselles seront-elles contentes? La fille d'une cuisinière !

LE CURÉ

Soyez tranquille, je m'en charge Les vierges qui servent Marie ne sont pas des vierges folles, mais des vierges sages, et toutes les vierges sages se valent. Ainsi vous consentez?

AUGUSTINE

Ah! M. le curé! je crois bien que je consens.

LE CURÉ

Ainsi je n'ai plus qu'à en parler à Madame.

AUGUSTINE

Ah! mon Dieu! M. le curé! c'est que... vous ne savez pas?... moi qui n'y pensais plus tant j'étais saisie de voir ma fille faire le mois de Marie...

LE CURÉ. (*A part.*)

Nous y voilà.

AUGUSTINE

Nous allons être bien embarrassés, et je ne sais pas si ce sera possible. Madame ne vous a donc pas dit que nous quittions son service?

LE CURÉ

Eh quoi! vous quittez vos maîtres?

AUGUSTINE

Hélas! il le faut bien : mon mari est buté à cette idée-là; il ne voudra pas en démordre, parce que Madame ne veut pas donner de gage à nos enfants qui travaillent autant que nous, aussi vrai qu'il n'y a qu'un bon Dieu. Mais ce n'est pas moi, M. le curé, croyez-le bien, c'est mon mari qui a cette idée-là en tête, et je suis bien obligée de faire comme il veut. Pour moi je passerai bien par là-dessus, je ne suis pas intéressée avec d'aussi bons maîtres, et...

LE CURÉ

Arrêtez-vous un peu, et que je vous gronde de votre peu de confiance dans vos maîtres et de votre ingratitude : D'abord, connaissez-vous les intentions de Mme Le Presle? Non, n'est-ce pas?

AUGUSTINE

Pour ça, c'est vrai qu'ils aiment bien nos enfants, mais ils n'ont pas d'intentions pour eux. C'est pour ça que mon mari...

LE CURÉ

Laissez votre mari à son ouvrage, ainsi que son fils, ce courageux garçon, honnête et sobre. Savez-vous ce que son maître a mis de côté pour lui s'il tombait au sort. Il va tirer cette année?

AUGUSTINE

Hélas! oui, Monsieur. Ce serait bien malheureux s'il tombait au sort, vu qu'il se perdrait au régiment : il est si simple. Il ne sait que travailler. Ah! si Monsieur avait eu une intention pour lui... je...

4

LE CURÉ

Il l'a eue l'intention. M. Le Presle aurait payé le rempla-
cement de votre fils.

AUGUSTINE

Pas possible! mon doux Jésus!

LE CURÉ

Et Madame a mis de côté pour votre fille de quoi lui faire
un beau trousseau quand viendra son tour de se marier.

AUGUSTINE

Ah! malheureuse que je suis! d'aussi bons maîtres! M. le
curé, savez-vous s'ils ont trouvé d'autres gens?

LE CURÉ

Je ne crois pas; mais puisque votre mari veut s'en aller.

AUGUSTINE

Mon pauvre Prosper! Il en pleurait encore hier au soir,
rien que d'y penser. Oh! que non, qu'il ne quittera pas;
c'est moi qui vous le dis, et que je saurai bien l'en empêcher.
Je voudrais bien voir qu'il fît un coup comme ça de sa tête.

LE CURÉ

Tout à l'heure vous disiez que c'était votre mari qui vous
forçait à obéir.

AUGUSTINE

Moi, M. le curé, je n'ai pas souvenance; oh! bien sûr qu'il
restera, et bien content encore.

LE CURÉ (*A part.*)

Elles sont toutes comme ça. Le mari travaille et ne songe à
rien; c'est la femme qui pense pour lui : elle ordonne à son mari
de lui commander d'obéir, et le brave homme fait ce qu'elle
veut. Décidément les maris valent mieux que leurs femmes.

AUGUSTINE

Alors, M. le curé, vous serez assez bon pour en parler à
Madame.

LE CURÉ

Oui, mais vous viendrez aussi tout a l'heure lui faire vos excuses quand je sonnerai, et surtout ne parlez pas de ce que je vous ai dit; c'est un secret. N'ayez pas l'air de rester par intérêt.

AUGUSTINE

Oh! ce n'est pas par intérêt bien sûr; ne croyez pas cela, M le curé, car...

LE CURÉ

C'est bon, c'est bon, allez-vous-en... j'entends venir.

AUGUSTINE, *regardant à la porte.*

C'est Madame et Mademoiselle. Parlez-lui, M. le curé, bien sûr que ce n'est pas par intérêt...   (*Elle sort.*)

SCÈNE VIII

LE CURÉ, HORTENSE, JULIE

HORTENSE

Eh bien! M. le curé... mon mari?... ma fille n'a pu résister à son impatience. Avez-vous de bonnes nouvelles à nous annoncer? l'avez-vous calmé?

LE CURÉ

Madame, j'ai tout lieu d'espérer que votre mari va rentrer dans son caractère ordinaire. C'est une tempête qui a été précédée et qui sera suivie d'un long calme. J'attends M. Dersaut. Votre mari lui a écrit.

JULIE

Mon père lui a écrit? Cela a dû bien lui coûter? Et lui avez-vous parlé de moi? Sa colère contre sa fille est-elle un peu apaisée?

LE CURÉ

Rassurez-vous, Mademoiselle; le pauvre père est plus à plaindre que vous; et s'il pense encore à ses dures paroles, ce n'est que pour se maudire lui-même. Je l'ai trouvé les larmes aux yeux demandant à embrasser sa fille chérie.

JULIE

Oh! pauvre père, je vais... (*Elle fait un mouvement pour sortir.*)

LE CURÉ

Pas encore, Mademoiselle, restez je vous prie. Nous attendons M. Dersaut. Ménageons la sensibilité et la dignité de celui que vous aimez tant, et pour cela il faut qu'il nous trouve tous ici réunis. Ayant des torts envers tous, il ne saura à qui répondre quand tout le monde lui pardonnera à la fois. Approuvez-vous mon plan.

HORTENSE

Vous êtes un saint homme, Monsieur, vous êtes notre providence.

LE CURÉ

Vous vous trompez fort, Madame, ce que j'ai fait est bien simple. Ce sont les ressources des vertus renfermées dans votre maison qui, plus que moi, ont débrouillé ce chaos passager. Vos domestiques, Madame, vont venir vous demander leur grâce comme des coupables, accordez-leur l'absolution.

HORTENSE

Je les recevrai comme vous le désirez; je comptais sur leur soumission, et je leur ai déjà pardonné. Je leur ferai part de mes intentions pour leurs enfants.

LE CURÉ

Vous ferez bien, c'est une récompense qu'ils ont méritée par leurs longs services et leur fidélité. Mais, mon Dieu !

Dersaut tarde bien. S'il ne venait pas!... Je crois que je
l'entends; oui, c'est lui, le voilà! fidèle ami va!...

SCÈNE IX

LES MÊMES, DERSAUT.

DERSAUT, *entrant brusquement.*

Où est-il?... Il n'est pas là?... Où est-il donc? Dites-moi
où il est?...

LE CURÉ

Il va venir, Monsieur, il va venir; entrez, je vous prie.

DERSAUT

Madame, Mademoiselle, pardonnez-moi si dans mon
trouble...

HORTENSE

Oh! Monsieur, soyez le bienvenu; si votre noble cœur a
oublié l'outrage...

DERSAUT

Madame, je vous en prie, ne parlons plus de cela; c'est
mon ami que je veux voir. L'a-t-on prévenu.

LE CURÉ

Il vous guettait; soyez sûr qu'il va venir. Tenez, je l'entends.

SCÈNE X

LES MÊMES, LE PRESLE.

(*Le Presle ouvre la porte et reste debout sur le seuil, tous
se lèvent à la fois.*)

DERSAUT

Mon ami!

HORTENSE

Mon mari !

JULIE

Mon père !

(*Ils vont au devant de lui, le curé reste seul sur le devant de la scène et tire son mouchoir. Le Presle est reçu dans leurs bras; il embrasse sa femme, sa fille, etc...*)

LE CURÉ

Voilà un bon moment.

LE PRESLE

Mon ami, mon digne ami, que j'ai été ingrat envers toi ; me pardonneras-tu? Et toi ma fille? — (*A Dersaut.*) Tiens, passe de ce côté, je te tutoie parce que tu es mon gendre.

DERSAUT

Non, mon ami, non. Pardonnez, Mademoiselle, un moment d'égarement : J'ai cru un instant que malgré mon âge...

LE PRESLE

Comment ton âge! Tu n'en veux plus, à présent; tu voulais l'épouser malgré moi.

DERSAUT

Malgré toi, mon ami, jamais.

LE PRESLE

Ah ça! Est-ce que je rêve encore? ma fille m'a fait une sommation respectueuse. N'est-il pas vrai, Julie?

LE CURÉ

Oui. J'en suis témoin; mais c'est Mademoiselle qui veut ou du moins qui voulait vous épouser malgré son père.

DERSAUT

Comment cela? Est-il possible, mon Dieu?...

LE PRESLE

Explique-toi, ma fille.

JULIE

Oui, mon père : j'aurais été heureuse d'épouser M. Dersaut, mais je ne vous eusse pas désobéi. Dans tout ce que j'ai fait j'ai suivi les conseils de M. le curé.

LE CURÉ

C'est moi qui suis le coupable, le seul coupable, si M. Dersaut s'obstine à refuser une alliance que tout le monde lui offre.

DERSAUT

Moi, à Dieu ne plaise! c'est un bonheur au-dessus de mes espérances. Madame, daignez le confirmer par une parole.

HORTENSE

Mon mari vous donne sa fille, je vous la donne, elle se donne à vous, prenez-la donc.

DERSAUT

Ah! Julie. Quel beau jour pour moi!

LE PRESLE

Et plus beau pour moi encore, car je te donne mon trésor le plus cher, je te donne ma fille, une douce compagne jusqu'à la fin de tes jours; je te rends bienfait pour bienfait. Je sens mon cœur s'alléger : ma dette est payée; nous sommes quittes et bons amis. La reconnaissance à vie est un lourd fardeau, c'est sans doute pour cela qu'il y a tant d'ingrats sur la terre.

LE CURÉ

Il devrait y avoir prescription pour cette dette-là comme pour les autres, le nombre des ingrats diminuerait beaucoup. (*Il sonne.*)

LE PRESLE

Hortense, ma chère femme, je t'ai fait souffrir, mais tu es la moitié de moi-même, je n'ai pas d'excuses à te faire. Viens près de moi; donne-moi la main. Quant à toi, ma fille, sois heureuse, je te bénis. Puissent toutes les filles ne se servir de leur droit que pour un si bon usage.

SCÈNE XI

Les mêmes, PROSPER, AUGUSTINE

LE PRESLE

Ah ça! venez-vous prendre congé de nous dans un si bon moment?

PROSPER

Bien au contraire, Monsieur, nous venons vous dire que nous restons si vous voulez bien nous garder, et bien contents encore. Pour moi j'en serais mort de chagrin.

LE PRESLE

A la bonne heure! la noce n'aurait pas été complète sans vous. Ma fille épouse M. Dersaut.

AUGUSTINE

Ah! quel bonheur! (*A Dersaut.*) Bien mon compliment, Monsieur, c'était là tout le mal que je vous souhaitais, et j'espère bien bercer encore les petits enfants de Madame quand elle en aura, car elle en aura bien sûr, car...

HORTENSE

Assez, assez, Augustine, si on vous laissait aller vous n'en finiriez pas.

AUGUSTINE

C'est la joie, Madame!

SCÈNE XII

LES MÊMES, JEANNE, HENRY, ADOLPHE.

JEANNE

Ah! mon Dieu! que vous avez tous l'air joyeux? Quelle bonne nouvelle allez-vous nous apprendre?

LE PRESLE

Soyez les bienvenus, et sachez ce qui fait notre joie à tous. (*A Henry.*) M. Henry, je vous devais une réponse, la voici : Votre oncle épouse ma fille.

JEANNE

Ah! quel bonheur, nous nous **marierons** le même jour, et nous ne ferons·qu'une noce!

HORTENSE

C'est bien entendu. M. le curé se chargera de régler les préparatifs.

LE CURÉ

Très-volontiers, Madame.

ADOLPHE

Permettez-moi de vous féliciter du juste sujet de votre joie, et de vous exprimer la mienne en particulier, puisque à présent (*à M. et Mme Le Presle*) j'épouse la nièce de votre gendre, et que par conséquent je suis de la famille.

JULIE

Ainsi tout le monde est content!

HENRY

Comment, mon oncle, réellement vous vous mariez?

4·

DERSAUT

Mais oui mon neveu; et tu mériterais bien que je dévoilasse ici ta trahison; tu as voulu marcher sur mes brisées!

HENRY

Je ne regrette qu'une chose : c'est de n'avoir pas réussi. Vous marier! Est-il possible? Je ne peux pas y croire.

DERSAUT

Rien n'est plus sérieux.

HENRY

Mais vous me volez, mon oncle; et votre héritage, vous n'y pensez donc pas? (*Pendant cette scène Hortense parle bas à ses domestiques.*)

DERSAUT

Est-ce que tu plaisantes? mon argent m'appartient, je suppose, et je ne t'avais pas promis de rester garçon.

HENRY

Un oncle qui m'a élevé!...

DERSAUT

Eh bien!...

HENRY

Qui a pris tant de soin de mon enfance!

DERSAUT

Eh bien!

HENRY

Un oncle qui m'a tiré de tous les mauvais pas où je me suis fourré!...

DERSAUT

Eh bien!

HENRY

Un oncle qui m'aimait comme son fils, qui payait mes

dettes, qui se serait jeté à l'eau pour moi, qui aurait passé à travers le feu, qui aurait fait le tour du monde!... Oh! comme j'ai été trompé!

DERSAUT

Tu veux rire.

HENRY

Vous marier! Allez, mon oncle, ce dernier trait me fait oublier tout le reste; et quoique vous fassiez désormais, vous n'êtes plus pour moi qu'un ingrat!...

UN FAUX DRAME

COMÉDIE EN UN ACTE ET EN PROSE

UN FAUX DRAME

———◦◦◦———

PERSONNAGES

Le duc D'ARFORD, faux duc.
ROLLAND, son complice.
MOREL, vrai duc, amant d'Anna.
MICHEL, serviteur fidèle et dévoué.

PIERRE, jardinier.
GENDARMES.
ANNA, cousine du vrai duc.

———

La scène se passe au château d'Arford.

Salon convenablement meublé. Table à droite recouverte d'un tapis, secrétaire à gauche. Portes au fond, à droite et à gauche.

———

SCÈNE PREMIÈRE

LE DUC D'ARFORD, ROLLAND, PUIS MICHEL.

ROLLAND

Je te dis que je veux de l'argent, et j'en aurai.

LE DUC

C'est assez me faire chanter. Est-ce que tu crois que je vais rester sous ta coupe jusqu'à la consommation des siècles. Prends garde a toi ! tu me lasserais à la fin. Tu n'auras pas d'argent.

ROLLAND, *se croisant les bras.*

Je n'aurai pas d'argent !... *Michel entre doucement et se place derrière eux.*)

LE DUC

Tu n'en auras pas, et tu n'en auras plus.

ROLLAND

Allons donc ! tu ne voudrais pas te brouiller avec un ancien, ça te porterait malheur. Et puis un gueux comme moi, vois-tu, ça n'a rien à perdre. Si tu fais l'avare, je ne fais ni une ni deux, je te dénonce.

LE DUC

Allons, c'est bon, c'est bon ! En attendant fais-moi le plaisir de ne plus mettre les pieds au château, ou je t'en fais chasser par mes valets. Va me dénoncer, marche !

ROLLAND

J'avais prévu cela. Il faut toujours se tenir en garde quand on a affaire à des coquins... Aussi ai-je pris mes précautions. (*Grossissant la voix.*) Et l'enfant que tu croyais mort...

LE DUC, *vivement.*

Pas si haut, les murs ont des oreilles, et les domestiques rôdent partout. Voyons si personne ne nous écoute. (*Ils regardent derrière eux, à droite et à gauche, et n'aperçoivent pas Michel.*)

MICHEL. (*A part, assez haut.*)

S'ils me voient je suis perdu !...

LE DUC

Il n'y a personne, mais parle plus bas; que disais-tu de l'enfant?

ROLLAND

Je te disais que l'enfant n'est pas mort. J'ai reçu hier encore une lettre des braves fermiers qui l'ont élevé jusqu'à l'âge de cinq ans ; et, comme ils sont dans la gêne, ils me demandent des secours, croyant toujours que l'enfant est avec moi. (*Il lui montre la lettre.*) Tiens, vois-tu, à la fin... Nous espérons que M. Arthur se porte bien, nous lui faisons tous nos compliments.

MICHEL. (*A part.*)

Je me doutais que c'étaient là mes deux scélérats, il me semblait les reconnaître, mais à présent j'en suis certain. J'en sais assez, allons-nous-en ; il ne serait pas prudent de rester plus longtemps ici, ils pourraient me découvrir. (*Il sort à pas de loup.*)

LE DUC

Comment, malheureux ! Tu m'as laissé croire que l'enfant était mort, que tu l'avais noyé ! Je vis dans la plus profonde sécurité, et j'ai depuis vingt ans l'épée de Damoclès suspendue sur ma tête !... Misérable ! tu m'as trompé !... As-tu du moins brûlé les papiers qui pouvaient le faire reconnaître ?

ROLLAND

J'ai remis l'enfant et les papiers aux paysans.

LE DUC

Ah ! malédiction !...

ROLLAND

Parbleu ! Avec un coquin comme toi j'ai voulu prendre mes précautions. Mais nous avons été mis dedans tous les deux. Il y a quinze ans qu'on est venu demander l'enfant de ta part. Les fermiers croient que c'est moi qui l'ai, avec ton consentement bien entendu, je ne les ai pas tirés d'erreur : mais je sais bien qu'on n'a plus revu les papiers, ni l'enfant, ni l'inconnu qui l'a emporté. Il faut cependant lui rendre cette justice qu'il a payé les mois de nourrice.

LE DUC

Et il a emporté les papiers !...

ROLLAND, *sourdement.*

Il a emporté les papiers!...

LE DUC, *avec accablement.*

Allons, voilà de nouvelles émotions dont je n'avais pas
besoin. Moi qui croyais tout fini, qui comptais jouir dans
mes vieux jours d'une existence douce et paisible... Je pensais
à me marier!... (*Il tombe dans un fauteuil.*) Adieu rêves
d'innocence! adieu plaisirs champêtres! adieu charmante
retraite que je m'étais choisie!

ROLLAND

Oui, mais ce n'est pas tout ça; voyons, oui ou non, veux-tu
me donner de l'argent?

LE DUC

Et tu n'as pas cherché à poursuivre l'infâme ravisseur...
Tu n'as aucun indice, rien qui puisse te mettre sur les traces
de l'enfant... qui doit être un homme aujourd'hui... Tu n'as
rien, tu ne sais rien!...

ROLLAND

Peut-être!... Donne-moi de l'argent.

LE DUC, *furieux.*

Comment, coquin, tu saurais quelque chose et tu ne le
dirais pas? Prends garde... (*Il tire un poignard.*)

ROLLAND

(*Il tire aussi un poignard.*) Oh! sois calme, tu ne me
prendras pas en défaut. Mais puisque c'est sur cet air-là que
tu chantes, je m'en vais, et nous verrons qui rira le dernier.
(*Il fait semblant de sortir.*)

LE DUC, *le rappelant.*

Rolland!...

ROLLAND

Est-ce pour me donner de l'argent?

LE DUC

Allons, tu n'es pas raisonnable, tu me fais des saignées trop fréquentes. (*Il va à son secrétaire et prend une bourse qu'il donne à Rolland.*)

ROLLAND, *comptant les pièces.*

Fichtre ! tu es bien avare aujourd'hui. Tu oublies donc toujours que la fortune est à nous deux, puisque nous l'avons gagnée de compagnie. Et souviens-toi aussi que sans moi le domestique du duc te faisait passer un mauvais quart d'heure... tâche de ne pas être si ingrat... Tiens, vois-tu, Bouchot, j'ai toujours eu l'idée que ce gredin de domestique n'était pas mort.

LE DUC

Elle serait jolie celle-là !...(*Avec ironie.*) Et le duc, crois-tu qu'il soit mort ?...

ROLLAND

Oh ! pour le duc, il est mort et bien mort, c'est moi qui lui ai donné le coup de grâce ; mais pour l'autre je ne sais pas...

LE DUC

Tu es un finot, je te vois venir, tu veux m'effrayer pour me faire cracher des écus... Mais ne t'y fies pas, fais attention...

ROLLAND, *furieux à son tour.*

C'est à toi plutôt à ne pas oublier que nous avons fait le coup ensemble, et que tant qu'il y aura une pistole dans ta poche, il y aura cent sous pour moi. Ah !... tu crois que parce que tu as pris le rôle du duc, à cause de ta ressemblance avec lui, et qu'il y a vingt ans de cela, tu crois qu'à présent tu ne me dois plus rien ! Et tu me feras des cérémonies quand je te demanderai de l'argent !... Eh bien ! fais attention à toi, je ne te dis que ça ! (*Il sort.*)

SCÈNE II

LE DUC, *seul.*

Le voilà parti !... Il faut que je me défasse de ce drôle-là,
il ne me serait pas possible de me marier en l'ayant toujours
à mes trousses. Quand Anna sera ma femme cet homme serait
fort gênant; il a ses entrées libres à toute heure. Cela ferait
un bel effet! car je compte recevoir et mener Anna dans le
monde, dans le grand monde, je le puis aujourd'hui. Il y a
trop longtemps que je suis duc d'Arford pour qu'on puisse
me prouver le contraire. D'ailleurs, tout le monde admire
mes manières de gentilhomme; j'ai l'oreille très-fine, j'entends ce qu'on dit derrière moi, et je crois fermement que
j'ennoblis tout ce que je touche. Ah! ah! ah! (*Il rit.*) Je
prends pour me promener mon beau jonc à pomme d'or...
Oh! oh! dit-on, comme c'est bien là un vrai duc, c'est de
vieille roche; il a une canne qui vaut plus de deux cents
francs pour courir les champs. Si je prends un jonc ordinaire: voyez quel bon goût, quel peu d'embarras, lui si
riche, il se promène avec une canne que notre ancien maire
en a une toute pareille... Si je prends un bâton quelconque:
voyez comme c'est bien ça le grand seigneur, quelle simplicité! c'est là la vraie noblesse, allez, un vrai duc n'a pas
besoin d'être en grand équipage pour paraître ce qu'il est.
Bref, ma distinction naturelle ennoblit tout ce que je touche,
c'est évident, ou bien il faut convenir que c'est bien facile de
jouer le rôle de duc aujourd'hui... Je réussirai à Paris comme
à la campagne, j'en suis sûr; si je suis ignorant, on fera
remonter mes aïeux au XIIe siècle, je n'aurai pas dérogé; si
je parle beaucoup, j'aurai le laisser-aller des vieux gentils-
hommes; si je ne dis rien, j'aurai la retenue des bons vieux

temps... On dira : C'est une fine mouche que le duc d'Arfort.
Oh! je réussirai ! Mais si ce domestique n'était pas mort?...
Vraiment je n'ai pas de chance quoique j'aie fait de bonnes
actions aussi dans ma vie; j'ai assassiné ce duc, c'est vrai,
mais j'ai gardé près de moi sa nièce dont j'ai pris le plus
grand soin, quand je pouvais la faire mourir; mais non, son
innocence m'avait touché, et aujourd'hui, pour tout réparer,
je vais l'épouser; il me semble que c'est beau !... très-beau
même... Je mérite bien pour récompense de finir mes jours
tranquillement. Ce Rolland seul me gêne, mais je l'attends
à la première occasion et il recevra le châtiment qu'il mérite.
(*Il sonne. Michel paraît.*) Michel, voulez-vous dire à mon
architecte de venir me parler.

MICHEL

Oui, Monseigneur.

LE DUC

Occupons-nous toujours de nos affaires.

SCÈNE III

MOREL, LE DUC.

LE DUC

M. Morel, je suis si satisfait des embellissements que vous
avez déjà faits au château, que je me suis décidé à vous
confier un nouveau travail: je désirerais que vous me bâ-
tissiez un petit pavillon à la chinoise ou à la turque... vous
comprenez mon idée, quelque chose d'original pour la forme
extérieure, et de champêtre à l'intérieur. Faites-moi ça dans
le fond du parc sans trop fouler l'herbe, je veux qu'on y danse
comme en plein air et cependant qu'on y soit à l'abri de la
rosée.

MOREL

De quelle grandeur, M. le duc?

LE DUC

De la grandeur de ce salon; prenez-en les mesures. (*Il sonne.*) Mon valet de chambre va vous aider. Je tiens beaucoup, M. Morel, à ce que vous ayez terminé dans quinze jours, pour une raison impérieuse, je vais me marier.

MOREL

Dans huit ce sera prêt j'espère, mais certainement avant quinze jours. (*Michel paraît à la porte.*)

LE DUC

Michel, allez chercher la petite échelle, vous aiderez M. l'architecte à prendre les mesures du salon.

MICHEL

Oui, Monseigneur.

MOREL

(*Au duc qui se dirige vers la porte du fond.*) M. le duc, combien voulez-vous de portes et de fenêtres?

LE DUC

Des fenêtres! comme vous voudrez, mais le plus de portes possibles, je compte y faire jouer la comédie. (*Il sort.*)

MOREL

Très-bien.

SCÈNE IV

MICHEL, MOREL.

MICHEL, *apportant une échelle.*

Voici l'échelle, M. Morel, où voulez-vous que je la place.

MOREL

Dans ce coin-là, mon ami, là... c'est ça... je vous remercie.

MICHEL. (*A part.*)

Excellent jeune homme ; j'ai là comme une poignée d'affection pour lui, il est si aimable.

MOREL, *prenant un mètre dans sa poche.*

Je vais me mettre à mon aise, et tirer ma redingote : vous permettez, père Michel.

MICHEL. (*A part.*)

Quel honnêteté ! j'en suis tout confondu... Excellent jeune homme !

MOREL

Je n'ai pas vu Mlle Anna au jardin ce matin, serait-elle indisposée ?

MICHEL.

Oh ! non, M. Morel, c'est qu'elle est occupée sans doute. (*Morel pose sa redingote sur une chaise.*)

SCÈNE V

MOREL, PIERRE, MICHEL.

PIERRE

M. Morel est là ! Ah ! bon... Je vous cherchais, Monsieur, parce que je ne me souvenais plus si c'est de six mètres en six mètres ou de sept en sept que vous m'avez dit de planter les ifs de la terrasse.

MOREL

C'est de sept mètres en sept mètres. (*Il relève ses manches de chemise.*)

MICHEL, *apercevant une marque sur le bras de Morel.*

Ah! là là!... grands dieux! secourez-moi... (*Il tombe sans connaissance. Morel et le jardinier vont à lui et le font revenir à la vie.*)

PIERRE

Qu'est-ce qui lui prend donc à ce vieux-là? A son âge avoir des vapeurs!...

MOREL

Eh bien! père Michel, cela va-t-il mieux?

MICHEL

Voilà que ça va mieux... Mon doux Jésus! Ce ne sera rien... Voilà que ça se passe... Là! c'est passé. Ça va tout à fait bien... C'est bon, c'est bon, laissez-moi tranquille. Pierre, allez à votre ouvrage.

PIERRE

Alors je vais planter mes ifs. (*A part.*) Il y a quelque chose là-dessous, je vais m'en aller, et je vais revenir sans faire semblant de rien. (*Il sort.*)

SCÈNE VI

MOREL, MICHEL.

MOREL

Eh bien! père Michel, les forces sont-elles revenues un peu? Pouvez-vous me tenir l'échelle? Le parquet est glissant.

MICHEL, *vivement.*

Vous tenir l'échelle!... Non, non! je ne veux pas que vous montiez. Vous ne monterez pas... Vous, monter à l'échelle

comme un maçon! allons donc!... non, non, ça ne se peut
pas, je ne le veux pas; vous n'auriez qu'à vous blesser...

MOREL

Quels contes me faites-vous là, père Michel? tenez-moi
l'échelle un instant...

MICHEL

Non, non, je ne le souffrirai pas; vous! prendre des
mesures! oh! mais non!...

MOREL. (*A part.*)

Je crois bien qu'il a perdu l'esprit, ce bon Michel.

SCÈNE VII

LES MÊMES, ANNA

ANNA

Ah! voilà M. Morel au travail.

MOREL

Comment vous portez-vous, Mademoiselle?

ANNA

Très-bien!... très-bien! et vous aussi? Mais, père Michel,
vous avez l'air tout défait...

MICHEL

Hélas! Mademoiselle, c'est que je me fais vieux. (*A part.*)
Qu'ils sont donc gentils, et bien faits l'un pour l'autre si...
car j'ai aussi une poignée d'affection pour... mais chut!... ne
soyons pas indiscret. (*Il se retire à l'écart.*)

MOREL

Ah! Mademoiselle, j'ai une bonne nouvelle à vous
apprendre. M. le duc vient de me donner de l'ouvrage pour
quinze jours encore; c'est quinze jours de plus à passer

5

près de vous... J'ai un pavillon à élever dont je veux faire un petit chef-d'œuvre qui me vaille de la réputation ; or, la réputation c'est de l'argent, et l'argent c'est vous, c'est une charmante petite femme, n'est-ce pas, Anna ?...

ANNA

Comme vous y allez !... Attendez donc, mauvais sujet, que je vous conte aussi ma nouvelle. D'abord je ne suis plus une petite fille orpheline sans parents connus... Je suis la fille du comte de Garcourt, le propre frère du duc qui est mon oncle... Enfin je suis la nièce du château.

MOREL

En vérité !...

MICHEL. (A part.)

Est-ce possible ! Elle, Mademoiselle de Garcourt ; et moi qui ne l'ai pas reconnue.

ANNA

C'est mon oncle le duc d'Arford qui vient de m'apprendre tout cela. Il m'a remis mon acte de naissance et tous les parchemins de ma famille ; mais il paraît que mon père était bien mauvais sujet !...

MICHEL. (A part.)

Oh ! pour ça, c'est vrai... J'en sais quelque chose.

ANNA

Il a mangé toute sa fortune au jeu, de sorte que je suis toujours aussi pauvre qu'auparavant. C'est pour cela que mon oncle m'avait caché ma naissance.

MOREL

Et pourquoi vous en a-t-il instruite aujourd'hui ?

ANNA

Ah ! parce qu'il veut me marier ; il m'a dit que j'épouserais un duc, mais il n'a pas voulu me dire lequel. Il me donne en dot la moitié de son bien.

MOREL. (*A part.*)

Plus de doute, le duc veut épouser sa nièce... Allons, Morel, du courage, renferme ton amour dans ton cœur, sois honnête homme, et ne déshonore pas, par d'indignes faiblesses, un nom qui fut porté avant toi par tant d'estimables personnes... (*Haut.*) Quelles nouvelles extraordinaires!...

ANNA

Mais je refuse tous les ducs, comtes ou marquis : je ne veux que vous, Morel, et j'aime mieux être pauvre avec celui que j'ai choisi, que riche avec tous les princes de la terre.

MICHEL. (*A part.*)

Quelle bonne demoiselle! tout le portrait de sa pauvre mère.

MOREL

Mademoiselle, je suis désolé, mais je ne puis accepter votre dévouement.

ANNA

Quel dévouement? Je vous aime et vous m'avez donné votre foi, que même vous ne devriez plus pouvoir reprendre ; je ne vois donc pas de dévouement...

MOREL

C'est égal, je n'accepte pas votre dévouement.

ANNA

Mais, Monsieur, puisque vous m'avez dit que vous m'aimiez!...

MICHEL. (*A part.*)

Oh! si je disais un mot!... Mais le moment n'est peut-être pas venu

MOREL, *gravement.*

Mademoiselle, vous êtes d'une haute naissance, et je ne suis qu'un pauvre artisan sans parents, qui n'est parvenu à se faire un état qu'à force de travail; vous, vous êtes l'héritière de votre oncle, vous êtes donc riche; et quoiqu'il m'en coûte à le dire, je n'ai rien, je suis pauvre à tendre la main; un Morel n'a jamais connu que son devoir; jamais vous ne serez ma femme.

MICHEL. (*A part.*)

C'est très-juste, ce qu'il dit là. C'est bien malheureux, mais je n'ai jamais vu faire autrement. On reconnaît bien là un noble sang... Ah! si je disais un mot!...

ANNA, *pleurant.*

Ah! que je suis malheureuse!...

MOREL

Les richesses et les honneurs vous attendent, Mademoiselle. Vous aurez bientôt oublié un pauvre ouvrier qui cherchera de son côté à... (*Il s'arrête pour essuyer une larme.*)

MICHEL. (*A part.*)

Ah! je n'y tiens pas; je n'ai qu'un mot à dire; mais je ne sais pas si le moment serait bien choisi!...

MOREL. (*A part.*)

Allons, Morel, sois honnête homme, arme-toi de courage!... Refoule au plus profond de ton cœur les sentiments les plus naturels. (*Haut.*) Ne croyez pas, Mademoiselle, qu'une faiblesse indigne l'emporte jamais sur le devoir, mais ma vie entière sera consacrée au souvenir des bontés...

ANNA, *interrompant.*

Mais, Monsieur, quelles bontés? Puisque vous me repoussez, vous ne m'aimez pas.

MICHEL. (*A part.*)

Je ne crois pas que le moment tarde à arriver!...

MOREL. (*A part.*)

Encore un peu de courage! laissons-lui croire que je ne

l'aime pas. Ce sera le sublime de l'abnégation, de la véritable
vertu. Quel chagrin elle va avoir, la pauvre enfant!... (*Haut.*)
Si, Mademoiselle, je vous aimais, mais depuis votre nouvelle
position tout est changé, et je ne pourrais sans rougir....
(*A part.*) Je ne sais plus ce que je dis... (*Pierre entre en
tapinois et va se cacher sous la table.*)

MICHEL, se levant. (A part.)

Si le bon moment n'est pas encore arrivé, tant pis!...
(*Majestueusement.*) Mes chers enfants!... permettez-moi de
vous donner ce nom, c'est mes chers maîtres que je devrais
dire... Mais avant, observons la prudence, voyons si personne
ne peut nous écouter. (*Il regarde partout et particuliè-
rement sous la table où est caché Pierre.*) Il n'y a personne,
nous sommes seuls, nous pouvons parler sans crainte. Mes
chers enfants... mes chers maîtres... Arthur, montrez-moi
votre bras.

MOREL

Quoi! Arthur! Et que voulez-vous faire de mon bras?

MICHEL, à Anna.

Voyez-vous ce signe près de l'épaule?

ANNA

Oui, tiens, j'en ai un tout pareil.

MICHEL

Que personne ne doit voir que votre époux, et votre époux
le voici; vous étiez promis l'un à l'autre, vous êtes cousins
germains, embrassez-vous. (*Ils s'embrassent.*)

PIERRE. (A part.)

Tiens, tiens, tiens! en voilà du nouveau.

MOREL

Mais, père Michel, un signe est un signe; qu'est-ce qui
prouve que je suis le cousin d'Anna?

MICHEL

(*Il tire des papiers de sa poche.*) (*Avec majesté.*) Arthur d'Arford, je vous salue, voici vos titres.

MOREL

Est-il possible !

MICHEL

C'est le ciel qui vous a envoyé ici !... depuis si longtemps je vous cherche, mon pauvre enfant ! Que le bon Dieu soit loué ! Quoiqu'il ait permis que je vous perdisse au Jardin des Plantes il y a bientôt quinze ans.

MOREL

Au Jardin des Plantes... Attendez.. mes souvenirs... J'ai un médaillon... (*Il le montre.*) là.

MICHEL

C'est bien cela.

ANNA.

J'en ai un semblable suspendu à mon cou. (*Elle le montre.*)

MICHEL

C'est bien cela. Le bon Dieu retrouve les enfants perdus. (*Il essuie une larme.*)

MOREL

(*Après avoir parcouru les papiers.*) Tout est en règle. (*Il regarde Michel.*) En effet, il me semble le reconnaitre ; dans mes bras mon vieux serviteur. (*Ils s'embrassent.*)

PIERRE, *s'esquivant.* (*A part.*)

C'est bon, c'est bon, nous allons voir ! Cet imbécile de Michel qui m'a regardé et qui ne m'a pas vu ; je vais tout raconter au duc.

MOREL

Anna, à présent je peux vous dire ce qu'il m'en a coûté tout à l'heure ; oh ! oui, je vous aime, je suis tout à vous, je suis votre mari, votre époux pour la vie... (*A Michel.*) Puisque je suis duc d'Arford, ce château et tous les biens qui l'entourent sont à moi?

MICHEL

Tout, tout, tout.

MOREL

Et le duc!

MICHEL

C'est un faux duc, un imposteur qu'il faut chasser!...

MOREL

Anna, quel bonheur! Tout pour toi.

ANNA

Monsieur, je suis heureuse de ce qui vous arrive; moi-même aujourd'hui je puis me flatter d'avoir appris une bonne nouvelle; je connais mon père et ma mère, la fortune avait assez fait pour moi, et je suis trop pauvre pour être votre femme.

MOREL

Anna, que dites-vous? Qu'entends-je!...

ANNA

Je suis pauvre à tendre la main, jamais je ne serai votre femme.

MOREL

Anna, voulez-vous que le désespoir me tue?...

ANNA. (*A part.*)

Imitons son courage, et ne laissons pas voir le cruel chagrin qui m'oppresse. (*Haut.*) Ecoutez-moi, mon cher cousin : J'aurais été fière et heureuse d'être votre femme, mais aujourd'hui vous êtes noble et riche, il ne sied pas à ma dignité de profiter de promesses faites dans des circonstances différentes. (*A part.*) Ah! que je souffre!...

MICHEL, *essuyant ses yeux.*

Comme c'est malheureux tout de même, mais elle a raison, c'est comme ça qu'il faut que ça se passe, autrement ce serait trop naturel. Pauvre petite!...

MOREL

Anna, je vous en prie, je vous en supplie par tout ce qu'il y a de plus sacré, par ces signes mystérieux qui nous unissent, cédez à la volonté de nos parents qui nous avaient destinés l'un à l'autre... Anna... Anna! Etes-vous devenue de marbre!... (*Il se jette à ses pieds.*)

ANNA

(*Elle se détourne pour essuyer une larme.*) (*A part.*) Anna, pas de faiblesse, résiste au vœu le plus cher de ton cœur. Où serait la vertu sans combat. (*Haut.*) Monsieur, je vous ai dit ma pensée. Permettez que je me retire. (*Elle sort.*)

SCÈNE VIII

MICHEL, MOREL.

MOREL

Ah! mon serviteur fidèle et dévoué, conseille-moi : que faut-il faire pour persuader ma cousine?

MICHEL

Mon cher maître, ce n'est pas là le plus pressé, soyez tranquille de ce côté-là, c'est toujours comme ça que ça se passe. L'important à présent, c'est de prendre vos mesures pour faire rendre gorge au scélérat qui vous a tout pris, nom et fortune...

MOREL

C'est juste, je n'y pensais plus, tant le chagrin m'accable!...

Etre repoussé par cet ange!... Mais quel est-il cet homme qui a eu l'audace de prendre le nom de mon père, parle... par où puis-je l'attaquer, quel est son nom?...

MICHEL

C'est!...

MOREL

Mais parle donc! Je meurs d'impatience...

MICHEL

C'est!...

MOREL

Dieux! l'on marche, c'est lui sans doute! Parleras-tu, le voilà qui vient? Son nom, Michel, son nom!...

MICHEL

C'est... Bouchot, l'assassin de votre père!...

MOREL

Ah dieux! Sauvons-nous, la colère m'étrangle; remettons la vengeance à un moment plus opportun; viens, suis-moi.

SCÈNE IX

LE DUC, seul.

Misère et corde! Que vient de m'apprendre le jardinier? Morel le fils de ma victime et l'amant d'Anna! Serait-ce mon supplice qui commence, et ne pourrait-il y avoir un seul faux duc heureux sur la scène du monde? Dois-je périr, comme tous mes malheureux confrères, hué de tous les partis? Point de pitié pour nous; le peuple bat des mains à notre triste sort; pour lui, c'est toujours un duc qui tombe; pour la noblesse, c'est Bouchot, c'est un coquin démasqué; quant au bourgeois, peu lui importe, duc ou faux duc, il

crie bravo; je succombe, on applaudit, et le public est content.
Hélas!... y aurait-il au ciel un Dieu pour punir les coupables?
Non, non... les dieux vengeurs n'ont été inventés que pour
punir la maladresse... Allons, Bouchot, soutiens ton rôle, et
s'il faut périr, du moins péris en héros. Réfléchissons.
D'abord, je vais me défaire de Michel et de mon complice.
Rolland avait raison. Incroyable fatalité!... Ce serviteur
fidèle et dévoué n'était pas mort, et vivait chez moi dans la
sécurité la plus parfaite. Je ne l'ai pas reconnu, quel aveu-
glement! Mais Rolland va venir... je l'ai envoyé chercher, il
m'aidera à me défaire de Michel, ensuite viendra son tour.
Voyons si mes joujoux marchent bien. (*Il va à son secrétaire
et pousse un ressort, deux trappes s'ouvrent au milieu de la
scène.*) Très-bien! très-bien travaillé!... Il est bon d'avoir été
charpentier dans sa jeunesse... Ne faisons pas de plan
d'avance et laissons-nous guider par l'inspiration du moment.
Ah! voilà Rolland!...

SCÈNE X

ROLLAND, LE DUC.

ROLLAND

Tu me fais demander! Il y a-t-il du nouveau?

LE DUC

Le péril est sérieux, et nous n'avons pas de temps à perdre.
Morel est le fils du duc; il est porteur des papiers qui doivent
le faire reconnaître; il faut les lui prendre.

ROLLAND

En es-tu sûr?...

LE DUC

Trève de discussion, je sais ce que je dis. Nous allons l'endormir et prendre ses papiers; alors plus de preuves. (*Il sonne.*) Il est inutile de le tuer. Tu vas aller le chercher.

ROLLAND

Mais s'il ne veut pas venir?

LE DUC

Il viendra.

ROLLAND

Il faudrait qu'il fût bien sot de venir se mettre dans la gueule du loup.

LE DUC

Je te dis qu'il viendra.

ROLLAND

Il ne viendra pas.

LE DUC

Il faut bien qu'il vienne puisque nous avons besoin de lui pour prendre ses papiers.

ROLLAND

C'est juste... (*Un domestique entre.*)

LE DUC, *au domestique.*

Apportez-nous une bouteille de vin et trois verres. (*Le domestique sort et rapporte une bouteille et trois verres.*) Je vais prendre de cette poudre que tu sais bien : avec un peu d'adresse nous lui en mettrons une dose suffisante pour l'endormir de suite. La grande difficulté sera de le décider à trinquer avec nous.

ROLLAND

Ne craignons rien, il trinquera; il faudra bien qu'il trinque puisque nous avons besoin de l'endormir.

LE DUC

C'est évident, va le chercher. (*Il prend un petit paquet dans son secrétaire.*)

ROLLAND

J'y vais. (*Au moment où il va pour sortir, Morel entre.*)
Le voilà!...

SCÈNE XI

MOREL, LE DUC, ROLLAND.

LE DUC

Vous venez à propos M. Morel, je vous envoyais chercher,
car j'avais à vous parler.

MOREL

Et moi aussi, Monsieur, j'avais à vous parler, mais ce
n'était pas d'architecture.

LE DUC, *avec douceur.*

Je vois, mon cher M. Morel, qu'un indiscret vous a instruit
avant moi d'une nouvelle que je m'étais réservée comme une
grande jouissance; j'en suis vraiment désolé, mais permettez-
moi du moins de la confirmer. Vous êtes ici chez vous,
Monsieur, car vous le savez déjà vous êtes le véritable duc
d'Arford.

ROLLAND

C'est bien! c'est très-bien! mon ami, mon brave Bouchot,
je te reconnais bien là. (*Il essuie une larme.*)

MOREL

Mais pourquoi avoir volé ma fortune et usurpé mon nom?

LE DUC, *avec douceur.*

Permettez, mon jeune ami, permettez-moi de m'expliquer,
vous jugerez après. Vous me condamnez sur le rapport d'un
serviteur fidèle et dévoué sans doute, mais un peu radoteur,
vous allez me connaître mieux tout à l'heure et m'absoudre.

Le feu duc, votre noble père, avait émigré en Angleterre; je ne veux pas vous donner les détails d'une mort malheureuse; mais le duc fut emporté malgré nos efforts et nos conseils par un cheval anglais atteint de vertige et précipité dans un affreux ravin... Hélas!... nous ne pûmes le rappeler à la vie.

ROLLAND

Hélas!...

LE DUC

Je pris ses papiers et je revins en France où je pris son titre au risque de ma tête. J'entrai en possession de tous ses biens, avec l'espoir de vous les rendre quand l'orage révolutionnaire serait passé. Voilà la vérité... Rolland?...

ROLLAND

Oh! la sainte vérité, Jésus mon Dieu! et si Michel ne vous avait pas perdu au Jardin des Plantes, il y a longtemps que vous seriez duc d'Arford.

LE DUC

(*Il va à son secrétaire et prend des papiers et des clefs.*) Voilà du reste les clefs du château, et tous les papiers concernant l'administration de vos biens, vous verrez que c'est en règle. Allons, touchez-là jeune homme.

MOREL

(*Il ne répond pas à l'invitation.*) (*A part.*) Je crois que ces gens-là me mettent dedans; cependant ils ont l'air sincères... (*Haut.*) Vous vous voyez découverts, et voulez me faire prendre le change. Comment expliquez-vous votre mariage avec Anna en lui donnant la moitié de votre bien?

LE DUC

Moi!... Je n'ai jamais pensé à épouser votre cousine.

MOREL

Comment! elle m'a dit ce matin même que vous vouliez la marier avec un duc; ce duc, c'était vous.

LE DUC, *avec bonhomie.*

Et c'est ainsi qu'on interprète l'histoire. Mes meilleures actions sont dénaturées. Le duc que je voulais faire épouser à Anna, c'était vous.

MOREL

Moi!...

ROLLAND

Oui vous!... C'est bien ça, Bouchot, mon digne ami! C'est très-bien! très-bien! (*Il lui prend les mains avec des démonstrations enthousiastes.*)

MOREL

Que diable est venu me conter Michel?

LE DUC

Faisons-nous la paix?

MOREL

(*Il donne la main au duc.*) C'est extraordinaire!... Je n'y comprends rien.

ROLLAND

(*Il frappe sur l'épaule de Morel.*) C'est bien cela, jeune homme, je suis content de vous, ça m'attendrit ces scènes-là; c'est vrai aussi que j'ai le cœur trop tendre... Bouchot, donne-moi un verre de vin pour me remettre.

LE DUC

Qu'on est heureux quand on a rempli son devoir. Je vais trinquer avec toi. M. le duc ne boira pas?

MOREL

Non, merci!

LE DUC

Avouez qu'au fond vous me gardez un peu de rancune... Être de mauvaise humeur le jour où l'on retrouve une couronne de duc et 200,000 livres de rentes!... Enfin, je n'ai pu mieux faire.

MOREL. (*A part.*)

Ce sont certainement d'excellentes personnes. Que diable est venu me conter Michel? (*Haut.*) Eh bien! versez, Messieurs, je boirai avec vous.

ROLLAND

(*Il prend à part Morel pendant que le duc verse le narcotique.*) Voyez-vous ce brave Bouchot, c'est la meilleure pâte d'homme qu'il y ait sous la calotte des cieux. C'est doux et simple comme un enfant. Tenez, prenez-le pour votre majordome, c'est toute son ambition; il me le disait encore tout à l'heure.

MOREL

En vérité!...

ROLLAND

En vérité!...

MOREL

Que diable m'avait donc raconté Michel?

LE DUC

Allons, venez trinquer, Messieurs, et rubis sur l'ongle. (*Ils boivent.*)

SCÈNE XII

LES MÊMES, MICHEL.

MICHEL

Ah dieux! Que vois-je! Le duc d'Arford trinquant avec les assassins de son père!

MOREL

Mais tu te trompes, mon bon Michel, ces Messieurs sont d'honnêtes personnes qui m'ont rendu mon titre et mes biens.

MICHEL

Ils vous trompent, mon cher maître, et vous ont sans doute
empoisonné dans ce breuvage aussi impur que leur cœur.

MOREL

Tu radotes, mon bon Michel.

MICHEL

Je radote ! (*Il montre sa poitrine à nu.*) Et ces coups de
couteau radotent aussi sans doute ; nobles cicatrices d'un
serviteur fidèle et dévoué défendant son maître. (*Montrant
Rolland.*) Et voilà le coquin !

ROLLAND

Ah ! tu m'accuses, vieux cuistre.

MOREL, *chancelant.*

Je vois tout tourner. Je suis empoisonné ; Michel a raison.
Mais pourquoi n'es-tu pas entré plus tôt ?...

MICHEL

Sans doute parce que le moment d'entrer n'était pas encore
venu ; Arthur ! Arthur ! mon pauvre enfant. (*Il soutient Arthur
qui tombe. Le Duc et Rolland ferment les portes.*)

LE DUC ET ROLLAND, *ensemble.*

Prenons-lui ses papiers.

ROLLAND

A toi la fortune, à moi les papiers.

MICHEL

Vous ne les aurez ni l'un ni l'autre.

ROLLAND

Ah ! coquin, nous allons voir. (*Michel laisse-tomber Morel
à terre. Lutte entre Michel et Rolland ; le duc se dispose près
du ressort secret, et au moment où les combattants passent
sur les trappes, il pousse le ressort, les trappes s'ouvrent,
Michel et Rolland disparaissent en poussant un cri.*)

SCÈNE XIII

LE DUC, MOREL, *endormi.*

LE DUC

Ouf ! deux mille pieds de profondeur, je respire ; me voilà donc débarrassé de ces deux coquins-là ! je reste maître du champ de bataille. Bravo ! Bouchot, bien joué... Oh ! Nous connaissons ton habileté... Mais ne perdons pas de temps, l'enfant pourrait se réveiller. (*Il fouille Morel, lui prend ses papiers et les brûle.*) Ah ! je crois bien que cette fois-ci c'est tout ; ni ni c'est fini. Mais que diable vais-je faire de lui ? j'ai bien envie d'appeler Anna, ils se débrouilleront ensemble. (*Il ôte les verrous.*) Cependant la dose n'était pas forte, il ne peut pas tarder à se réveiller. (*Il se frotte les mains.*) Ha!... ha!.. ha!.. Je ne serai pas décidément un faux duc... Mais quel est ce bruit ?... Il me semble que j'entends des crosses de fusil.

SCÈNE XIV

LES MÊMES, MICHEL, GENDARMES, ROLLAND.

Michel et les gendarmes paraissent à une porte et Rolland à une autre.

ROLLAND

(*Sans entrer.*) Ah ! scélérat, c'est ainsi que tu me joues... Heureusement que je suis resté accroché à une anfractuosité de rocher par la poche de mon petit gilet, ce qui fait que tu auras de mes nouvelles. — Des gendarmes !... Sauvons-nous !... (*Il sort.*)

MICHEL

Ah! scélérat, tu ne t'attendais pas à me voir revenir si tôt. Heureusement je suis resté suspendu à un clou égaré par la boutonnière de ma culotte, c'est ce qui m'a sauvé la vie, et je reviens te donner de mes nouvelles avec huit gendarmes que j'ai été chercher à deux lieues d'ici ; il est vrai que j'ai bien couru... Entrez, brigadier, n'ayez pas peur, les trappes ne jouent qu'une fois.

LE DUC, *avec accablement.*

Ah! malédiction ! je suis perdu ! les lâches ! ils vont insulter à mon malheur ! ils vont faire un faux duc de plus !

SCÈNE XV

LES MÊMES, ANNA.

ANNA

(*Elle entre avec précipitation.*) Ah ! mon Dieu ! quel est ce bruit? Que vois-je ! Morel!... Il est mort!... Non ! son cœur bat... Oh ! s'il revient à lui, je consens à l'épouser...

MOREL, *reprenant ses sens.*

Merci, Anna.

MICHEL

Pauvres chers enfants!... (*Montrant Bouchot.*) Voici l'assassin, arrêtez-le. Et voici le duc d'Arford. (*Morel se lève soutenu par Anna*). Les pièces brûlées étaient de fausses pièces comme de juste, et voici les véritables. A présent courons après son complice.

ROLLAND, *rentrant en scène.*

Ce n'est pas la peine, je me rends ; j'aime mieux être arrêté par les gendarmes que poursuivi par les remords.

MICHEL

Ah ! à la bonne heure ! Voilà un criminel bien accommodant.

Tous les personnages se placent sur le devant de la scène.

LE DUC

Messieurs, l'auteur vous devait ici un couplet final, malheureusement il ne sait pas la musique, sans cela il vous eût prouvé que quoique nous ayons joué des rôles différents, nous n'en sommes pas moins tous également d'honnêtes personnes, et il eût incontestablement fini, comme il est aujourd'hui de mode, de terminer toute bonne pièce, c'est-à-dire en vous priant modestement de l'applaudir.

LE PRINCE JULYOR

CONTE

LE PRINCE JULYOR

—

CONTE

Il y avait une fois un jeune prince nommé Julyor. Il avait
eu le malheur de perdre son père alors qu'il était encore
tout petit; mais sa mère, qui était une princesse d'un grand
caractère, l'avait élevé avec une sollicitude et une clair-
voyance d'autant plus vive, qu'elle se trouvait seule responsable de l'éducation de son élève, et d'un prince destiné a
faire le bonheur de ses sujets. Malheureusement le prince
Julyor perdit aussi cette bonne mère avant d'être un homme
fait, il n'avait alors que dix-sept ans; et après avoir bien
pleuré cette perte cruelle, il dut sécher ses larmes pour
prendre les rênes du gouvernement, car d'après les lois du
royaume il venait d'atteindre sa majorité. Il se mit donc
aussitôt au travail pour apprendre à gouverner son peuple,
et ne demandait au Seigneur que quelques mois de paix, pour
être, sinon aussi expérimenté, du moins aussi instruit que la
plupart des autres princes.

Cependant le bruit se répandit bientôt au dehors de la
mort de la reine-mère; et le roi Gondabor, dont les états
étaient voisins, aussi méchant que lâche, se mit aussitôt en
mesure de profiter de la jeunesse de Julyor pour s'emparer
de son héritage et de lui-même s'il le pouvait. En effet, les
frontières du jeune prince furent envahies par une armée
nombreuse, à la tête de laquelle était le roi Gondabor.

Sans se déconcerter par cette attaque imprévue, Julyor rassembla son armée et marcha contre l'ennemi. Entouré des plus vieux généraux, il se laissait guider par leurs conseils et ne négligeait rien pour s'assurer la victoire. Ses troupes étaient pleines d'ardeur, et quand elles arrivèrent en face de l'ennemi, le roi Gondabor, étonné de la promptitude de la marche de ces soldats et du feu qui les animait, se replia sur ses derrières pour prendre des dispositions stratégiques qu'il avait cru pouvoir négliger avec un enfant. Le prince Julyor, continuant de s'avancer, présenta la bataille dans un si bon ordre, que la victoire semblait presque certaine. Mais se souvenant des conseils de sa pieuse mère, il se mit à genoux avant de donner l'ordre d'en venir aux mains et fit cette prière : « Seigneur, vous qui voyez tout, vous savez que ma cause est juste, et que le méchant Gondabor, au mépris de tous les traités, est venu m'attaquer sans raison; c'est pourquoi, Seigneur, je vous prie de m'accorder la victoire. » Quand il eut fini cette courte prière, il se releva plein d'espérance et donna le signal du combat.

Les deux armées se battirent avec une grande valeur; mais les troupes du roi Gondabor, qui était toujours en guerre avec quelqu'un de ses voisins, étaient naturellement très-aguerries; il y avait de plus dans cette armée une grande machine qui lançait de lourdes pierres et que le prince Julyor n'avait pas vue, parce qu'on l'avait tenue cachée avant le combat. Cependant la bataille semblait devoir être longue, car chaque armée défendait le terrain pied à pied, lorsqu'au plus fort de la mêlée, il s'éleva dans l'air, sans doute par le piétinement des chevaux, une épaisse poussière, circonstance dont profita habilement le roi Gondabor, car il détacha la moitié de son armée qui fit le tour de celle de Julyor sans être vue et l'attaquant de deux côtés, à l'improviste, la mit promptement en déroute, et en fit un grand carnage; ce ne fut que quand la poussière retomba sur la terre que le jeune prince vit ce grand désastre. Les restes de son armée étaient en fuite et lui-même était presque entouré d'ennemis. Pour n'être pas fait prisonnier, il n'eut que le temps de lancer son cheval au galop et de courir le plus vite possible tout droit devant lui. Il courut ainsi pendant trois heures et son cheval tomba mort de fatigue ; ne sachant pas où il était et se trouvant seul, il se crut encore trop près des ennemis et s'enfuit à toutes jambes jusqu'à ce que, épuisé, mourant de faim et de soif, il s'arrêta sur la lisière d'une forêt ; et là, pensant à son malheur, il se mit à pleurer, disant : « Pourquoi n'ai-je pas été vainqueur? Dieu protége donc les méchants et ceux qui ne le prient pas. Ah! je vois bien que cela ne sert à rien de faire sa prière. Le roi Gondabor ne l'a pas faite avant le combat, et c'est lui qui est victorieux. Ma mère me disait que le Seigneur accorde toujours les choses raisonnables et justes qu'on lui demande, mais je vois bien que cela n'est pas vrai. Ah! je suis bien malheureux! Et mon fidèle général Elizer, l'ami de ma maison, qui m'abandonne aussi, puisqu'il ne m'a pas suivi. Peut-être a-t-il été tué dans le combat, ou bien serait-ce que son cheval était moins rapide que le mien, et qu'il n'a pas pu me suivre ? »

En disant ces choses-là et bien d'autres, le prince Julyor, après avoir bu un peu d'eau dans le ruisseau, s'assit au pied d'un arbre et s'endormit. La nuit commençait à se faire, déjà la chaleur du jour était remplacée par une fraîcheur humide, quelques étoiles scintillaient au ciel, et l'on pouvait entendre le bourdonnement des moucherons, des capricornes et autres insectes qui cherchent leur nourriture la nuit et prennent leur essor vers le soir, lorsqu'un bon paysan, métayer de la ferme d'un château voisin, sortit du bois avec un fagot qu'il venait de faire, et aperçut le jeune prince qui dormait.

« Ah! dit-il en voyant les habits déchirés et couverts de

poussière du prince : voilà un brave garçon qui se trouverait
bien mal à son aise en se réveillant demain matin, il
serait tout endolori ; il vaut mieux qu'il vienne coucher
à la ferme, on lui trouvera toujours bien une botte
de paille. » Disant cela, il le secoua rudement : — « Est-ce
vous, Elizer ? » dit le prince : puis reconnaissant son erreur :
— « Que voulez-vous ? » demanda-t-il au paysan. — « Mon
garçon, lui dit le brave homme, il n'est pas sain de
coucher à la belle étoile, venez avec moi, je vous ferai
coucher dans la grange sur une bonne botte de paille. Vous
paraissez bien fatigué ; vous pourrez prendre une tasse de
lait et une miche de pain bis avant de vous endormir.
Allons, levez-vous. »

Le prince Julyor était si fatigué qu'il eut bien de la peine
à se lever et à obéir à son guide qui, le voyant dans cet
état, ralentit sa marche et ne lui fit aucune question, afin
de lui épargner les efforts qu'il pourrait faire pour le suivre
ou pour lui répondre.

Ils arrivèrent ainsi jusqu'à la ferme où le bon paysan
trouva sa famille qui l'attendait et un repas frugal qui devait
réparer ses forces.

Le prince Julyor s'assit à la table devant une écuelle en
bois que les bonnes gens lui servirent, et sans attendre la
prière que fit à haute voix le plus jeune enfant, il mangea
avidement le pain et le laitage. — « Mon Dieu ! que c'est bon, »
dit-il. Puis s'adressant au paysan : —« Et vous, trouvez-vous
ceci aussi bon que moi ? »

Le paysan sourit et lui dit : —« Oui, nous le trouvons aussi
bon quand nous avons aussi faim que vous.

— « Mais pourquoi, demanda Julyor, ne mangez-vous pas
de viande ?

— « Parce que nous ne sommes pas assez riches ; nous
n'en mangeons que de temps en temps, à midi, et ces jours-là
je n'ai plus aussi bon appétit au souper, parce que nous ne

sommes pas habitués à des mets aussi nourrissants. On dit
qu'il y a des seigneurs qui sont heureux quand ils ont faim,
nous, ce n'est pas la même chose, et nous avons presque
toujours faim ; mais aussi nous avons toujours du plaisir à
manger, et je ne sais pas quel est le plus heureux de celui
qui, n'ayant pas de besoins, n'a pas la jouissance de les satis-
faire, ou de celui qui, comme moi, accepte chaque jour une
légère souffrance, avec la certitude d'éprouver chaque jour
du plaisir à la calmer. Qu'en pensez-vous, mon ami ? »

Mais Julyor ne répondit pas, peut-être parce qu'il avait
sommeil ; et le fermier se levant alors le mena se coucher
dans la grange. Le prince s'allongea sur la paille et sentant
le sommeil gagner ses paupières : « Oh bien ! pensa-t-il, je
crois que ce brave homme a raison pour le boire, le manger
et le dormir, car c'est bien bon quand on a soif, quand on a
faim et quand on a sommeil, mais... »

Il est probable que le prince allait faire une observation à
part lui, peut-être allait-il dire qu'il y avait aussi pour l'intelligence un besoin de nourriture et de sommeil que ces
braves gens ne connaissaient qu'imparfaitement ; il allait
peut-être même faire la comparaison des besoins de l'esprit et
des besoins du corps, et nous apprendre lesquels sont les
préférables, et quels sont ceux que l'on satisfait avec le plus de
volupté, mais il s'endormit et fit bien, car sa grande envie de
dormir aurait mis son esprit dans la nécessité de se prononcer
en faveur du sommeil, ce qui pourrait bien nous paraître
extraordinaire à nous qui n'avons peut-être pas envie de
dormir, et nous donner une fausse idée de son jugement.

Il se réveilla le lendemain matin de meilleure heure qu'il
n'avait coutume de le faire dans son palais, où il restait au
lit longtemps après s'être réveillé, ce qui est toujours une
mauvaise habitude, et descendant au grand air, il vit que le
temps était magnifique, et se plut à admirer le soleil levant,
faisant miroiter leurs feuilles mouillées sur les arbres et

semblant semer de rubis à mille reflets les prés verts, dont
l'herbe fine et déliée conserve le matin, par l'effet de la
rosée de la nuit, quelques perles d'eau, qui ne tardent pas à
se résoudre en vapeur pour retomber encore en fine rosée le
soir. Il entendit le chant des petits oiseaux, si turbulents le
matin, si occupés à chercher la nourriture de leur premier
repas et la pâture de leurs petits. Il sentit le parfum des
plantes éloignées, celui qui sort des bois embaumés par les
mousses odoriférantes, par les fraisiers et les framboisiers
sauvages, celui des champs de fèves et des foins arrivés en
maturité, parfums que la brise mélange et qu'elle épure dans
sa course, apportant aux sens de l'homme, et particulière-
ment à l'un d'eux, une douce jouissance que les princes
éprouvent rarement, soit qu'ils préfèrent celles d'un luxe
différent, soit que leurs trop grandes occupations les forcent
à séjourner dans leurs palais; c'est pourquoi Julyor, enivré
des beautés de la nature, et sentant son cœur s'attendrir par
la reconnaissance, se souvint avec amertume, dans ce moment
où il aurait volontiers pardonné à son plus cruel ennemi, à
Gondabor lui-même, qu'il s'était brouillé avec l'auteur de
toutes ces merveilles, et qu'il l'avait accusé d'injustice.
Accablé par ce souvenir, il s'assit au pied d'un arbre et se
prit à pleurer; pleurs de repentir plus sincères que les
prières les plus correctes. C'est pourquoi le bon Dieu ne
tarda pas à lui envoyer une consolation.

Non loin de là s'élevait un château dont le faîte dominait
les grands arbres qui l'entouraient, et qu'on apercevait de
l'endroit où était assis le jeune prince. La maîtresse de ce
château était une jeune et jolie châtelaine, orpheline et aussi
sage que belle; elle avait perdu ses parents de bonne heure,
mais elle était restée sous la protection de ses nombreux
serviteurs qui l'avaient vue naître, et qui, quoique
l'aimant comme leur enfant, la respectaient comme leur
maîtresse. Leur zèle et leur dévouement, récompense de sa

bonté et de sa justice, la préservaient de tout danger. Elle
était sortie pour faire sa promenade matinale habituelle, car
elle savait qu'on a le cœur plus compatissant le matin, et que
quand on a l'habitude d'être bon aux premières heures du
jour, on prend bientôt celle d'être bon toute la journée.

Elle dirigeait ses pas vers le jeune prince, et marchait si
légèrement qu'il ne l'entendit pas venir : — « Qu'avez-vous et
pourquoi pleurez-vous? lui dit-elle avec une voix douce et
pleine de compassion.

— Hélas! répondit Julyor, je pleure parce que je suis aussi
malheureux aujourd'hui que j'étais heureux hier.

— Et comment, lui dit-elle, êtes-vous tombé en si peu de
temps du bonheur à un malheur aussi grand que celui qui
paraît vous accabler?

— Ah! dit Julyor en se levant et regardant avec timi-
dité la jeune châtelaine, dont la bonté lui inspira de suite
une grande confiance, je suis un jeune prince vaincu, et
chassé de ses états, c'est pourquoi vous me voyez au
désespoir.

— Au désespoir! répondit Lydie, (c'était le nom de la
châtelaine), pensez-vous à ce que vous dites? Ne savez-vous
pas que le désespoir est un blasphème, et que le Seigneur
est bien moins offensé des paroles odieuses que profèrent
les hommes en colère, que du blasphème en action de ceux
qui, reniant sa justice, se livrent au désespoir, car ce sont
là les véritables blasphémateurs.

— Oh! dit Julyor, je ne le savais pas, et je suis bien réellement alors un blasphémateur, car je ne crois plus en la
justice de Dieu. Et comment y croirai-je après ce qui m'est
arrivé!

Alors, sans se nommer, il lui raconta son histoire, et lui
dit en finissant: —Vous voyez bien que le bon Dieu n'est pas
juste.

— Encore, dit-elle presque fâchée, je vous prie de ne plus

dire une chose comme celle-là devant-moi, car si vous étiez
juste, vous diriez au contraire avec reconnaissance : Mon
Dieu, je vous remercie de m'avoir accordé la victoire.

— Oh bien! dit Julyor, ceci est tout nouveau pour
moi, et vous plaisantez sans doute; peut-on rendre des
actions de grâces pour la victoire quand on a été vaincu?

— Vraiment oui, répondit Lydie, et comme elle voyait
l'étonnement se peindre sur le visage du jeune prince.
— Ecoutez, lui dit-elle, une histoire que j'ai vue :

« Il y avait, il y a une trentaine d'années, un pauvre pêcheur
d'anguilles qui avait foi en Dieu. Il habitait une petite maison
bien modeste avec sa femme et deux petits enfants qu'elle lui
avait donnés. Ils n'étaient encore qu'au berceau, que leur père
disait tous les soirs dans sa prière en se couchant : « Mon Dieu,
« je vous prie que mon aîné soit général et que mon cadet soit
« cardinal. » Et tous les matins en se levant il allait voir
si ces pauvres innocents n'étaient pas devenus pendant la
nuit l'un général et l'autre cardinal. Cependant il était habile
dans son état et prenait beaucoup de poissons. Il y eut surtout
pendant quelques années de grandes chaleurs, et par suite
des orages et de fortes pluies, qui troublent l'eau et em-
pêchent les anguilles de voir les nasses tendues pour les
prendre et dans lesquelles le courant plus rapide des cours
d'eau les entraine. Il avait donc mis un peu d'argent de côté,
et quand ses enfants eurent atteint l'âge l'un de sept et l'autre
de huit ans, il leur acheta des livres et du papier et les
envoya à l'école pour qu'ils apprissent à lire et à écrire.
Mais à peine venait-il de prendre cette détermination et de
faire ce sacrifice, car c'en était un grand pour lui, qu'un
jour en revenant de la pêche il trouva sa petite maisonnette
à moitié brûlée ; la foudre était tombée dessus pendant que
sa femme était à la ville voisine et que ses enfants étaient à
l'école. Personne n'avait pu arrêter les progrès du feu, et il
se trouvait plus pauvre qu'il ne l'avait jamais été. Sa femme

était sur le seuil de la porte qui pleurait : « Faut-il que nous soyons aussi malheureux!—Et toi, dit-elle en se moquant de son mari, diras-tu encore : Mon Dieu je vous prie que mon aîné soit général et mon cadet cardinal? Pauvre sot, le bon Dieu s'occupe bien des pauvres gens comme nous !

— Femme, lui répondit le pêcheur, ne parlez pas ainsi. Si nos enfants n'avaient pas été à l'ecole ils auraient peut-être été tués par la foudre. Nous devons en remercier Dieu. » Puis il travailla à réparer sa maisonnette le mieux qu'il put, et continua à dire tous les soirs en se couchant, et pendant des années entières : « Mon Dieu, je vous prie, que mon aîné soit général et que mon cadet soit cardinal. » Mais comme il était devenu trop pauvre pour continuer d'envoyer ses enfants à l'école, il les emmenait avec lui à la pêche. Il leur apprit à prendre le poisson et à faire de jolis paniers avec les osiers qu'ils coupaient le long des rivières.

Un jour, mais longtemps après l'accident que je viens de vous raconter, ils prirent une si belle anguille qu'on n'en avait jamais vue de pareille, et le père dit à l'aîné de ses enfants : «Voilà une bonne journée, tu iras porter ce poisson « au château, car il doit y avoir un grand diner pour la nais- « sance d'une petite fille. » Cette petite fille c'était moi, dit Lydie en rougissant.

— C'est donc une histoire vraie, dit Julyor.

— Certainement, répondit Lydie, et les contes peuvent être aussi des histoires vraies quand on y décrit les choses et les hommes tels qu'ils sont sans les déguiser sous des masques trompeurs ; mais mon histoire est plus qu'une histoire vraie, c'est une histoire authentique.

— Je comprends bien, dit Julyor, continuez je vous prie.

— Papa, dit alors le cadet, je n'ai jamais été au château, veux-tu que j'accompagne mon frère.

—Va, mon enfant, je le veux bien.

C'était une si grande joie pour mes parents que la naissance

d'un enfant, que ma mère avait fait vœu de faire tout le bien
qu'elle pourrait aux deux premiers pauvres gens qu'elle
verrait lors de ses relevailles ; or, il arriva que les deux jeunes
garçons se présentèrent à elle avec leur anguille au moment
où elle sortait pour la première fois.

— « Soyez les bienvenus, leur dit-elle, et pour accomplir
le vœu que j'ai fait, je vais demander à votre père qu'il veuille
bien consentir à ce que je vous garde dans mon château jusqu'à ce que, par mes soins, vous ayez reçu une éducation
sérieuse. »

Le pauvre pêcheur fut bien heureux à cette nouvelle, il
donna son consentement de grand cœur, vint remercier ma
mère, et deux fois par semaine se rendit dès lors au château
pour apporter du poisson et visiter ses enfants.

Que vous dirai-je de plus, l'aîné se fit militaire et le cadet
se fit abbé. Aujourd'hui, après avoir profité de l'instruction
qui leur fut donnée, la prière du pauvre pêcheur est presque
exaucée, car l'aîné est général depuis longtemps, et le cadet
est sur le point d'être cardinal, car il est évêque, et si le
prince Julyor...

— Que dites-vous, et que puis-je faire, s'écria le prince ?

— Comment, vous seriez le prince Julyor ? Oh ! je suis
toute honteuse de vous avoir parlé si familièrement.

— Dites-moi son nom, je vous prie, et si je le connais je le
ferai cardinal.

— C'est le frère du général Elizer.

— Elizer ! dit le prince tout ému, mon brave, mon fidèle
Elizer serait le frère de celui dont vous parlez ?

— Le même, sans nul doute, dit la jolie châtelaine.

— Oh bien ! je ferai son frère cardinal ; puis pensant qu'il
n'avait plus de puissance : « Quel malheur, ajouta-t-il, de ne
plus être roi. »

Tout en causant ainsi, ils s'étaient rapprochés du château,
et Lydie l'engageait à entrer pour déjeuner, quand ils aper-

çurent au bout de l'avenue un cavalier qui arrivait à toute
bride.

— « C'est Elizer, dit le prince transporté de joie, et il
courut au devant du général.

— Sire, lui dit le général...

— Oh ! ne m'appelez pas ainsi, mon bon Elizer, jusqu'à
ce que j'aie recouvré mon royaume, ce que je compte faire
avec l'aide de Dieu.

— Prince, lui dit-il alors, je suis bien heureux de vous
revoir, j'ai cherché après vous toute la nuit dans des angoisses
mortelles.

— Rassurez-vous à présent, répondit Julyor, qui avait repris
toute son énergie et toute sa gaieté, je suis en bonne santé
et sous la protection d'une charmante fée que voici. Entrons
d'abord déjeuner et nous parlerons de nos affaires, car j'ai
plus envie que jamais d'être roi, d'abord pour faire votre
frère cardinal et puis encore pour autre chose, dit-il en
regardant Lydie. »

Elizer salua la jeune châtelaine comme une ancienne connaissance; ils se mirent à table et tinrent conseil à trois.

Il fut convenu que le jeune prince resterait quelque temps
caché dans le château, pendant qu'Elizer irait aux informations
en se déguisant en paysan.

Cependant le roi Gondabor, enivré de son triomphe et se
croyant favorisé de Dieu, avait fait chanter un *Te Deum*
pour célébrer sa victoire; puis, se croyant quitte avec la
Providence, il avait recommencé le cours de ses forfaits;
plongé dans les orgies, il ne sortait de sa turpitude que pour
dicter les ordres les plus arbitraires et les plus cruels, surtout
envers ses nouveaux sujets, de telle sorte que le palais de
Julyor, au lieu d'être sanctifié comme autrefois par les béné-
dictions du peuple, était devenu en peu de temps le point de
mire de toutes les malédictions. Il arriva donc que ceux qui
s'étaient soumis par la crainte commencèrent à murmurer

tout bas, puis se munirent d'armes et de munitions qu'ils cachèrent et se tinrent tout prêts à chasser le tyran, qui ne tarda pas à s'apercevoir qu'un roi est toujours plus en sûreté dans sa capitale que dans celle des autres, si soumise qu'elle paraisse l'être.

Ce fut dans ces circonstances que le général Elizer vint tirer le prince Julyor de sa retraite pour le faire paraître à la tête des révoltés.

Le roi Gondabor, effrayé du mouvement tumultueux et du mauvais esprit du peuple qu'il avait conquis, se retira en rase campagne avec ses soldats pour livrer de nouveau la bataille s'il était inquiété; mais les paysans se soulevèrent, s'armèrent de fourches et de haches et vinrent grossir l'armée de Julyor, qui se trouva bientôt à la tête de troupes plus nombreuses que celles qu'il avait perdues. Il poursuivit son ennemi avec une telle ardeur que celui-ci fut obligé de s'arrêter dans la retraite qu'il avait commencée et d'accepter le combat.

Le prince Julyor, après avoir pris les plus habiles dispositions pour s'assurer le succès, n'en fit pas moins sa prière au Tout-Puissant, mais dans des sentiments bien différents de ceux qui étaient dans son cœur à la première bataille. Car, pensa-t-il, d'après ce que m'a dit Lydie, c'est une impiété que de faire avec orgueil une prière à Dieu, en croyant conclure un traité avec le Créateur de toutes choses, et c'est en effet une suprême impertinence que de lui adresser sa supplique dans ce sens : « Mon Dieu, je vous ai prié de telle chose juste, donc vous devez me l'accorder. » Il était donc bien décidé, quel que fût le sort des armes, à louer en toute chose l'éternel arbitre des destinées du monde.

Cependant les armées en vinrent aux mains, mais la bataille ne fut pas longue; les troupes du roi Gondabor furent promptement mises en fuite, et lui-même fut tué dans le combat.

Le prince Julyor rentra triomphant dans son palais, et

après avoir réglé les affaires du royaume, il récompensa le zèle de son fidèle Elizer en donnant à son frère le chapeau de cardinal ; puis il envoya une députation à la belle châtelaine pour lui demander sa main.

La charmante Lydie fut transportée de joie à cette nouvelle, car le jeune prince avait fait une douce impression sur son cœur. Les noces furent célébrées en grande pompe ; il y eut au palais des fêtes magnifiques, et le prince Julyor, au comble du bonheur, dit en regardant tendrement sa princesse : « Ah ! je vois bien à présent que je devais remercier Dieu de ma défaite, puisqu'il m'accordait plus que la victoire, il me donnait en outre une douce et aimable compagne pour le reste de mes jours. »

Le prince n'oublia pas dans ses bienfaits le métayer qui lui avait offert de si bon cœur du pain bis, une tasse de lait et une botte de paille pour dormir ; il en parlait encore long-temps après.

LA

BATAILLE DE FONTENOY

COMÉDIE EN TROIS ACTES

ET EN PROSE

LA

BATAILLE DE FONTENOY

PERSONNAGES

CRITELE , colonel des dragons en retraite.
GUSTAVE, amant de Léonie.
LEGROCHET.
BUROU, chef d'escadron en retraite.

DESLANDES, propriétaire.
PHILISTIN, domestique de Legrochet
LÉONIE, fille du colonel.
CAROLINE, femme de Deslandes.
SUZANNE, institutrice.

ACTE PREMIER

(La scène represente un petit salon de garçon convenablement meublé.
Porte à gauche, porte au fond.)

SCÈNE PREMIÈRE

LEGROCHET, PHILISTIN.

LEGROCHET, *appelant.*

Philistin!... Philistin!...

PHILISTIN, *accourant.*

Plait-il, Monsieur. Me voilà.

LEGROCHET

Ah çà ! d'où venez-vous encore ?

PHILISTIN

Monsieur, je viens d'en bas, parce que M. Gustave est sorti
et son domestique aussi, et alors Jacques m'avait dit d'aller
voir si on sonnait.

LEGROCHET

Je n'ai pas entendu sonner, moi.

PHILISTIN

Pardon, Monsieur, même que c'était le tailleur de
M. Gustave, et que je lui ai dit de repasser, et qu'il m'a
répondu que...

LEGROCHET

C'est bien, préparez-moi à déjeuner. Ce devrait être fait
déjà, il est bientôt onze heures; je ne prends pas de domestiques pour le service des autres... En tous cas, rappelez-
vous que je n'aime pas à appeler trois fois.

PHILISTIN

Monsieur daignera m'excuser parce que je ne suis pas
encore habitué au nom de Philistin.

LEGROCHET

Habituez-vous-y, M. Philistin.

PHILISTIN

Plaît-il, Monsieur.

LEGROCHET

Je vous dis de vous y habituer, c'est indispensable. Les
valets de chambres qui se succèdent dans les bonnes maisons
s'appellent tous invariablement de la même façon. Voyez
plutôt M. Gustave, tous ses domestiques s'appellent Jacques.

PHILISTIN

Jacques, cela se comprend.

LEGROCHET

Cela se comprend? Et pourquoi cela se comprend-il? Répondez, M. Philistin.

PHILISTIN

Parce que Jacques... Dam! Monsieur..., Jacques, c'est un nom qui... Enfin que...

LEGROCHET

Mais à propos, ne vous appelleriez-vous pas Jacques?

PHILISTIN

Oui, Monsieur, Jacques Bertrand.

LEGROCHET

Ah! ah! je comprends à présent, et vous raisonnez à merveille à votre point de vue; vous appelant Jacques, vous trouveriez tout simple qu'on obligeât tous vos collègues à se nommer Jacques. (*A part.*) Quelle sottise animée que ces gens-là! Après ça on prétend que beaucoup de personnes sont dans le même cas et raisonnent tout aussi faussement quand leur intérêt est engagé, et sans avoir comme lui le mérite de la naïveté

PHILISTIN

Monsieur, on resonne au premier.

LEGROCHET

Vous voulez dire chez M. Gustave.

PHILISTIN

Oui, Monsieur; faut-il y aller?

LEGROCHET, *gravement.*

Philistin, je vous ai déjà dit que les étages occupés par d'autres personnes que moi ne pouvaient m'être que secondaires, conséquemment l'étage que j'occupe est en réalité le premier étage pour moi.

PHILISTIN

Oui, Monsieur, pour vous; mais le portier dit que c'est toujours le second étage pour les autres.

LEGROCHET

Le portier et vous vous êtes deux sots qui n'entendez rien aux raisonnements mathématiques. Mais allez voir ce qu'on veut à M. Gustave et revenez vite. (*Philistin sort.*) Avec tout cela mon déjeuner n'avance guère; ce n'est pas l'embarras, je n'ai pas grand faim. Ayez donc de l'appétit quand on s'ennuie à périr. (*Il bâille.*) Mon pauvre Legrochet, il est temps que tu te maries, tu commences à ne plus être bon à rien. Monterai-je Cocotte aujourd'hui ou irai-je à la chasse? Ah! qu'une journée est longue à passer quand on ne sait pas se créer d'occupation! (*A Philistin qui rentre.*) Qu'est-ce que c'est?

PHILISTIN

Une lettre pour M. Gustave.

LEGROCHET

Donne. (*La retournant.*) Est-ce qu'on présente une lettre à l'envers? Vous savez donc lire à l'envers, M. Philistin?

PHILISTIN

Non, Monsieur, je ne sais même plus lire à l'endroit.

LEGROCHET

Comment! vous ne savez plus? vous saviez lire et vous ne savez plus?

PHILISTIN

J'ai oublié. C'est que Monsieur ne sait pas sans doute que j'ai été cuirassier.

LEGROCHET

Non, Philistin, je ne le savais pas; mais qu'est-ce que la cuirasse fait à la chose?

PHILISTIN

C'est que, Monsieur, étant cuirassier, j'ai eu le malheur d'être pressé entre deux chevaux, ce qui m'a fait perdre longtemps la mémoire, et depuis lors je n'ai pas pu retrouver la lecture ni l'écriture.

LEGROCHET

Faites mon déjeuner, bavard, car il paraît que vous n'avez pas perdu votre langue.

SCÈNE II

LEGROCHET, GUSTAVE.

GUSTAVE

On entre sans frapper chez un garçon sage comme toi. Comment vas-tu ce matin?

LEGROCHET

Mais pas mal, et toi. Tiens, voilà un pli à ton adresse.

GUSTAVE

On ne l'a pas laissé au portier; je me doute de ce que c'est. En effet, c'est bien cela. (*Il lit.*) « Je compte sur toi pour faire ma partie de whist après dîner; nous nous mettrons à table à cinq heures. » Ce brave colonel, voilà trois grands jours que je ne l'ai vu... Il me faut un bouquet, c'est aujourd'hui sa fête.

LEGROCHET

Que tu es heureux, toi! On t'invite partout et tu es toujours bien reçu; tandis que moi, quoique tu m'aies présenté dans plusieurs maisons, je ne reçois jamais d'invitation, autrement que pour mes jambes.

GUSTAVE

Prends patience, cela viendra. Mon tailleur n'est pas venu ?

LEGROCHET

Si, il a dit qu'il reviendrait.

GUSTAVE

C'est qu'il me faut mon gilet pour ce soir.

LEGROCHET

Sans doute un gilet conquérant ? Nous savons que tu as des intelligences dans la place.

GUSTAVE

Je ne sais pas ce que tu veux dire.

LEGROCHET

Fais donc l'innocent. Comme si je ne connaissais pas tes prétentions sur le cœur de la fille du colonel, la charmante Léonie. Tu as raison, du reste, en amour pour réussir il faut de la discrétion. Mais prends garde de tomber dans un excès contraire; et si tu ne la demandes pas à son père, il n'est pas probable que tu l'obtiennes. Dix-neuf ans, riche et jolie, prends garde, mon cher, de te la laisser souffler, prends garde !

GUSTAVE

Ce ne serait toujours pas par toi.

LEGROCHET

Eh ! qui sait encore, si l'on voulait s'en donner la peine.

GUSTAVE

Voyons, sois sérieux, si tu le peux, et réponds-moi; en admettant que ta supposition très-gratuite soit cependant vraie, crois-tu qu'il soit prudent, qu'il soit raisonnable de la demander ?

LEGROCHET

Ce serait la dernière imprudence si tu ne veux pas l'épouser.

GUSTAVE

Mais puisque j'ai admis que ta supposition était vraie.

LEGROCHET

Laquelle ?

GUSTAVE

Eh parbleu! que je voulais l'épouser.

LEGROCHET

Eh bien !

GUSTAVE

Et bien ! réponds.

LEGROCHET

Tu es fou.

GUSTAVE

Comment !

LEGROCHET

Tu es fou ! Tu me déclares que tu veux épouser Mlle Léonie, et tu me demandes s'il est prudent de la demander à son père !... Après tout l'enlèvement se pratique encore.

GUSTAVE

Et c'est toi qui n'y vois pas plus loin que ton nez. Ne sais-tu pas bien que mon père était l'ami intime du colonel, qu'il me traite presque comme son enfant, qu'il n'a pas perdu l'habitude de me tutoyer? Il ne se gênerait pas et me refuserait sa fille aussi facilement qu'on refuse un gâteau à un enfant, et tout serait fini.

LEGROCHET

Qui ne risque rien, n'a rien.

GUSTAVE

Tu m'ennuies avec tes proverbes...

LEGROCHET

La sagesse des nations !...

GUSTAVE

Et la raison des sots. Je ne suis pas riche, et si je lui

demandais sa fille, le colonel pourrait bien me répondre que
j'ai abusé de la confiance qu'il avait en moi, et... je suis
susceptible.

LEGROCHET

Bagatelles, mon cher; si tu es sûr de la demoiselle,
marche hardiment au but.

GUSTAVE

Tu es grossier, mon pauvre ami; je t'ai dit que j'étais
très-chatouilleux, et je veux en avoir le droit. Comment donc
peux-tu supposer que je puisse parler d'amour à la fille avant
d'avoir instruit son père de mes intentions?

LEGROCHET

Mauvaise manœuvre, mon cher, mauvaise manœuvre. Tu
aurais besoin d'un mentor; si tu me faisais inviter au dîner
de ce soir, je te dirais de suite à quoi t'en tenir. Veux-tu
me faire inviter?

GUSTAVE

Tu n'es pas sérieux?

LEGROCHET

Très-sérieux.

GUSTAVE

Tu es fou alors!

LEGROCHET

Pourquoi cela? Il est donc bien difficile de dire au colonel
qu'un original, un ami à toi, ton camarade de collège, son
sincère admirateur et celui de sa fille, M. Legrochet enfin.

GUSTAVE

Oh! il te connaît bien.

LEGROCHET

Je le sais, car pendant que tu ne fais pas la cour à la fille
je fais la cour au père, moi.

GUSTAVE, *riant*.

Tu fais la cour au père!...

LEGROCHET

Sans doute, mais, rassure-toi, je perds mes frais. Pendant
un temps j'avais soin de le rencontrer à la chasse. Je te laisse
à penser les compliments que je lui faisais sur son adresse,
sur son coup d'œil, sur sa vigueur. Il m'écoutait volontiers.
Enhardi, je me hasardai à lui offrir une goutte de vieux rhum
de la Jamaïque (dernier fond d'épicerie de mon bonhomme
de père), dont j'avais eu soin de lester ma gourde. Il accepta.
Je redoublai d'audace et lui offris ma dernière bouteille ;
c'était adroit, hein !

GUSTAVE

Pas trop !

LEGROCHET

Mais il a refusé tout net, en disant que le rhum était
l'unique objet de son ressentiment depuis qu'il avait eu le
malheur dans sa jeunesse d'en boire une fois beaucoup trop ;
c'est-à-dire assez pour se griser. Il n'en avait goûté que pour
m'obliger. Quoique votre rhum soit excellent, a-t-il ajouté,
car il y avait de fort bonnes choses dans la boutique de
Monsieur votre père ; et il a appuyé sur le mot boutique.

GUSTAVE

Ah ! ceci m'étonne, car il n'est pas fier.

LEGROCHET

C'est selon ; pour moi je trouve qu'il l'est fort d'être le
père de sa fille, et d'avoir été l'époux de sa femme, dont les
ancêtres remontent au sultan Saladin et au roi Richard Cœur-
de-Lion.

GUSTAVE

Ah ! Il t'a développé à la chasse la généalogie de sa fille,
je le reconnais bien là. Il a dû alors te parler de la bataille
de Fontenoy?

LEGROCHET

Parbleu ! qui ne connait la bataille de Fontenoy? fameux

service de vaisselle plate donné par Louis XV au trisaïeul de
Mlle Léonie, avec un épisode de la bataille incrusté dans
chaque plat par un fameux artiste, je ne sais plus son nom...
Mais de tout cela j'ai conclu qu'il voulait me dire poliment
que sa fille n'était pas faite pour le fils d'un épicier.

GUSTAVE

Eh bien! tu te trompes, il n'a point voulu dire cela.

LEGROCHET

Tu crois?

GUSTAVE

Oh! j'en suis sûr, car plusieurs jeunes gens ont déjà
sollicité l'honneur d'être son gendre, ne possédant pas ta
fortune, et sans avoir plus que toi une origine illustre, et il
les a tous fort bien reçus; il ne s'en est rapporté qu'au goût
de sa fille. D'ailleurs il n'est jamais si gai que quand on lui a
demandé la main de sa chère Léonie. Aussi n'épouvante-t-il
pas les prétendus; on lui demande régulièrement la main de
sa fille une fois par semaine, ce qui lui fait dire que la
France entière voudrait être son gendre.

LEGROCHET

C'est bon à savoir. Tu ne veux pas me faire inviter?

GUSTAVE

Au dîner? Tu perds la tête!

LEGROCHET

Alors je vais déjeuner; bonjour!

GUSTAVE

Bonjour! A propos, fais-moi le plaisir d'abandonner cette
sotte plaisanterie de donner ton adresse au premier étage.

LEGROCHET

Mais écoute mon raisonnement.

GUSTAVE

Je le connais ton raisonnement. Tu as si bien embrouillé le portier qu'il ne sait plus le rang de ses locataires. Allons! cet étourdi de Jacques qui ne m'a pas laissé de clef.

PHILISTIN, *annonçant.*

Monsieur, une dame voilée.

LEGROCHET

Une dame voilée !

PHILISTIN

Elle demande à parler à Monsieur.

GUSTAVE

Oh! oh! séducteur, je te laisse.

SCÈNE III

LES MÊMES, SUZANNE.

SUZANNE

(*Elle entre au moment où Gustave sort.*) M. Gustave, c'est à vous que je désirais parler.

GUSTAVE

A moi!... Mlle Suzanne! Comment!... Vous ici!... Que vous êtes pâle! que s'est-il donc passé? Asseyez-vous, je vous prie. Legrochet, tu permets?

LEGROCHET

Fais comme chez toi, je vais déjeuner.

7

SCÈNE IV

SUZANNE, GUSTAVE.

SUZANNE

Vous n'êtes pas chez vous ici, Monsieur; chez qui suis-je donc?

GUSTAVE

Vous êtes chez M. Legrochet, que vous venez de voir; mon appartement est au-dessous, et si vous préférez...

SUZANNE

Oh non! Monsieur, j'aime mieux rester ici. Je m'aperçois un peu tard que j'ai fait une démarche bien inconsidérée : venir trouver un jeune homme chez lui; mais j'avais perdu la tête, et je n'ai même pas encore retrouvé ma présence d'esprit; vous le voyez, je me suis trompée d'étage. Quelle honte pour moi, et qu'aurais-je dit à ce Monsieur si vous ne vous étiez pas trouvé là?

GUSTAVE

Mais pourquoi avoir quitté Mme Deslandes? Est-il arrivé quelque accident au château?

SUZANNE

Oh non! Monsieur, c'est sur moi seule que le sort a frappé, et comme un faible roseau je courbe la tête sous l'aquilon du malheur.

GUSTAVE

Mademoiselle, il faut espérer...

SUZANNE

Ah! mon Dieu! que vais-je devenir, pauvre hirondelle battue par la tempête?

GUSTAVE

Mais, Mademoiselle, le mal n'est sans doute pas irréparable?

SUZANNE

Pauvre fille, sans parents, sans appui, abandonnée du monde entier et qui n'a plus qu'à mourir.

GUSTAVE

Mais...

SUZANNE

Telle que l'innocente colombe poursuivie par l'oiseau de proie, je cherche en vain un asile.

GUSTAVE. (*A part.*)

Si elle continue sur ce ton là, ce ne sera pas récréatif. (*Haut.*) Mais, Mademoiselle, vous n'êtes pas sans appui et vous avez un très-sûr asile chez Mme Deslandes qui est une excellente femme.

SUZANNE

Hélas! je le croyais aussi, mais aujourd'hui...

GUSTAVE

Eh bien! aujourd'hui?

SUZANNE

Ah! mon Dieu, est-il possible!... Pauvre orpheline, pauvre bergeronnette qui n'avait qu'une branche pour se reposer, qu'un toit pour abriter sa tête...

GUSTAVE. (*A part.*)

Ah! elle recommence! (*Haut.*) Courage, Mademoiselle, ce n'est qu'une affaire sans conséquence.

SUZANNE

Oh non! Monsieur, tout est fini.

GUSTAVE

Comment? c'est donc bien sérieux?

SUZANNE, *cachant sa tête dans son mouchoir.*

Chassée, Monsieur, chassée!... Ah! la pauvre institutrice n'a plus qu'à périr en pardonnant à ses cruels ennemis!

GUSTAVE, *se levant.* (*A part.*)

Je ne puis m'empêcher de rire; quoiqu'elle soit réellement malheureuse. (*Haut.*) Diavolo, c'est très-grave en effet... mais tout n'est pas perdu; il faut nous concerter... Comment! M. Deslandes vous a laissé quitter ainsi sa maison?

SUZANNE, *vivement.*

M. Deslandes est absent depuis trois jours, il devait revenir ce matin.

GUSTAVE

Alors donc, c'est Mme Deslandes, une femme si douce d'habitude!... c'est vraiment extraordinaire; racontez-moi ce qui s'est passé; c'est incroyable! Je vous écoute, Mademoiselle.

SUZANNE

Mais, Monsieur, je ne sais... que vous dirai-je? Je suis bien malheureuse!

GUSTAVE

Vous n'avez pas confiance en moi, je le vois bien, c'est pourquoi vous n'avez qu'une chose à faire: vous connaissez le colonel Critèle, sa fille était une de vos amies de pension, rendez-vous auprès de lui et confiez-lui votre embarras.

SUZANNE

Oh! Monsieur, j'y avais bien pensé, mais je n'oserai jamais lui dire que j'ai été... Oh! mon Dieu, chassée, oui chassée! Et Mme Deslandes qui est une des amies du colonel!... Ah! qui voudra de moi désormais?...

GUSTAVE

Eh bien! confiez-moi la cause de cet événement, ou du

moins laissez-la moi deviner, afin que je puisse vous être
utile.

SUZANNE, *avec embarras.*

Mme Deslandes n'est pas... très-forte musicienne...

GUSTAVE

Elle n'a pas votre talent; on dit que vous avez une voix
ravissante.

SUZANNE

M. Deslandes aimait à m'entendre chanter, nous exécutions
quelques duos...

GUSTAVE

Je sais cela, j'ai assisté à vos soirées musicales, il n'y a là
rien que de fort naturel.

SUZANNE

Mme Deslandes ne sait pas... monter à cheval.

GUSTAVE

Et vous, vous êtes une parfaite écuyère; vous faisiez sans
doute quelques promenades avec M. Deslandes?

SUZANNE

Oui, Monsieur, dans les bois touffus, sous les sombres
allées, au milieu des bosquets fleuris...

GUSTAVE

Sans doute, sans doute; M. Deslandes a une fort jolie
propriété, mais ce n'est pas là la grande affaire, car ce n'est
pas d'aujourd'hui que vous faites de ces promenades...

SUZANNE, *avec embarras.*

Non, Monsieur, c'est vrai, mais Madame... Mme Deslandes...
ne sait pas non plus dessiner...

GUSTAVE

Eh bien !

SUZANNE

Et j'avais commencé le portrait de... de M. Deslandes, et Madame l'a su sans doute, je ne sais comment.

GUSTAVE

Ah ! vous faisiez le portrait de M. Deslandes à l'insu de sa femme ?

SUZANNE, *vivement.*

M. Deslandes n'en savait rien non plus; c'est mon protecteur, je puis dire mon bienfaiteur, et la reconnaissance seule m'avait mis le pinceau à la main.

GUSTAVE

C'est ainsi que je l'entends... Je vous remercie, Mademoiselle, je comprends tout à présent; rassurez-vous et allez de suite auprès de votre amie, Mlle Léonie, moi-même dans un quart d'heure j'irai expliquer au colonel votre embarras...

SUZANNE

Monsieur, je vous remercie; ne me reconduisez pas, je vous prie.

GUSTAVE

A tout à l'heure, Mademoiselle.

SCÈNE V

GUSTAVE, LEGROCHET.

LEGROCHET, *sortant la bouche pleine.*

Eh bien ! elle est partie. Qu'est-ce que c'est ?

GUSTAVE

Cela ne peut guère t'intéresser; c'est l'institutrice de la fille de Mme Deslandes, une jeune personne qui n'a jamais

connu ses parents, et qui est sans doute l'enfant naturelle
de quelque personnage qui n'a pas jugé à propos de la
reconnaître, mais qui lui a fait donner une excellente
instruction dans l'un des meilleurs pensionnats de Paris.

LEGROCHET

Ah! ah!... Elle n'a pas l'air mal.

GUSTAVE

La demoiselle est jolie, fort jolie même, elle a des moyens,
et a très-bien su profiter des leçons qu'on lui a données,
leçons qui à défaut de patrimoine l'ont mise à même de
gagner sa vie honorablement. Elle excelle dans la musique,
peint dans la perfection, et monte à cheval comme une
écuyère de Franconi, enfin elle a une foule de talents; mais
elle est romanesque, et, quoique fort instruite, manque
totalement de cette éducation première qui ne se donne que
dans la famille, sous les yeux et par les soins d'une mère
vertueuse, ou même qui ne l'est pas; car quelle est la mère
qui ne veut paraître vertueuse aux yeux de sa fille et qui n'y
réussit?

LEGROCHET

Très-bien! Mais qu'est-elle venue chercher ici?

GUSTAVE

Je connais Mme Deslandes : tu sais que je vais souvent au
château.

LEGROCHET

Où tu dois me présenter depuis six mois.

GUSTAVE

Oh! quand tu voudras... De sorte que j'ai fait la connaissance de Mlle Suzanne, la charmante institutrice. Or, la pauvre
fille se trouve aujourd'hui dans un grand embarras. Elle a
commis une imprudence qui a excité la jalousie de sa
maîtresse, et qui lui a signifié son congé. Elle est très-fière

la jeune personne, si fière que cette humiliation a dû porter
un rude coup à son amour-propre, et, son caractère romanesque aidant, elle n'a rien trouvé de mieux que de s'enfuir
comme une coupable, au lieu de donner à Mme Deslandes des
explications qu'elle lui devait et qui l'eussent satisfaite.
Mais je l'ai dit, elle manque de ce tact que donne l'éducation
première, elle ne connaît pas les convenances ; c'est pourquoi
elle est venue tout d'abord me trouver, moi, le seul jeune
homme qu'elle connaisse. Mais, comme elle le dit, elle avait
perdu la tête.

LEGROCHET

Il faut en effet qu'elle ait bien perdu la tête pour venir te
relancer jusque chez moi.

GUSTAVE

Et n'est-ce pas ta faute, morbleu ! Ce sont tes leçons de
mathématiques qui germent dans la tête du portier. D'ailleurs
c'est fort heureux pour cette fois, car Jacques a emporté
les deux clefs. Mais je te prie, malgré cela, de renoncer à des
facéties que tu ne te permettrais pas avec un étranger. Tu
devrais être plus sérieux à ton âge.

LEGROCHET

C'est bon ! c'est bon ! marchand de morale.

GUSTAVE, *se dirigeant vers la porte.*

Marchand de cassonnade ! va finir ton déjeuner.

SCÈNE VI

GUSTAVE, DESLANDES.

DESLANDES, *arrêtant Gustave à la porte.*

Bonjour, Gustave, savez-vous ce qui m'arrive ?

GUSTAVE

Ah! vous voilà de retour!

DESLANDES

Un homme ne devrait jamais quitter sa maison. Ces femmes ont une tête. Croiriez-vous que j'entre au château, et je trouve visage de bois; personne au logis, tout bouleversé en trois jours d'absence; l'institutrice de ma fille renvoyée et ma femme je ne sais où. Cette pauvre Suzanne, je ne sais où elle est allée. J'ai été chez le colonel, chez le commandant de place, dans toutes les maisons que je connais, pas de Suzanne. Une jeune fille que j'ai prise sous ma protection et dont je me crois moralement responsable.

GUSTAVE

Rassurez-vous, mon cher, elle sort d'ici; elle est allée se réfugier chez son amie de pension Mlle Léonie, et j'allais de ce pas expliquer au colonel l'embarras dans lequel elle se trouve.

DESLANDES

Ne vous donnez pas cette peine, j'y vais moi-même et je la ramène immédiatement au château.

GUSTAVE

Ah! par exemple! Et Mme Deslandes?

DESLANDES

Caroline! Est-ce que vous supposez, mon cher, que je ne suis pas le maître chez moi.

GUSTAVE

C'est juste, vous êtes le maître. Mais il me semble que vous devriez vous inquiéter d'abord de savoir de quel côté sont les torts.

DESLANDES

C'est ma femme qui a tort.

7.

GUSTAVE

Comment! *à priori?*

DESLANDES

Suzanne est incapable d'avoir manqué de respect à
Caroline. Je la connais, elle est douce comme un agneau...

GUSTAVE

Mais Mme Deslandes est douce aussi.

DESLANDES

Et d'une docilité à toute épreuve.

GUSTAVE

Tout ce que vous voudrez, mais cela ne l'empêche pas de
faire votre portrait en cachette, et fort ressemblant à ce que
je dois croire.

DESLANDES

Quoi! elle a fait mon portrait?

GUSTAVE

C'est ce qu'elle vient de m'avouer elle-même, et ce qui
suffit pour expliquer un moment de jalousie de la part de
Mme Deslandes, et plus d'une femme à sa place...

DESLANDES

C'est-à-dire que vous prenez le parti de ma femme?

GUSTAVE

Moi! pas du tout! je vous explique simplement comment
Mme Deslandes, surprenant ce portrait fait à son insu, a dû
supposer que vous alliez poser dans la chambre de l'institutrice. Il y avait bien de quoi accuser la jeune fille d'abus
de confiance et lui reprocher de troubler la paix d'un ménage aussi uni que le vôtre. Et Suzanne, trop fière pour
s'excuser, trouvant, par l'effet de son caractère romanesque,
un certain bonheur dans la persécution, sera partie sur le
champ sans répondre.

DESLANDES

Et sans même faire ses paquets, la pauvre enfant! Oh! je vois ce que c'est à présent. Oui, Madame est jalouse; à merveille! Et jalouse de la plus innocente des créatures! Et Suzanne aurait tort? Et on la chasserait comme une domestique infidèle? Et je trouverai cela très-bien?... Non, non, cela ne se passera pas ainsi. Quoi! je ne pourrais être charitable à mon gré envers une pauvre orpheline sans exciter le ressentiment, la jalousie de Madame?... je ne suis pas jaloux, moi, et cependant, à la rigueur.

GUSTAVE

Deslandes!...

DESLANDES

Dans une heure Suzanne sera au château.

GUSTAVE

Ne faites pas cela, mon cher, croyez-moi, voyez Mme Deslandes avant, c'est convenable; vous étiez encore, il y a trois jours, comme deux tourtereaux.

DESLANDES

Et que m'importent les tourtereaux! Je ne veux pas qu'on froisse ainsi mes affections les plus pures. Je vais chez le colonel.

GUSTAVE

Je vais avec vous.

DESLANDES

Non, j'aime mieux aller seul.

GUSTAVE. (*A part.*)

Au fait ça ne me regarde pas. (*Haut.*) Adieu alors, mais soyez prudent.

SCÈNE VII

GUSTAVE, *seul.*

Il va tout embrouiller si le colonel ne parvient pas à lui faire entendre raison... Il faudra que j'aille aussi chez le colonel cependant. Ce diable de Legrochet m'a mis la puce à l'oreille. En effet, la première chose à faire pour obtenir la main d'une jeune fille, c'est de la demander. Mais je n'ose pas; s'il me refusait... plus d'espoir! plus d'espoir, ce serait affreux! Chère Léonie!... Elle doit être étonnée de ma conduite... depuis plus d'un an mes yeux lui disent ce que pense mon cœur, et je ne me déclare pas. Je n'en ai pas le courage... Quel poltron je fais!... Il me semble qu'elle me boude, et elle a raison. Ah! si j'étais un homme comme un autre...

SCÈNE VIII

GUSTAVE, LEGROCHET

LEGROCHET

Si tu étais un homme comme un autre, tu veux dire si tu n'étais pas amoureux. Va, c'est encore l'amour qui est le meilleur diplomate; mais si tu as besoin d'un mentor je suis là.

GUSTAVE

Bonjour, je rentre chez moi, je n'ai pas le temps d'écouter tes sornettes.

LEGROCHET

Pardon si je ne te reconduis pas; il y a dix-huit marches.

SCÈNE IX

LEGROCHET, PHILISTIN.

LEGROCHET, *seul.*

Enfin ils ont fini d'abuser de mon domicile. Voilà une demoiselle qui va mettre toute la ville en rumeur. C'est qu'elle est fort bien. Est-ce que ce petit Gustave?... Mais non... Est-il impertinent au moins; marchand de cassonnade... Ne sort-il pas de la cuisse de Jupiter? Dans un siècle où les préjugés sont morts, où l'argent est tout et la naissance rien ! C'est-à-dire qu'aujourd'hui on n'a plus besoin d'être noble pour être aristocrate et arrogant... Voyez-vous ce soldat parvenu avec sa bataille de Fontenoy : Il y avait de fort bonnes choses dans la boutique de Monsieur votre père. Voilà six mois que je cherche à me marier chez ces gens-là, comptant un peu sur mon argent, impossible de faire le premier pas dans leur intimité ; j'en suis toujours aux visites de cérémonies bi-hebdomadaires, ou semi-mensuelles, comme on voudra ; et cependant je me sers d'expressions choisies, je fais mon possible pour être aimable... Rien. Ce petit Gustave a une chance... Si je pouvais lui servir un tour de ma façon... Allons, Legrochet, du courage et du génie, tu n'as pu t'insinuer par la douceur, eh bien ! mon garçon, il faut forcer le passage, et prendre le taureau par les cornes. Au fait puisqu'il reçoit si bien les prétendants, je puis m'en passer la fantaisie, c'est une idée... Je ne risque rien, je vais demander la main de Mlle la duchesse Léonie. Philistin ! mon habit noir.

PHILISTIN

De suite, Monsieur.

LEGROCHET, *passant son habit.*

Il y avait de bonnes choses dans la boutique de Monsieur
votre père; et cet autre : marchand de cassonnade; nous allons
bien voir... Et puis j'ai vingt mille francs de rente. C'est
qu'il ne raisonne pas mal, le petit Gustave; s'il choisit mal
son moment pour faire sa proposition, et que le colonel lui
refuse sa fille un jour de mauvaise humeur, cela lui mettra
un pied dehors; pour moi c'est tout le contraire et même un
refus peut me mettre un pied dedans. (*Imitant le colonel.*)
Ma fille et moi nous sommes très-flattés de votre recherche,
mais... Décidément c'est une idée lumineuse. Il est capable
de m'inviter à dîner ce soir. Ah! marchand de cassonnade, si
je te la prenais? mais non... Enfin ce sera toujours un jalon
de planté; je me rabattrai sur un plus humble gibier. On
dira : M. Legrochet, mais c'est un jeune homme très-bien,
très comme il faut, même il a demandé la main de Mademoiselle... une telle, le mariage a été près de se faire, il a
vingt mille francs de rente. Que d'hommes n'ont d'autres
titres à la gloire que celui d'avoir eu l'audace de demander
la main de jeunes filles étant bien sûrs d'être refusés. Allons,
battons le fer pendant qu'il est chaud.

PHILISTIN

Monsieur sort?

LEGROCHET

Oui, Philistin.

PHILISTIN, *après que son maître est sorti.*

Eh bien! moi aussi.

ACTE DEUXIÈME

Le théâtre représente le salon du colonel. Le colonel est assis auprès d'une table et décachète son courrier. Suzanne et Léonie travaillent à quelque ouvrage de broderie.

SCÈNE PREMIÈRE

LE COLONEL, SUZANNE, LÉONIE.

LE COLONEL

Tiens, voilà ton ancienne maîtresse de pension qui se mêle aussi de vouloir te marier. L'excellente personne ! Ne craint-elle pas que tu ne restes fille ! En vérité, c'est une chose étrange, il y a des gens qui ne doutent de rien. Celui-ci est un professeur de musique, Brélini ou Trélini... ça finit en ni... Un artiste, que dis-je, un poète, jeune, brillant plein d'avenir, buste d'Apollon... En voilà un éloge pompeux !... La poésie dans le cœur, et le Pérou dans la tête. Quel homme extraordinaire ! c'est trop beau, une des plus anciennes familles d'Italie ; je lui refuse positivement ta main, tu n'es pas digne de lui...

LÉONIE, *gaiement.*

Oui, oui, papa, refuse à outrance. Je connais à peine M. Trélini, et je ne comprends pas...

SUZANNE

Ma chère Léonie, tu dois être indulgente à son égard, quand on possède comme toi la bonté, la beauté et la richesse, on ne doit pas s'étonner d'être aussi recherchée.

LÉONIE

Quoi! Suzanne, toi aussi? sais-tu que tu empiètes sur les droits du vieux commandant.

LE COLONEL

En voici un autre... c'est un notaire celui-là; le premier notaire de Fontainebleau. Ah çà! toute la France veut donc épouser ma fille; lisant : « Je suis riche de trente mille francs de rente que je dépose avec mon cœur aux pieds de votre admirable fille, trop heureux si elle daigne... » C'est bon, c'est bon, quel aimable notaire! c'est signé Amable... Il aura oublié un i. Il ne donne ni son âge ni son signalement.

LÉONIE

Il a au moins quarante-cinq ans; il m'a fait danser au bal du sous-préfet l'hiver dernier.

LE COLONEL

Un notaire mondain, c'est rare, malgré cela, à moins que tu n'en veuilles absolument, je ne suis pas disposé à l'accepter.

LÉONIE

Non, non, papa, refuse toujours.

LE COLONEL

Tu es libre, choisis. Celui qui te conviendra sera mon gendre; ça m'est égal à moi, pauvre ou riche, je ne suis pas fier.

SUZANNE

Oh! vous êtes le modèle des pères!

LE COLONEL

Ma fille se mariera comme elle l'entendra; mais j'avoue

que je serais vexé de voir un notaire manger dans ma bataille
de Fontenoy. Le cheval de Louis XV se cabrerait d'indignation! Etre tutoyé par un tabellion enrichi. Non, non, ce
n'est ni pour un notaire ni pour un musicien que depuis
vingt ans j'entoure cet illustre souvenir de tous mes soins,
de tous mes respects. C'est moi-même qui en enlève les
toiles d'araignées et les crottes de souris. D'ailleurs j'y suis
bien décidé, il ne servira que pour un ministre.

SUZANNE

Mais, Monsieur, je croyais que tous nos ministres étaient
mariés?

LE COLONEL

Cela ne fait rien, ma chère enfant, on en fera d'autres.
je prévois une crise dans le ministère. Cela me fait penser
que je n'ai pas lu mon journal. (*Le colonel se lève, son
journal à la main, et va près de Suzanne.*) Que brodez-vous
là ma petite princesse? Oh! que c'est joli! Et toi Léonie?
tu fais ton possible pour t'abimer les yeux. As-tu les mains
propres seulement?

LÉONIE

Oh! papa.

LE COLONEL

Parbleu! fais donc tes embarras, comme si tu aimais
l'eau. Je croirais volontiers que tu veux imiter le genre de
la femme de mon général, qui s'époussetait la figure tous les
matins de peur de ternir l'éclat de son teint au contact de
l'eau... Ah çà! mes petites mères, j'espère que vous n'allez
pas tarder à vous occuper du dîner. Suzanne, vous aiderez
ma fille, puisque vous avez congé aujourd'hui, et ne craignez
pas de mettre vos jolis doigts dans les sauces, elles n'en
seront que meilleures.

LÉONIE, *se levant.*

Combien faut-il mettre de couverts?

LE COLONEL

Qu'est-ce que cela te fait?

LÉONIE

Mais c'est pour prendre mes dispositions pour la table.

LE COLONEL

Nous serons sept.

LÉONIE

Sept? Vous n'avez oublié personne. (*Elle compte sur ses doigts.*) Cinq, six, sept... et huit.

LE COLONEL

Sept, te dis-je, je n'ai oublié personne.

LÉONIE

Pour votre partie de whist, avez-vous pensé à...

LE COLONEL

A qui?

LÉONIE, *timidement.*

A M. Gustave.

LE COLONEL

Ah! nous y voilà! (*Il se promène vivement.*) Vraiment! vous devriez avoir un peu plus de retenue... ma partie de whist!... vous y tenez fort à ma partie de whist; c'est parce qu'il vous fait les yeux doux pendant ce temps-là; il faut l'engager vous-même, puisque vous y tenez tant à votre clampin de Gustave. Vous lui feriez volontiers la cour, n'est-ce pas? (*Léonie pleure.*) Les filles n'ont plus de retenue aujourd'hui; vous êtes jalouse de faire voir à tout le monde que c'est moi, un vieux troupier, qui vous ai élevée, vous ne voulez pas qu'on s'y trompe, vous voulez qu'on sache que vous avez eu le malheur de perdre votre mère à l'âge de trois ans... Mais retenez ceci... Bon! elle pleure à présent. Quelle calamité que les larmes! Voyons, c'est tout, ne pleure pas. Voilà ce que c'est que de se faire si belle, cela fait venir la pluie. Et moi qui t'ai acheté ce matin une robe charmante, une surprise que je te ménageais... Eh bien ! est-ce tout ? Tu ne m'entends pas donc ? je te dis que je t'ai acheté une robe superbe... D'ailleurs, je l'ai invité ton M. Gustave.

LÉONIE

Vrai, vous m'avez acheté une belle robe ?

LE COLONEL

C'est ce bon curé qui n'a pas pu être des nôtres. On dit que son évêque lui a défendu de dîner en ville. Mais ton Gustave est un clampin, et je n'entends pas que vous fassiez les tourtereaux ensemble où je le mettrai à la porte.

UN DOMESTIQUE, *annonçant.*

Madame Deslandes !

SUZANNE

Sauvons-nous ! (*Elles sortent.*)

SCÈNE II

LE COLONEL, CAROLINE.

CAROLINE

Ah ! Colonel, avez-vous vu Suzanne ?

LE COLONEL.

Mais oui, elle est avec ma fille depuis une heure au moins. Elle s'est enfuie quand on vous a annoncée.

CAROLINE

Ah ! je respire !...

LE COLONEL

Mais qu'y a-t-il donc ? Qu'est-il arrivé ? Asseyez-vous.

Vous paraissez souffrante, asseyez-vous donc, dites-moi, tout
est bien au château? Votre petite fille?... Et Deslandes?

CAROLINE

Oh! je voudrais bien que mon mari ne fût pas encore
arrivé.

LE COLONEL

Mais pourquoi cela? Deslandes manquerait à mon dîner,
le dîner de ma fête, le diner sacramentel!... Expliquez-vous,
Madame, je tremble d'apprendre quelque événement...

CAROLINE

C'est que j'ai commis une mauvaise action que je désire
réparer de suite; quoique... Je voudrais voir Suzanne, car
enfin...

LE COLONEL

Qu'est-ce que tout cela veut dire?

SCÈNE III

LE COLONEL, CAROLINE, DESLANDES

DESLANDES

Ah! je vous trouve enfin, Madame! Pardon, Colonel.
J'apprends que vous en faites de belles pendant mon absence.

CAROLINE

Monsieur, ce ton auquel je suis peu habituée...

DESLANDES

Madame, mon ton se mesure sur votre conduite...

CAROLINE

Monsieur!... sans explication... me parler d'une manière
aussi inconvenante, ici encore!... Ah! Monsieur!...

DESLANDES

Je prends le ton que je juge convenable, et je vous engage
à le trouver bon, comme je vous engage à trouver convenable aussi que Suzanne rentre au château.

CAROLINE

Oh! ceci est trop fort, Monsieur! Sans m'écouter, sans
m'entendre!... Elle n'y rentrera pas.

DESLANDES

Elle y rentrera.

CAROLINE

Elle n'y rentrera pas!

DESLANDES

Et sur l'heure encore!...

CAROLINE

C'est une indignité. (*Elle pleure.*) Et si Mlle Suzanne
rentre au château, c'est moi, Monsieur, qui n'y rentrerai pas.

DESLANDES

A votre aise, Madame, je vous donne toute liberté. Suzanne
est chez vous, Colonel?

LE COLONEL

Oui, elle est chez moi.

DESLANDES

Voudriez-vous avoir la bonté de la faire appeler.

LE COLONEL

Dam! dam! écoutez donc... ma fille en a besoin; et je ne
la lâche pas comme ça; je vous la rendrai quand vous serez
d'accord. Ma maison est un terrain neutre, et je ne livre pas
les réfugiés politiques ou non politiques, j'ai de vieux prin-
cipes à ce sujet. Suzanne s'en ira quand elle le voudra; mais
il n'est pas probable qu'elle consente à retourner au château

malgré Madame; mais que diable avez-vous contre cette
pauvre fille?

DESLANDES

Je vais vous le dire...

CAROLINE

Oh ! Monsieur, taisez-vous !...

DESLANDES

Eh ! Madame, je ne reçois pas vos ordres, et, si votre
aveugle jalousie ne vous avait poussée à un sot esclandre,
vous n'auriez pas à redouter mes reproches.

CAROLINE

Oh ! peut-on humilier ainsi sa femme ! Colonel, soyez
juge : il fait faire son portrait en cachette par Suzanne, et il
veut que je trouve cela très-bien. Il faut être juste.

LE COLONEL

Allons, Deslandes, calmez-vous; évidemment c'est vous
qui avez tort.

DESLANDES

Si elle a fait mon portrait, je n'en sais rien; mais quand
même, ne voilà-t-il pas un grand crime pour chasser comme
une domestique infidèle une jeune fille que j'ai prise spécia-
lement sous ma protection?

CAROLINE

Et des bouquets fanés dans les vases... bouquets que j'ai
bien reconnus... Des lettres en vers commencées... que je
n'ai pas voulu lire... Oh! j'ai été bien faible en autorisant
ces promenades à cheval.

LE COLONEL

Certainement, vous avez eu grand tort.

DESLANDES

Tout cela est fort bien, mais moi je demande Suzanne.

LE COLONEL

Et moi je refuse de vous la donner. Comme dans presque toutes les querelles il y a des torts des deux côtés, cédez-vous quelque chose mutuellement, et vous allez vous raccommoder.

DESLANDES

Je cède tout ce qu'on veut pourvu que Suzanne rentre au château.

CAROLINE

Moi je céderai tout ce qu'on voudra pourvu qu'elle n'y rentre pas.

LE COLONEL

Vous êtes des enfants. Tenez, partez, votre voiture est en bas, allez-vous-en, je n'ai pas le temps de vous garder. Disputez-vous pendant la route, et en revoyant votre cher petit ange, la petite Mathilde, vous vous embrasserez. Allons, allons, je suis le maître chez moi peut-être...

DESLANDES

Mais, Colonel...

LE COLONEL

Allons, mon cher, vous savez que je suis votre ami, obéissez-moi, emmenez votre femme, que diable les convenances l'exigent... (*Il les conduit vers la porte.*) Disputez-vous bien en route pour me revenir de bonne humeur à cinq heures, et soyez exacts.

CAROLINE

Oh! je ne lui pardonnerai pas!

DESLANDES

On verra bien si je suis le maître!

LE COLONEL

A bientôt.

SCÈNE IV

LE COLONEL, *seul.*

Voilà le modèle des ménages brouillé... Que diable, c'est
leur faute aussi... et cependant ils n'ont tout à fait tort ni
l'un ni l'autre. Il leur suffirait de s'entendre. Ce que c'est
cependant, Caroline était toute prête à confesser ses torts
quand son mari est entré... Cette petite sotte aussi!... aller
faire le portrait de Deslandes!... car Deslandes est aussi
innocent que l'enfant qui vient de naître, j'en mettrais ma
moustache au feu. Que s'il n'avait pas eu la conscience bien
nette, il aurait filé doux; je m'y connais. Il aurait cherché à
reconquérir son institutrice par la douceur et non par la
violence. Faut-il que les plus belles médailles aient leurs
revers, et que l'intolérance soit souvent l'apanage d'une
conscience sans reproche. Pauvre Caroline! c'est son amour
pour son mari qui l'a poussée à cet esclandre... Bah! ils vont
s'embrasser en revoyant leur fille, et puis d'ailleurs je les
réconcilierai ce soir entre la poire et le fromage. Voyons
mon journal.

(*Un domestique annonçant.*) M. Legrochet.

LE COLONEL

Faites entrer.

SCÈNE V

LE COLONEL, LEGROCHET.

LE COLONEL. (*A part.*)

Qu'est-ce qu'il veut encore celui-là? la main de ma fille,
sans doute.

LEGROCHET

M. le colonel de Critèle...

LE COLONEL. (*A part.*)

Oh! oh! de Critéle...

LEGROCHET

J'ai bien l'honneur de vous présenter mes respects.

LE COLONEL

Donnez-vous la peine de vous asseoir...

LEGROCHET

Je vous en prie, Colonel...

LE COLONEL

Eh bien! qu'y a-t-il de nouveau, M. Legrochet? Avez-vous lu le journal?

LEGROCHET

Non, Colonel, je n'ai pas eu le temps.

LE COLONEL

Ni moi non plus... (*Moment de silence.*) Et la chasse, M. Legrochet, la chasse? Avez-vous tué beaucoup de lièvres cette semaine?

LEGROCHET

Hélas! non, Colonel, une plus grave affaire me préoccupe en ce moment.

LE COLONEL. (*A part.*)

Je crois que nous y voilà.

LEGROCHET

Colonel, je vous demande pardon... Mais je n'ai personne de votre connaissance pour... pour me servir d'intermédiaire dans une démarche que... dans une démarche qui...

LE COLONEL

Eh parbleu! Monsieur, vous me connaissez, cela suffit. Qu'est-il besoin d'intermédiaire entre vous et moi? je suis un

8

vieux soldat tout franc; et vous, n'êtes-vous pas un brave garçon?

LEGROCHET

Quand vous saurez le but de ma visite, vous comprendrez comment j'ai pu craindre que les convenances, les habitudes reçues dans des circonstances que... dans des circonstances qui...

LE COLONEL

Vous voulez plaisanter; les convenances! les usages! pour des gens comme nous! allons donc! C'est nous qui les faisons les convenances. Qu'y a-t-il pour votre service, M. Legrochet?

LEGROCHET

Ainsi, Colonel, vous me promettez de ne pas m'en vouloir... D'ailleurs je suis bien excusable; un caractère franc et loyal comme le vôtre est aussi bien fait pour séduire que les grâces de Mademoiselle votre fille.

LE COLONEL

Ma fille est tout mon portrait. Elle tient aussi de sa pauvre mère, qui était une maîtresse femme.

LEGROCHET

Oh! je le sais, Colonel, c'est pourquoi, quoique bien indigne, je me suis décidé...

LE COLONEL

A quoi vous êtes-vous décidé, M. Legrochet?

LEGROCHET

Tant de grâce, tant de beauté, tant de vertus, et puis votre caractère si noble, si chevaleresque, si enjoué... je me suis décidé...

LE COLONEL, impatienté.

Mais à quoi vous êtes-vous décidé?

LEGROCHET

Ne le devinez-vous pas? A vous demander la main de
votre fille.

LE COLONEL, *se levant vivement.*

(*A part.*) Va-t-en au diable! (*Haut.*) Eh bien! à la bonne
heure, voilà comment les choses doivent être faites, et l'on
ne vous accusera pas, vous du moins, de séduire nos filles,
et de vouloir les épouser malgré le vœu de leurs parents.
Cette façon d'agir vous honore, M. Legrochet, touchez là; et
pour ne pas rester avec vous en arrière de bons procédés,
tenez, regardez ces deux lettres.

LEGROCHET

Oh! je ne me permettrai pas...

LE COLONEL

Un artiste du plus haut mérite, ayant une clientèle superbe
à Paris, et ici un notaire riche de trente mille livres de
rente, qui demandent à être mes gendres. Vous voyez que je
n'ai que l'embarras du choix. (*A part.*) Mais je ne suis pas
embarrassé pour leur répondre.

LEGROCHET

Grand Dieu! je suis arrivé trop tard! Vous avez accepté le
notaire?

LE COLONEL

Fi donc! j'ai refusé, après avoir consulté ma fille, toutefois;
car ma fille est maîtresse de sa main, celui qu'elle acceptera
sera mon gendre; mais je ne veux pas un homme d'affaires
dans ma famille, fût-il agent de change, il me semble toujours
les voir avec les doigts tachés d'encre; pas plus que je ne
veux de ces rêveurs qui ne savent pas boire un verre de vin
sans en épancher sur la nappe; des gens qui vous disent avec
un grand sang-froid : la première noblesse est celle du cœur,
et la noblesse du cœur est la poésie; or, je suis poète... Ils

vous laissent le soin de conclure, quand ils vous font la grâce de supposer que votre intelligence va jusque là. Ma bataille de Fontenoy ne serait pas assez noble pour eux.

LEGROCHET

Ainsi, Colonel ?...

LE COLONEL

Quoi ? M. Legrochet...

LEGROCHET

Je me permettrai de vous rappeler que vous ne m'avez pas fait de réponse.

LE COLONEL

Mais puisque je vous ai dit... (*A part.*) Au fait, il a raison.

LEGROCHET

Mais je comprends parfaitement, c'est inutile, de pareils prétendants étant refusés, je dois conclure *à fortiori* que moi, Legrochet...

LE COLONEL

Mais pas du tout...

LEGROCHET

J'entends bien, et je devais m'attendre à cette franchise de votre part.

LE COLONEL

Ah ! par exemple, mais je vous accepte, moi, et de grand cœur encore ; c'est ma fille que cela regarde ; je serais désolé que vous pussiez croire que moi personnellement...

LEGROCHET

Excusez-moi, Colonel, je vous avais mal compris ; alors vous m'autorisez à venir faire ma cour ?...

LE COLONEL. (*A part.*)

Est-ce qu'il se moque de moi ?

LEGROCHET

Ma cour à Mademoiselle votre fille.

LE COLONEL. (*A part.*)

Je vais t'en donner de la cour à ma fille... (*Haut.*) Mieux que cela, M. Legrochet, mieux que cela, tout de suite. (*Il va à la porte et appelle.*) Léonie! Léonie!...

LEGROCHET

Ah çà ! que va-t-il faire?...

SCÈNE VI

LÉONIE, LE COLONEL, LEGROCHET.

LÉONIE

Plaît-il, papa.

LE COLONEL

Ma fille, je te présente M. Legrochet qui vient de me demander ta main, donne-lui une réponse, car tu sais que cela ne me regarde pas. Monsieur est pressé.

LEGROCHET. (*A part.*)

En voilà un farceur de militaire.

LÉONIE

(*S'efforçant de ne pas rire.*) Mais, mon père, c'est plutôt à vous, moi je ne sais...

LE COLONEL

Allons, assieds-toi là, et terminez votre affaire rondement, oui ou non. Je ne vous influence pas. (*Il se promène sur le devant de la scène.*)

LEGROCHET

Mademoiselle, je suis désolé... Certes j'étais loin de m'attendre... Croyez bien que si j'avais pu prévoir... Ah! me mettre dans une position aussi embarrassante!... N'était le respect que j'ai toujours eu pour Monsieur votre père...

LÉONIE

Monsieur, je vous prie de l'excuser, il est si bon; mais vous le connaissez, il a des boutades...

LEGROCHET

Ce ne sont pas des boutades, mais des coups de boutoirs, et si j'avais pu éviter celui-ci...

LÉONIE

Allons! celui-ci ne vous fait pas grand mal, convenez-en?

LEGROCHET

Il est vrai, Mademoiselle, puisqu'il me procure le bonheur de causer un instant avec vous.

LÉONIE

C'est cela même.

LEGROCHET

Bonheur dont je n'abuserai pas, car je ne suis pas assez fat pour vous demander la réponse...

LÉONIE

C'est tout à fait cela.

LEGROCHET

Et si vous n'étiez aussi spirituelle que belle.

LÉONIE

Oh! c'est assez, Monsieur, c'est trop même; et je ne vous demande plus qu'une chose pour vous tenir pour un parfait gentilhomme, c'est de renoncer à ma main avec autant de promptitude que vous en avez mis à la désirer, et nous serons toujours bons amis, je vous le promets.

LEGROCHET. (A part.)

Elle est vraiment charmante. Coquin de Gustave! (Haut.) C'est bien à regret, c'est même pour pouvoir me vanter de vous avoir obéi une fois dans ma vie. D'ailleurs, là, tenez, franchement, je ne suis pas digne d'un ange tel que vous.

LE COLONEL

Eh bien! est-ce réglé? A quand la noce?

LEGROCHET

Mademoiselle a bien voulu excuser mes prétentions exagérées.

LE COLONEL

Comment? comment? Mais pas du tout, ma fille et moi nous sommes excessivement honorés de votre recherche; mais... ma fille est bien jeune encore, elle désire ne pas quitter sitôt son vieux père. N'est-ce pas mon enfant? Viens m'embrasser.

LÉONIE

Oui, mon bon père. (*Legrochet se lève pour sortir.*)

LE COLONEL

Ah çà! M. Legrochet, vous n'allez pas nous en vouloir, n'est-ce pas? Que diable! la franchise est un nœud qui resserre les honnêtes gens.

LEGROCHET

Oh! pouvez-vous penser, Colonel, bien au contraire...

LE COLONEL

Eh bien! faites-moi le plaisir de venir dîner ce soir avec nous; un dîner de famille, c'est le jour de ma fête.

LEGROCHET

C'est trop d'honneur pour moi, mais...

LE COLONEL

Allons, sans cérémonie...

LEGROCHET

Mais, je vous remercie.

LE COLONEL

Merci oui, ou merci non.

LÉONIE, *bas à Legrochet.*

Acceptez, acceptez, cela lui fera plaisir, je vous en prie.

LEGROCHET

Eh bien ! merci oui, Colonel.

LE COLONEL

A la bonne heure ! touchez là, allons, à tantôt, M. Legrochet ; nous nous mettons à table à cinq heures, heure militaire. (*Legrochet sort.*)

SCÈNE VII

LE COLONEL, LÉONIE.

LE COLONEL

Qu'as-tu fait de Suzanne ?

LÉONIE

Je l'ai laissée dans ma chambre.

LE COLONEL

Va-t-en la rejoindre, et qu'on me laisse tranquille ; je vais lire mon journal.

LÉONIE

Oui, papa.

SCÈNE VIII

LE COLONEL, GUSTAVE.

(*Gustave entre pendant que le colonel s'assied et déploie son journal.*)

GUSTAVE

Bonjour, Colonel, votre jambe vous fait-elle souffrir

aujourd'hui? (*A part.*) Il est occupé de son journal. (*Haut.*) Mademoiselle Léonie se porte bien? (*A part.*) Il ne m'entend pas.

LE COLONEL

Tiens, tu es là, toi! Y a-t-il longtemps?

GUSTAVE

J'entre à l'instant. Et votre rhumatisme?...

LE COLONEL

Regarde un peu si tu ne vois pas mes lunettes, là, sur la fenêtre.

GUSTAVE

Oui, les voici.

LE COLONEL

Donne. (*Le colonel met ses lunettes et commence sa lecture. Gustave se promène sur le devant de la scène en se parlant à lui-même.*)

GUSTAVE

Voici le moment fatal arrivé! Ma décision est bien prise... c'est la vie ou la mort. Déjà je sens la sueur qui me monte au front. Quelle faiblesse est la mienne? Je n'ose pas... non, je n'oserai jamais! Et cependant il le faut. (*Il marche de plus en plus vite.*) Cette pauvre Léonie, je vois bien qu'elle trouve ma conduite étrange, elle me boude. Quoique je ne lui aie pas dit que je l'aimasse, elle le sait; je le lui ai fait comprendre, et je ne la demande pas à son père!... Elle me fuit, je ne peux plus lui parler en particulier, et cependant, oui, je crois qu'elle m'aime aussi. Allons! du courage... c'est étonnant, je n'ose pas... d'ailleurs je ne puis pas le déranger, il lit son journal; il serait capable de m'envoyer promener...

LE COLONEL

Ah ça! dis donc? si tu es venu ici avec des fourmis dans les jambes, je t'engage à aller les secouer ailleurs.

GUSTAVE, *se promenant plus doucement.*

Un si brave homme! tout le monde lui demande sa fille,
et moi, moi seul, je n'ose pas. Chose étrange, il me traite
comme si j'étais son fils ou son gendre; je suis de la maison
pour ainsi dire; n'importe à quelle heure je suis toujours le
bienvenu. Il revient de la chasse, je lui ôte ses guêtres
pleines de boue, il ne me dit pas seulement merci, comme si
cela lui était dû; je l'aide à s'habiller le matin, je lui mets
sa cravate, je lui lis son journal; quand il n'a plus besoin de
moi il me dit : Va-t-en te promener à présent, je n'ai plus
besoin de toi, laisse-moi tranquille; absolument comme
on parlerait à son fils ou à son gendre; eh bien! malgré tout
cela, et peut-être à cause de tout cela, c'est moi qui suis le
plus éloigné d'obtenir la main de sa fille. Mais du courage,
voyons, quand ce ne serait que pour Léonie! Elle saura du
moins que je veux l'épouser. C'est égal, c'est un mauvais
quart d'heure!... s'il me refusait!...

LE COLONEL, *posant son journal.*

Quand je disais qu'il y aurait un changement de ministère!
Ah çà! qu'est-ce que tu as donc aujourd'hui? Tu vas
m'abîmer mon parquet. Tu n'as pas de clous à tes souliers,
j'espère? Gustave!

GUSTAVE, *sans entendre.*

Ma foi, tant pis, advienne que pourra!

LE COLONEL, *criant fort.*

Gustave!...

GUSTAVE

Plaît-il, Colonel?

LE COLONEL

Veux-tu me dire à quoi tu penses?

GUSTAVE. (*A part.*)

Prenons notre cœur à deux mains. (*Haut.*) Oui, Colonel,

je vais vous le dire. (*Il s'assied.*) (*Avec effort.*) Je... j'aime votre fille et je vous demande sa main. (*Il se laisse aller sur le dossier du fauteuil.*)

LE COLONEL, *se levant.*

Toi aussi! Est-ce une gageure ou une mauvaise plaisanterie?... On ne me laissera pas la paix avec la main de ma fille!... Sais-tu que cela commence à me fatiguer. Recevez donc des gaillards comme ça chez vous, pour qu'ils fassent la cour à vos filles sans permission. (*Plus doucement.*) Tu as la fièvre aujourd'hui mon garçon, va te coucher, ça te passera. (*Il se dirige vers la porte.*)

GUSTAVE. (*A part.*)

J'en étais sûr, mais j'ai fait mon devoir. (*Haut.*) C'est vrai, j'ai la fièvre, je vais me retirer, mais je ne vous demande qu'une chose avant : c'est que vous vouliez bien instruire Mlle Léonie de la démarche que je viens de faire.

LE COLONEL

C'est bon! c'est bon! Monsieur, on l'en instruira. Vous savez bien que ma fille est maîtresse d'elle-même, et que je ne la force en rien. Je lui ferai part de votre demande.

GUSTAVE, *avec doute.*

Quand lui en ferez-vous part?

LE COLONEL

Ah çà! est-ce que tu doutes de moi? Voilà qui est nouveau... quand ça me plaira donc... Est-ce que je suis à tes ordres? D'ailleurs, tiens, pour en avoir le cœur net : (*Il appelle.*) Léonie! Léonie!...

SCÈNE IX

LES MÊMES, LÉONIE.

LÉONIE

Que voulez-vous, mon père ? (*Elle reste interdite en voyant l'air sombre de Gustave et la mauvaise humeur de son père.*)

LE COLONEL

Assieds-toi là. Tiens, voilà M. Gustave qui vient aussi m'hébéter de ta main. Fais-lui ta réponse. Entendez-vous comme il vous plaira, je ne veux pas m'en mêler. Epousez-vous, et ensuite laissez-moi la paix ; soyez heureux ; mais une fois unis, faites-moi le plaisir d'aller vous établir loin, bien loin, que je n'entende plus parler de vous. Que je ne vous influence pas ! tu es libre de ton choix... (*Le colonel se promène à grands pas, Léonie pleure. Moment de silence.*) Eh bien ! vous ne vous dites rien ? c'est ainsi que vous vous entendez. Vous voyez bien, Monsieur, vous la faites pleurer et voilà tout. Elle pleure à la seule pensée de quitter son père. Parbleu ! c'est bien la peine de venir ici faire le crâne, vous obtenez un beau résultat, je vous en fais mon compliment. Et le joli ménage que vous auriez fait !... D'ailleurs, as-tu de quoi nourrir, loger et habiller ta femme ?... Tu n'as pas de place, tu n'es seulement pas percepteur ! Ces jeunes gens d'aujourd'hui, ça ne doute de rien... Après ça, ce que j'en dis ce n'est pas précisément pour l'argent, on peut être heureux sans fortune, mais vous n'avez pas pensé à ce qu'il en coûte pour se mettre en ménage. Ma fille n'est pas économe. (*A Gustave.*) Tu as l'air de douter de ce que je dis. (*Il va prendre un registre.*) Tu sais si je vis modestement ; eh bien ! regarde, je n'ai pas écrit après coup. Mois de janvier,

1,854 francs 20 centimes; mois de février, 1,543; mois de mars, 1,568 55. Tu n'as qu'à voir, additionne toi-même... Je sais ce que je dis, c'est moi qui tiens les comptes, Mademoiselle en est incapable, elle ne peut même pas inscrire ses dépenses à elle.

LÉONIE

Mais, mon père, vous savez bien que c'est vous-même qui m'avez retiré les clefs de la maison, parce que cela vous amuse de...

LE COLONEL, *interrompant.*

Cela m'amuse, moi, un vieux troupier, d'écrire des chiffres! Vous osez me dire que cela m'amuse. Continuez, ne vous gênez pas, manquez de respect à votre vieux père. Séchez vos larmes, ma fille, elles ne sont pas de saison; allez plutôt chercher Suzanne que vous avez laissée seule. Ces jeunes gens aujourd'hui croient que tout marche sur des roulettes, et que pour obtenir tout consiste à demander... Nous n'avons pas des filles pour vos caprices. (*Gustave se dirige vers la porte.*) Ah çà! dis donc, toi, tu ne vas pas me bouder. Tu m'as demandé ma fille, mais ce n'est pas une raison pour t'en aller; tu sais bien que tu dînes avec nous.

GUSTAVE

Non, Colonel, je ne dois pas rester ici plus longtemps.

LÉONIE. (*A part.*)

Que dites-vous?

LE COLONEL

Comment, tu te fâches?

GUSTAVE

Pas du tout, mais je suis venu ici pour la dernière fois.

LÉONIE, *bas à Gustave.*

Monsieur, je vous en prie...

LE COLONEL

A ton aise, mon garçon; je devais m'attendre à cela, avec des enfants.

GUSTAVE

Je vous salue, Colonel.

LÉONIE, *bas à Gustave.*

Monsieur, je vous ordonne de rester.

LE COLONEL

Gustave !... ne fais donc pas l'enfant; voyons...

LÉONIE, *bas à Gustave.*

Restez, Monsieur, que dirait-on?

GUSTAVE

Je me rends, je reste; mais c'est pour la forme officielle et pour la dernière fois.

LE COLONEL

A la bonne heure. Eh bien ! va officiellement chercher le vin à la cave, prends au bon coin, tu sais... Et toi, ma fille, va chercher Suzanne.

LÉONIE

La voilà, je crois. (*Elle appelle.*) Suzanne !

SCÈNE X

LE COLONEL, LÉONIE, SUZANNE

LE COLONEL. (*A part.*)

Ces maudits enfants! ils m'ont tout bouleversé. Je ne serai pas capable de dîner. L'heure avance cependant. Que diable, ce n'est pas pour lui que je garde, depuis vingt ans, dans l'armoire, ma bataille de Fontenoy ! (*A Suzanne.*) Ah ! vous avez repris votre bonne mine, ma petite princesse, je vous fais mon compliment, et cependant votre position ne s'est pas beaucoup améliorée depuis ce matin. J'ai vu monsieur et madame Deslandes.

SUZANNE

Eh bien ! Colonel ?

LE COLONEL

Ma foi ! hum ! je vous garde toujours jusqu'à nouvel ordre, mais j'espère que ce soir nous vous ferons faire la paix et que vous coucherez au château.

SUZANNE

Oh ! après un pareil affront, je n'y rentrerai de ma vie.

LE COLONEL

Vous n'y rentrerez pas, c'est facile à dire ; mais que deviendriez-vous ? Dam ! moi, je vous aime bien, mais j'ai bien assez d'une fille à conduire : c'est pis qu'un régiment de cuirassiers ; une de plus me ferait perdre la tête. Vous convenez d'ailleurs que ma fille est d'âge à se passer d'institutrice. Elle aimerait mieux autre chose, et c'est ce qu'il vous faudrait à vous, un bon mari.

SUZANNE

Si Léonie voulait me passer quelqu'un de ses prétendants, je ne ferais pas la difficile, je n'en ai guère le droit.

LE COLONEL

Nous tâcherons de vous trouver cela, ma petite mère ; mais il ne faut pas compter avoir une bataille de Fontenoy le jour de vos noces.

SUZANNE

On peut bien se marier sans cela.

LE COLONEL

Maintenant, mes enfants, permettez-moi d'aller faire un petit bout de toilette, nos convives ne vont pas tarder à arriver. Et vous, allez préparer le dessert.

(Le colonel sort appuyé sur les bras des deux jeunes filles.)

ACTE TROISIÈME

—

Le théâtre représente la terrasse dominant le jardin du colonel, table au milieu sur laquelle est servi le café, bancs et siéges, bosquets.

———

SCÈNE PREMIÈRE

LEGROCHET, LE COMMANDANT, DESLANDES, GUSTAVE, LÉONIE, SUZANNE.

(Suzanne et Léonie sont assises sur un banc à droite. Deslandes boit son café. Gustave se promène dans le fond. Legrochet tient le Commandant par un bouton de son habit.)

LEGROCHET

Oui, Commandant, je vous le répéte, quatre-vingt-une bécassines d'un coup de fusil; c'est-à-dire, permettez, pour être exact, quatre-vingts du premier coup et une du second.

LE COMMANDANT

Monsieur, je n'aurais jamais cru une chose comme celle-là, si je n'avais eu le bonheur de l'entendre de votre bouche.

LEGROCHET

Plus fort encore, Monsieur le commandant... Tel que vous me voyez, je suis allé en Amérique.

SUZANNE, *à Léonie.*

Ah! M. Legrochet est allé en Amérique?

LEGROCHET

Mon père était armateur d'un navire unique, la *Belle-Orangère*, sur lequel je fis plusieurs voyages aux Antilles. Eh bien ! sur le bord de la mer, un jour, je tuai quarante-quatre bécasses d'un seul coup de fusil.

LE COMMANDANT

Allons, allons, Monsieur, permettez-moi de vous dire que vous êtes un farceur.

LEGROCHET

La vérité, la pure et exacte vérité. Ah ! quel pays ! Quelle végétation ! Que de gibier ! Enfin dans la même chasse j'ai tué un cerf, deux gazelles, un sanglier, quatre tourterelles, six faisans, quinze poules de bois et trois outardes.

DESLANDES

Avez-vous tout mis dans votre carnassière ?

LEGROCHET

Non, Monsieur, non ; ma carnassière était trop petite. Nous rapportâmes notre gibier dans trois chariots. Quel jour de gloire ! J'étais le roi de la chasse ! Un an après, jour pour jour, je chassais dans les mêmes lieux, mais avec un succés bien différent. Je marchai toute la journée sans rien voir ; le soir en revenant mon chien arrête près d'un ruisseau, il fallait décharger mon fusil, deux canards partent, mâle et femelle ; pan, pan, apporte ! C'est bien ! Je pensais, Mesdemoiselles, que le nid n'était pas loin ; en effet je le découvre au bout d'un instant. Il contenait sept œufs. Je mets le tout dans ma gibecière. Deux heures après j'étais à bord, je cherche mes œufs, je ne les trouve plus, je sens que cela remue : Bréfeu ! j'étais possesseur de sept petits canards. Il fait si chaud dans ces pays-là. C'étaient naturellement des canards d'Inde. Ils ont parfaitement vécu, et sont arrivés en

France en bonne santé, où ils ont fait l'admiration de ma famille, de mes amis et de mes connaissances.

LÉONIE

Il est très-amusant.

SUZANNE

Mais oui, il m'amuse beaucoup.

LE COMMANDANT

Mesdemoiselles, ne craignez-vous pas l'humidité? Je suis votre cavalier servant, et s'il faut aller demander un schall, un fichu, je vous prie de m'employer.

LÉONIE

Toujours aussi galant, Commandant. Je vous prends au mot. Rendez-moi le service de tenir compagnie à mon amie Suzanne, pendant que je vais voir où est mon père, et lui préparer sa partie de whist. M. Legrochet joue le whist sans doute?

LEGROCHET

Mademoiselle est bien bonne, mais je ne suis pas de force à faire la partie de ces Messieurs, et je vous prie de m'excuser.

LÉONIE. (A Deslandes.)

Quant à vous, Monsieur, je ne vous le demande pas. (Elle sort par la gauche.)

DESLANDES

Comment! vous n'avez pas appris le whist en Amérique?

LEGROCHET

On s'y occupe bien de whist, vraiment. On n'y connaît que la bouillotte et l'écarté; la bouillotte surtout! Voilà un jeu qui eût fait mes délices si j'avais été joueur. Connaissez-vous la bouillotte, M. Deslandes?

DESLANDES

Très-bien! M. Legrochet.

LEGROCHET

J'y ai vu des coups extraordinaires. J'ai un cousin qui y avait une chance énorme. Il y a renoncé, il y gagnait trop, c'était scandaleux, Bréfeu !

SUZANNE, *au commandant.*

Qu'est-ce que cela veut dire ? Bréfeu !

LE COMMANDANT

Je suppose que M. Legrochet l'emploie pour bref, dans l'intention sans doute d'embellir son discours.

SUZANNE

Ah ! qu'il est original !

LEGROCHET

Bréfeu ! mon cousin eut un soir brelan de rois pendant vingt minutes de suite ; les joueurs se sont levés décavés, sans cela cette chance aurait peut-être duré toute la nuit.

DESLANDES

Permettez-moi de vous dire que vous ne savez pas ce que c'est que la bouillotte.

LEGROCHET

Par exemple !

DESLANDES

Sans cela vous n'avanceriez pas une pareille énormité, cela va de pair avec vos quarante-quatre bécasses.

LEGROCHET

C'est moi-même qui les ai tuées.

DESLANDES

Allons donc !

LÉONIE, *avec quatre cartes à la main.*

Commandant, voulez-vous prendre une carte ?

LE COMMANDANT

Tout ce que vous voudrez, Mademoiselle; je saisirai même
cette occasion d'admirer une fois de plus votre jolie main.

LÉONIE

Ah! Commandant, les jeunes gens sont loin d'être aussi
aimables que vous. M. Deslandes, voulez-vous prendre une
carte, mon père vous attend.

DESLANDES

Laquelle, Mademoiselle?

LÉONIE

Celle de droite, l'autre est pour M. Gustave.

(*Le Commandant, Deslandes et Legrochet sortent par la
gauche en causant.*)

SCÈNE II

LÉONIE, SUZANNE, GUSTAVE, LEGROCHET.

(*Suzanne reste assise sur le banc. Léonie montre de loin la
dernière carte à Gustave, qui s'approche vivement.*)

LÉONIE, *s'éloignant le plus possible de Suzanne.*

Allons, Monsieur, ne vous faites pas attendre, vous êtes le
partenaire de mon père, allez vite!

GUSTAVE

Léonie, deux mots, je vous prie, avant; deux mots seulement.

LÉONIE

Non, Monsieur, vous avez fait la moue à mon père

pendant tout le dîner, c'est fort mal, et je suis fort mécontente; allez réparer vos torts.

GUSTAVE

Comment, mes torts? c'est moi qui ai tort? vous me donnez tort?

LÉONIE

Sans doute, Monsieur, c'est vous qui avez tort.

GUSTAVE

Vous voudriez donc me voir joyeux de l'heureuse issue de ma démarche. Votre père s'est moqué de moi, il m'a traité comme un enfant, et n'a pas daigné me faire une réponse sérieuse.

LÉONIE

Ce n'est pas une raison pour bouder.

GUSTAVE

Je trouve que si, et que c'est même une raison suffisante pour ne plus revenir. J'ai été trop humilié, et à moins que vous ne me déclariez si vous m'aimez oui ou non...

LÉONIE

Monsieur, je vous trouve peu respectueux.

GUSTAVE

Léonie, ne vous fâchez pas, je vous en prie, et voyez ma position. N'exige-t-elle pas dorénavant la plus grande réserve, à moins qu'une parole de votre bouche ne me fasse oublier d'un côté et ne me rende l'espérance de l'autre... Oh! dites, parlez, un mot, Léonie, un seul mot!

LÉONIE

Monsieur, j'obéirai toujours à mon père.

GUSTAVE

Mais puisque votre père vous laisse libre.

LÉONIE

Il est vrai, mais je ne veux pas le contrarier.

GUSTAVE

Promettez-moi du moins que vous refuserez tous les partis qui se présenteront.

LÉONIE

Monsieur, j'obéirai à mon père.

GUSTAVE

Fort bien ! mais si votre père vous présentait un homme que vous n'aimiez pas, pas du tout, vous l'accepteriez ?

LÉONIE

Monsieur, je ne désobéirai pas à mon père.

GUSTAVE

Comment ? Si votre père vous proposait par exemple M. Legrochet, vous accepteriez ?

LÉONIE

Oui, Monsieur, une dernière fois, je ne sais qu'obéir à mon père.

GUSTAVE

C'est bien ! je sais à quoi m'en tenir sur l'affection que vous me portez.

LÉONIE, *avec tristesse.*

Enfin, Monsieur, je veux que vous soyez aimable, que vous ne fassiez pas la moue à mon père, et que vous soyez gentil à son égard.

LEGROCHET, *à la porte de gauche.*

Gustave, le colonel commence à s'impatienter, va vite, on n'attend que toi ; Mademoiselle, Monsieur votre père demandait aussi après vous il n'y a qu'un instant.

LÉONIE

Je vous remercie, Monsieur. Suzanne, ne veux-tu pas rentrer ?

SUZANNE

Non, ma chère, pas encore, ne t'inquiète pas de moi, je suis très-bien ici.

(*Léonie et Gustave sortent par la gauche.*)

SCÈNE III

LEGROCHET, SUZANNE.

LEGROCHET, *se parlant à lui-même.*

Mais..., mais..., c'est que cette demoiselle Suzanne est fort jolie, elle ferait une charmante petite femme. D'après ce que dit Gustave, elle est aussi pauvre que savante ; ça se trouve bien, moi qui suis aussi riche qu'ignorant, car je suis ignorant comme une carpe. C'est même étonnant, car enfin j'ai passé neuf ans au collége... Quand ce brave colonel m'a parlé de sa bataille de Fontenoy, j'ai été obligé de chercher dans l'histoire de France pour lui donner la réplique huit jours après. Enfin, c'est comme ça, je ne me vante pas. On parle des épiciers aujourd'hui avec un certain mépris, parce que toutes les personnes qui ont fait leurs classes dédaignent cette profession, mais la plupart d'entre elles ne seraient pas capables de faire un bon épicier. Mon bonhomme de père n'avait pas été au collége, et cependant il en savait bien plus long que moi ; comme il amusait ses pratiques ! Son café lui venait de la Martinique, de la propriété de Monsieur un tel... ou un tel, dont les nègres s'étaient révoltés, épisode... Son sucre lui était envoyé par un de ses amis, qui ne manquait pas d'ajouter quelques cannes pour Mme Legrochet, ma pauvre

mère. Un jour, d'une de ces cannes servie sur la table en
grande pompe sort en sifflant un affreux serpent. Effroi
général, nouvel épisode. Il connaissait tous les pays qui lui
fournissaient des denrées, savait les coutumes, les mœurs,
les usages des peuples avec lesquels il avait des relations; il
savait la forme de leur gouvernement, s'ils étaient libres ou
esclaves, monarchiques ou républicains; il connaissait même
leur histoire comparée à celle de ses épices; il était vraiment
fort érudit, ce qui prouve qu'un épicier peut encore être un
savant, tandis qu'un paresseux comme moi ne peut être qu'un
ignarissime, malgré ses neuf années de collège; mais que du
moins l'audace me tienne lieu d'érudition. (*A Suzanne.*) Mademoiselle, ne craignez-vous pas le froid, voilà longtemps que
vous êtes assise. Serai-je assez heureux pour vous faire
accepter mon bras pour un tour de jardin.

SUZANNE

Monsieur, je ne puis accepter votre bras, mais je ferai
volontiers une petite promenade, car je commence à avoir
froid aux pieds.

LEGROCHET. (*A part.*)

Elle est vraiment charmante, je l'aime déjà autant que
Mlle Léonie. Allons, de l'audace. (*Haut.*) Mademoiselle, le
colonel vous a-t-il parlé de la demande que je lui ai faite ce
matin ?

SUZANNE

Non, Monsieur. Quelle demande? Je ne sais ce que vous
voulez dire.

LEGROCHET

Mlle Léonie ne vous a pas dit non plus que j'avais demandé
officiellement la main d'une personne charmante.

SUZANNE, *étonnée.*

Non, Monsieur.

LEGROCHET

Dont le désespoir touchant et les grâces naturelles ont fait une blessure profonde que... une blessure profonde qui...

SUZANNE

Que voulez-vous dire?

LEGROCHET

C'est singulier; le colonel s'était chargé de vous en parler, mais il ne voit partout que des prétendants à la main de sa fille, et se sera figuré que moi aussi... Oh! ce serait trop drôle! Enfin dans ce cas, Mademoiselle, daignez pardonner à l'audace que dans ce moment... à l'audace qui... daignez pardonner à mon audace. (*A part.*) Au diable l'éloquence. Mademoiselle, je suis un honnête garçon, j'ai près de cinq cent mille francs de fortune, je vous aime, voulez-vous m'épouser? Là! Voilà! C'est ma bataille de Fontenoy, à moi.

SUZANNE

Pardon, Monsieur, excusez mon embarras, car c'est la première fois que...

SCÈNE IV

SUZANNE, LEGROCHET, CAROLINE.

CAROLINE

Ah! voilà Suzanne! Il faut que je fasse ma paix avec elle.

LEGROCHET

Mme Deslandes, je vous en prie, venez à mon secours, venez m'aider à remporter la victoire.

CAROLINE

D'abord, Suzanne, voulez-vous bien me pardonner un moment d'emportement.

SUZANNE

Oh! Madame, n'en parlons plus, j'ai tout oublié.

CAROLINE

Chére Suzanne!... (*Elles s'embrassent.*)

LEGROCHET (*A part.*)

Quel bon cœur elle a!

CAROLINE

A présent qu'avez-vous à me demander, M. Legrochet?
Mais je vous préviens que je me mets contre vous, je suis
du parti de Suzanne quand même.

LEGROCHET

Je dépose aux pieds de Mlle Suzanne ma fortune et mon
cœur, et je voulais vous prier de lui faire accepter ces
modestes présents!

CAROLINE

Comment! vous voulez épouser Suzanne? Vous savez
qu'elle est orpheline?...

LEGROCHET

Je sais tout, Madame, et si Mademoiselle consent, le
plus heureux des mortels est devant vous.

SCÈNE V

LES MÊMES, DESLANDES.

DESLANDES, *se croyant seul.*

On prétend que whist veut dire silence, mais le colonel y
fait un bruit terrible, j'en ai la tête cassée. D'ailleurs il est
d'une humeur, ce soir... massacrante... Tiens, ma femme
qui s'est réconciliée avec Suzanne; évidemment cela ne

pouvait durer; j'ai été un peu brusque, et à la rigueur je
pourrais bien de mon côté...

CAROLINE, *appelant.*

Charles! Charles! (*Elle court à son mari.*)

DESLANDES, *s'approchant.*

Allons! je vois que la paix est faite; c'est très-bien!

CAROLINE

Mon ami, c'est M. Legrochet qui veut épouser Suzanne...
Suzanne ne sait que répondre. Que lui conseilles-tu?

DESLANDES

Mais c'est un très-bon parti pour Suzanne; c'est fort
heureux pour elle, j'en suis enchanté, en vérité il faut qu'elle
accepte de suite; Legrochet est un brave garçon qui la rendra
heureuse.

CAROLINE. (*A part.*)

Ah! voilà qui me soulage d'un grand poids! (*Haut.*)
Eh bien! viens, nous allons l'engager à brusquer le dénoue-
ment, ce ne sera pas difficile, car je crois qu'au fond elle ne
demande pas mieux.

DESLANDES

Oh! certainement, je vais y faire tous mes efforts. (*Ils
s'éloignent.*)

SCÈNE VI

LE COLONEL, GUSTAVE, LE COMMANDANT.

LE COLONEL

Tout le monde a la tête en l'air ce soir, je ne puis pas
trouver un quatrième; où sont donc nos époux Deslandes?

au fait ils sont peut-être en train de se raccommoder.
D'ailleurs, pour jouer ainsi, j'aime autant me promener.
(*Montrant Gustave.*) Il a la quatrième au roi de carreau, et
il attaque du valet! Parbleu! je ne reviens pas à carreau, et
nous manquons le shelem. Je ne sais pas où tu as l'esprit,
je crois que tu le fais exprès. D'ailleurs, tu as fait la moue
pendant tout le dîner; en vérité je me suis trompé, j'avais
toujours cru que tu avais un excellent caractère.

GUSTAVE

C'est-à-dire que vous aviez cru que je n'en avais pas. Tous
les futurs beaux-pères en sont là, ils trouvent leurs futurs
gendres charmants toutes les fois qu'ils ne montrent aucune
espèce de caractère. Par malheur, j'en possède un, mais quel
qu'il soit il sera toujours mauvais pour vous par la seule
raison qu'il existe.

LE COLONEL

Ah çà! tu me parles comme si j'étais ton beau-père. (*Le
commandant s'éloigne discrètement. Léonie rôde autour de
son père.*)

GUSTAVE

Je vous parle comme si vous étiez mon beau-père, parce que
c'est ce que vous devriez être, si vous aviez voulu considérer
sérieusement ma demande de ce matin, et ne pas me traiter
comme un gamin de deux ans...

LE COLONEL

Qu'est-ce que c'est?

GUSTAVE .

Vous n'avez seulement pas daigné me faire une réponse
sérieuse; et ne fût-ce que par égard pour votre fille, vous
auriez pu ne pas vous moquer de moi; car, avouez-le, voyons...

LE COLONEL, *interrompant.*

Qu'est-ce à dire? Je me suis moqué de toi? En voilà une

sévère. Ah çà ! t'est resté sur le cœur ! Eh bien ! Monsieur, apprenez que quand on ne sait pas supporter un refus, il ne faut pas savoir demander ! A-t-on jamais vu ? Et c'est toi qui vas m'apprendre à avoir des égards pour ma fille ! Je t'ai traité en gamin ! Tu te trouves offensé ! Soit ! je suis prêt à t'en rendre raison.

GUSTAVE

Colonel, ce n'est pas cela...

LE COLONEL, s'animant.

Si je t'ai froissé, je suis prêt à te donner satisfaction. (*Parlant très-haut.*) Et quoique ma vieille épée soit bien rouillée...

GUSTAVE

Colonel !...

LE COLONEL

Elle pourra encore se mesurer avec la tienne !...

GUSTAVE

Colonel, je vous en prie, pas si fort !...

LE COLONEL, criant plus fort.

Ah ! tu veux épouser ma fille, et tu viens me provoquer, moi, son père ! Oui, voilà les moyens qu'emploient les jeunes gens d'aujourd'hui ; c'est trop fort.

GUSTAVE

Mais, Colonel, je ne vous ai pas provoqué ; on pourrait croire à vous entendre que...

LE COLONEL, criant toujours.

Ah ! je me suis moqué de toi ! Ah ! je tyrannise ma fille ! Eh bien ! soit, nous nous battrons, et malgré ma blessure j'ai encore le pied assez solide...

GUSTAVE

Si vous criez ainsi je vous quitte...

LE COLONEL

Et le commandant de place sera mon témoin. Ah ! tu veux te venger sur le père de ce que la fille ne t'aime pas. Nous verrons si elle t'aimera davantage après ce coup-là. (*Gustave s'éloigne.*) Épouser la fille et se battre avec le père ! Comme Rodrigue ! oui dà ! nous allons voir. (*Appelant.*) Commandant ! commandant Burou !

LE COMMANDANT

Plaît-il ! Colonel ?

LE COLONEL

Comprenez-vous un drôle comme celui-là ? Venir me provoquer chez moi !

LE COMMANDANT

Qui vous a provoqué ?

LE COLONEL

Gustave.

LE COMMANDANT

Allons donc !...

LE COLONEL

Comment ? allons donc !

LE COMMANDANT

Permettez-moi de vous dire que je n'en crois pas un mot.

LE COLONEL

Vous allez prendre son parti, vous, sur qui je comptais pour être mon témoin !

LE COMMANDANT, *riant.*

Ah ! vous plaisantez. Mais savez-vous que vous vous emportez facilement, vous avez encore le sang jeune. M. Gustave est d'ailleurs incapable de vous manquer de respect.

SCÈNE VII

LE COLONEL, LE COMMANDANT, DESLANDES, LEGROCHET,
CAROLINE, SUZANNE, *puis* LÉONIE *et* GUSTAVE.

DESLANDES

Colonel, pendant que vous vous disputez de votre côté,
nous nous adorons du nôtre; la paix est signée sur toute
la ligne.

LE COLONEL

Tant mieux! tant mieux! je vous en félicite; mais où est
donc ma fille?

CAROLINE, *appelant.*

Léonie! Léonie! (*Léonie paraît dans le fond.*) Allons!
viens donc faire ton compliment à ta petite Suzanne qui
vient de trouver un mari.

LÉONIE

Un mari!...

CAROLINE

Suzanne épouse M. Legrochet.

LE COLONEL

Comment? M. Legrochet épouse...

LEGROCHET

Oui, Colonel, la demande que je vous ai faite ce matin,
vous savez?

LE COLONEL

Ah! c'est la demande que vous m'avez faite ce matin?...

(*A part.*) Je crois qu'il se moque de moi. (*Haut.*) Mademoiselle, je vous fais mon compliment bien sincère, puissiez-vous être aussi heureuse que vous le méritez.

SUZANNE

Oh ! je vous remercie, Colonel.

LE COLONEL

Et toi, Léonie, tu ne dis rien ?

LÉONIE, *s'efforçant de sourire.*

Ma chère Suzanne, je fais des vœux pour ton bonheur.

LE COLONEL

Quoi, tu pleures ? Ça ne finira donc jamais. Que t'a-t-on encore fait, mon enfant ?

LÉONIE

Rien, papa.

LE COLONEL

J'aurais toujours pensé que ma fille se serait mariée la première de vous deux. Je me suis trompé. Peste ! comme vous y allez ! Où est donc Gustave ?

LÉONIE, *vivement.*

Il a été prendre son chapeau au salon pour s'en aller.

LE COLONEL

S'en aller ! Est-ce qu'il est fou ? (*Il appelle.*) Gustave !

LÉONIE

M. Deslandes, voulez-vous avoir la bonté d'aller voir... Il doit être au salon.

DESLANDES

De tout mon cœur... (*Il appelle en se dirigeant du côté du salon.*) Gustave ! Gustave !

GUSTAVE, *paraissant.*

Que me voulez-vous ?

LE COLONEL

Viens ici, mauvaise tête, j'ai à te parler. Allons, approche là, tout près ; tiens voilà ton ami Legrochet qui épouse notre chère Suzanne.

CAROLINE

Et nous célébrerons leurs noces au château.

SUZANNE

Que de bontés !

LEGROCHET

Et je te prends pour garçon d'honneur.

GUSTAVE

Recevez mes compliments et mes remerciements.

LE COLONEL

Un moment, un moment, je n'ai pas fini, moi. Léonie, dis-moi, mon enfant, sérieusement, est-ce que tu tiens beaucoup... à ce mauvais sujet ? (*Il frappe sur l'épaule de Gustave.*)

LÉONIE, *baissant la tête.*

Oh ! mon père !

LE COLONEL

Eh bien ! prends-le, je te le donne.

LÉONIE

Mon bon père !...

TOUS

Bravo ! Vive le Colonel !

LE COLONEL, *d'une voix tonnante, (mettant le poing sous le nez de Gustave).*

Et toi, rends-la heureuse, ou sinon...

LÉONIE

N'ayez pas peur, Gustave ; mon père est si bon !

LE COLONEL

Ah çà! tu pleures encore?

LÉONIE

Oh! papa, c'est de bonheur!

LE COLONEL

Voyez-vous cette petite sournoise! Qui se serait douté qu'elle y tenait tant? Eh bien! mes bons amis, si vous voulez le permettre, nous marierons ces enfants-là le même jour. Il y aura le soir grand bal au château, mais nous dînerons tous ici dans ma bataille de Fontenoy.

DEUX GARDES-CHASSE

SCÈNE NORMANDE

DEUX GARDES-CHASSE

PERSONNAGES

Le comte de CHATEAULON.
BERNARD, garde-chasse.
LEGRIS,   id.
MARTIN, chasseur normand.

GUÉRET, chasseur normand.
CHAUSEL,   id.
La mère PICOT.
MARIE, sa fille.

*La scène se passe dans un cabaret sur la route
de Valognes à Carentan.*

Le théâtre représente un petit salon attenant au cabaret. Porte au fond
donnant sur le cabaret. Porte à gauche donnant sur la chambre
de la mère Picot. Table, chaises, etc.

SCÈNE PREMIÈRE

MARIE, BERNARD.

MARIE. (*Elle sort vivement du cabaret et entre en scène en
riant, poursuivie par Bernard qui l'attrape par son cotillon.*)

Laissez-moi, Bernard; voulez-vous ne pas me poursuivre
comme cela devant le monde. Ils sont mauvaise langue, vous
savez bien! Et si ma mère était ici, qu'est-ce qu'elle dirait?
Elle n'entend pas plaisanterie là-dessus, vous savez bien!...

BERNARD

La mère Picot est à la ville avec son jeva ; je l'ai vue partir de dessus la grand'route, où je flânais, tout en faisant mine de peler d'zœufs. Va-t-elle pas vendre son vêtu de sé, la mère Picot?...

MARIE

Vous qui avez fait vos études, Bernard, puisque vous avez été tambour au collége de Caen, pourquoi ne parlez-vous pas français comme il faut?

BERNARD

Si ça peut vous faire plaisir, Marie, je dirai son cheval et son cochon ; je disais donc que je l'avais vue partir la brave femme, et même que je n'étais guère hardi de lui dire bonjour après mon affaire.

MARIE

Quelle affaire, Bernard? dites-moi ça bien vite.

BERNARD

Vous ne savez pas non plus, vous ! Eh bien ! je ne suis plus garde-chasse. Ils m'ont renvoyé.

MARIE

C'est toujours des mauvaises nouvelles avec vous. Avec ça que c'est bien le moment de faire la mauvaise tête. Quand les choses vont mal, c'est toujours de pire en pire. Qu'est-ce que vous allez devenir à présent?

BERNARD

Oh ! pour ça, je ne sais pas où nous irons faire nos rois cette année!...

MARIE

Mais qu'est-ce que vous leur avez fait pour qu'ils vous aient renvoyé?

BERNARD

Oh ! ce n'est pas ma faute, vous allez voir : D'abord nous

ne nous entendions pas depuis longtemps, M. Prignon et moi. Quand il m'a pris pour garde-chasse, moi, j'ai cru que c'était pour garder son gibier et empêcher les gens de venir le tuer sous son nez. C'est pourquoi je lui ai dit : M. Prignon, faut toujours mettre quelques poteaux, avec chasse réservée dessus; alors les gens seront prévenus. C'est y pas vrai ça? Eh bien! il n'a pas voulu : je n'ai pas de bois pour ça, qu'il m'a dit. C'est bon! Ça m'a donné un peu plus d'ouvrage, voilà tout; j'ai de bonnes jambes, vous savez bien, et comme les chasseurs me voyaient toujours sur pied, j'ai bon pied, bon œil, vous savez bien, ça fait qu'ils ne s'y sont pas frottés, et que personne n'est entré chez M. Prignon.

MARIE

Et c'est pour ça qu'il vous a renvoyé?...

BERNARD

Attendez donc!... C'était pas le compte à M. Prignon ça. Un jour il me dit : Ah çà! Bernard, tu ne prends jamais personne en contravention; tu ne sais pas ton métier; tu as toujours le nez au vent. Il n'y a pas de danger de cette façon que tu prennes jamais des chasseurs!... Faut te cacher, mon garçon, derrière quelque haie, en fumant ta pipe au soleil; je prends pas un garde-chasse, moi, pour le plaisir de le nourrir; si tu ne me rapportes rien, je suis volé. Faut te cacher, je te dis, et alors les chasseurs viendront dans tes jambes, sois-en sûr, et tu pourras dresser procès-verbal deux ou trois fois la semaine.

MARIE

Ah bien! Il voulait vous faire faire la chasse aux chasseurs.

BERNARD

Oui, mais moi, la chasse à l'affût, ça m'ennuie. Pourtant je fis comme il me dit; et dans six semaines je dressai dix procès-verbaux pour la forme seulement, parce que pour

une pièce de dix francs, pour une pistole, quoi! je les faisais
quittes. Et si j'avais été plus hardi, je leur aurais bien dit de
revenir tous les jours.

MARIE

Je crois bien, à ce prix-là... Ça fait dix pistoles ça;
qu'est-ce que vous en avez fait?

BERNARD

Ah bien! Je puis le dire à présent, puisqu'il m'a renvoyé;
je partageais avec lui.

MARIE

Avec M. Prignon?... Fi! des gens si riches être aussi
regardants.

BERNARD

Ah! mais, le mieux de ça, c'est que j'avais donc gagné
cinquante francs en sus de mes gages.

MARIE

C'est vingt francs par mois vos gages!

BERNARD

Oui, mais le mois suivant M. Prignon n'a pas voulu me
payer, ni le mois d'ensuite, ça fait que c'est lui finalement
qui a tout empoché.

MARIE

C'est un gueux que cet homme-là, vous avez bien fait de
le quitter.

BERNARD

Mais c'est qu'il ne venait plus de chasseurs après ça. Alors
qu'est-ce qu'il fait, M. Prignon? Il y a quelques jours, il
achète le champ à Jeampol, sans rien dire à personne, et
seulement parce que les chasseurs y passent souvent. Moi,
j'étais dégoûté, vous savez bien! Ça fait qu'hier au soir il
passe un chasseur dessus, et je lui dis qu'il s'en aille bien
vite, vu que le champ n'est plus à Jeampol, mais à M. Prignon,

et je ne lui ai rien demandé. Mais voilà que pour mon
malheur, le bourgeois avait vu le coup ; il me fait une scène,
je lui réponds un peu fort et il me donne mon congé. Il me
redoit encore dix francs de mes gages, qu'il n'a pas voulu me
payer.

MARIE

C'est un vilain avare que votre maître, je suis bien contente
que vous ne soyez plus à ses gages. Mais c'est bien malheureux tout de même, faut plus penser à nous marier ; vous
étiez déjà trop pauvre, et à présent vous n'avez plus rien...
Cependant, Bernard, il me vient une idée, si vous pouviez
trouver une bonne place au port de Cherbourg, peut-être
bien que ma mère consentirait...

BERNARD

C'est-il vous qui irez la demander ?

MARIE

Pourquoi pas ? si j'étais sûre de l'obtenir.

BERNARD

Ah bien ! moi, je vous dis que j'aime mieux m'en passer.

MARIE

Et pourquoi ça ?

BERNARD

Parce que.

MARIE

Mais pourquoi ?

BERNARD

Parce que, je vous dis.

SCÈNE II

LES MÊMES, MARTIN, CHAUZEL, GUÉRET.

MARTIN

Eh! la petite mère, c'est comme ça que vous quittez la compagnie pour aller causer avec un garçon...Là, là, Marie, c'est pas pour vous chagriner ce que j'en dis, c'est pour de rire... Dites-moi, ne pourriez-vous pas nous faire servir notre café ici? Il vient d'entrer cinq ou six gaillards de l'autre côté, je ne sais pas si c'est à cause du mauvais temps, mais ils demandent tous Jean Le Brun et Marie Le Blond; ils ne tarderont pas à se disputer.

MARIE

Ça se pourrait bien tout de même, mais c'est pas gênant. Asseyez-vous, Messieurs, on va vous servir par ici. (*Marie leur prépare le café sur la table, ils s'asseyent autour.*)

CHAUZEL.

Quel joli temps nous avons choisi pour la chasse, il pleut à verse?

GUÉRET

C'est d'autant plus désolant que les derniers vents du Nord ont fait pleuvoir les grosses bécasses dans les bois.

CHAUZEL

On dit ça. Tiens, c'est Bernard! Mais non! Mais si! c'est bien lui. Bonjour, Bernard, ça ne va pas mieux?

BERNARD

Ça va bien, merci, Messieurs, et vous?

CHAUZEL

C'est-il vrai que les grosses bécasses sont arrivées?

BERNARD

Ma foi, Messieurs, je n'en sais rien.

GUÉRET

A propos, on dit que vous n'êtes plus garde-chasse; je me suis laissé dire cela tout à l'heure.

BERNARD

Pour ça, c'est vrai.

MARTIN

Viens prendre une tasse de café avec nous, mon fisset, tu nous raconteras ton histoire. Marie, donnez une tasse.

BERNARD

Merci, Messieurs.

CHAUZEL

Allons donc! sans rancune, quoique vous m'ayez carotté une pistole pas plus tard qu'il y a quinze jours; vous ne refuserez pas à des connaissances comme nous.

MARTIN

Allons, viens-t'en ichin, mon mignard, et raconte-nous ton histoire. Marie, donnez-nous des cartes.

(*Bernard se met à table, Marie sert le café et donne des cartes.*)

BERNARD

Il n'y a pas d'histoire, nous ne nous entendions pas M. Prignon et moi, et alors je suis parti.

MARTIN .

Je vais te la dire, moi, ton histoire... M. Prignon a su que tu t'arrangeais pour dix francs avec les chasseurs que tu prenais, et il t'a mis à la porte; c'est bié couché.

BERNARD

Pour ça, si j'ai jamais touché un sou de personne, je veux bien que ce café me serve de poison.

CHAUZEL

Ta, tà, ta, mon bellot, va-t-en dire à ta mère qu'ate mouche ; et la pistole que je vous ai donnée, il y aura vendredi quinze jours?

BERNARD

Je n'ai pas souvenance.

GUÉRET,

C'est pas tout. Il paraîtrait, d'après ce que m'a dit Legris, que vous tendiez au collet pour prendre les lièvres de votre bourgeois.

MARTIN, *riant.*

Ah! ah! ah! Voilà qui est bié couché; Prignon quitte son gibier à garder à celui qui lui prend.

BERNARD

C'est vrai que j'ai pris plusieurs lièvres au collet, mais c'était pour le compte de mon maître qui ne veut pas qu'on tire chez lui. Il n'a jamais voulu me bailler de permis de chasse, vous savez bien. Mais, d'ailleurs, quittez-moi tranquille, c'est pas pour me disputer que vous m'avez engagé à prendre le café.

MARTIN

Il a raison; nous allons faire une partie. Mets-toi là, Bernard.

BERNARD

Moi, je ne joue pas.

MARTIN

Comment, tu ne joues pas?

BERNARD

Non, je ne sais pas jouer.

CHAUZEL

Oh ! pour ça, si, vous savez jouer. Si vous n'avez pas d'argent, faut le dire tout de suite.

BERNARD

Que je n'ai pas d'argent!... Allons donc!... Allez!... il y
en a plus d'un qui n'a pas l'air cossu, et qui sait bien ce
qu'il a dans sa bourse, comme il y en a d'autres aussi qui
font les riches et qui mangent leur bien ; mais si on savait...

MARTIN

C'est bon! c'est bon! à toi à jouer.

BERNARD

Pique... Tout un chacun peuvent-ils savoir ce que les
autres ont dans leur poche.

MARTIN

Tu ne fais pas attention à ton jeu, mon fisset, c'est toi qui
vas payer le café.

BERNARD

C'est pas gênant!...

CHAUZEL

On sait que vous avez fait des économies dans votre métier
de garde-chasse.

MARTIN

C'est-il vrai que Legris va épouser la fille à la mère Picot?
C'est un beau brin de fille tout de même. Bernard, c'est du
cœur qu'on joue, tu n'en as pas, mon fisset?...

BERNARD

Du cœur!... en voilà.

CHAUZEL

Qu'a-t-elle été faire en ville, la mère Picot, par un temps
comme celui-là? Est-ce qu'elle a été vendre son vêtu de soie?
On dit qu'elle n'est pas bien dans ses affaires, la mère Picot?
A moi la dernière! Nous sommes gagnés... C'est vous qui
avez perdu, Bernard ; vous devez le café.

BERNARD

Comment, moi, c'est un peu fort. (*Il regarde les levées faites.*) Parbleu! je crois bien, c'est pas malin de gagner comme ça! Qu'est-ce qui m'a mis du cœur sur du pique? Grand dommage... C'est vous, M. Chauzel.

CHAUZEL

Moi! allons donc! (*Il se lève.*)

BERNARD

Mais regardez les levées, c'est vous qui m'avez mis le neuf de cœur.

CHAUZEL

Allons donc!

BERNARD

Et vous aviez encore le dix de pique en main.

CHAUZEL

J'ai toujours fourni.

BERNARD

Et la preuve, c'est que vous aviez annoncé 48 au point. Comment auriez-vous 48 au point sans le neuf, puisque j'avais le roi, le dix et le sept.

CHAUZEL

J'ai toujours fourni.

BERNARD

Je vous dis que non!

CHAUZEL

Je vous dis que si!

BERNARD

Je vous dis que non!

CHAUZEL

Et votre sœur!

BERNARD

Enfin, je m'en rapporte à ces Messieurs... N'est-il pas vrai, M. Martin, qu'il a renoncé à pique?

MARTIN

Et votre sœur!

BERNARD

Quoi, ma sœur! je n'ai pas de sœur, moi!

GUÉRET

C'est bien pour ça qu'on vous dit : Et votre sœur! (*Ils se lèvent en riant. Bernard reste abasourdi.*) Si nous allions voir à présent le temps qu'il fait.

CHAUZEL

Mlle Marie! (*Marie entre.*) C'est Bernard qui doit le café. (*A part.*) C'est pour la pistole qu'il m'a carottée. C'est bié couché... (*Ils vont voir le temps.*)

SCÈNE III

MARIE, BERNARD.

BERNARD

Ah ben! en voilà des gens fûtés. Ils trichent, et quand ils ne savent que répondre, ils vous disent : Et votre sœur! comme c'est fin. Ils m'engagent à prendre une tasse de café, et c'est moi qui paie tout.

MARIE

Pourquoi jouez-vous avec eux? je vous aurais bien donné une tasse de café pour rien, moi! Maman n'est pas là. Ce sont des amis à Legris, et Legris n'est pas votre cousin, vous savez bien. Si vous n'avez pas d'argent, ça ne fait rien. Aidez-moi seulement à ramasser ça, maman va revenir.

BERNARD

Oui, il me semble que j'entends le pas de son jeva.

MARIE

Allez-vous-en bien vite, qu'elle ne vous voie pas ici. (*Bernard sort par la porte du cabaret.*)

SCÈNE IV

MARIE, *seule.*

Elle doit être un peu mouillée, ma pauvre mère; elle met son jeva à l'écurie; le feu va bien, elle va pouvoir se sécher. Pourvu que cet huissier ait bien voulu nous accorder un délai, mais c'est si dur ces gens-là. Vaudrait ben mieux avoir affaire aux maîtres. Je suis ben sûre que si Mme de Blanville connaissait notre embarras, elle nous donnerait du temps pour payer ces 1,500 francs. Je lui avais pourtant dit à la bonne femme que quand on n'est pas riche, faut pas vouloir être propriétaire. Nous avons fait bâtir une maison pour tenir un cabaret, et aujourd'hui on va la vendre pour payer les fermages de Mme de Blanville... Et puis je ne sais pas où nous irons faire nos rois !...

SCÈNE V

MARIE, LA MÈRE PICOT.

LA MÈRE PICOT

Ah! ma pauvre Marie! c'est fini... fini de nous... Ah

mon doux Jésus! où irons-nous faire nos rois cette année?...
(*Elle se laisse tomber près du feu sur une chaise.*) Cet
huissier n'a rien voulu entendre... Faut payer d'ici à
demain ou quitter la place... Ah! ma pauvre fille, nous
sommes perdues!... Vois-tu! une maison sans homme ça
ne peut pas durer longtemps... faudrait te marier, Marie...
mais avec qui?... avec quelqu'un qui puisse payer, et je ne
vois personne que ton Bernard qui n'a pas le sou... et ce
Legris qui ne te revient pas, ni à moi non plus... J'ai idée
que ce Legris et l'huissier s'entendent... Si ce n'est pas
offenser le bon Dieu; je tiens un petit bien à Mme de Blanville,
et c'est son huissier et son garde qui me persécutent...
Cependant si tu voulais épouser ce Legris? je crois qu'il a
de l'argent... d'ici à demain, on n'a pas le temps de se
retourner... Ah! mon Dieu! mon Dieu! Où irons-nous faire
nos rois cette année? (*Marie pleure.*) Allons toujours prier
un brin le bon Dieu. (*Elle tire un chapelet de sa poche et
sort par la porte à gauche.*)

SCÈNE VI

Le comte de CHATEAULON, LEGRIS.

LE COMTE

(*Il entre suivi de Legris.*) Ah! voilà un bon feu, je vais du
moins me sécher un peu.

LEGRIS

Oui, mais c'est pas tout ça, vous n'allez pas me faire
espérer ni me faire languir jusqu'à demain matin. Vous
n'avez pas voulu mouiller votre permis de chasse, mais ici
il ne pleut pas... J'ai idée que vous n'en avez pas de
permis.

LE COMTE

(*A part en venant sur le devant de la scène.*) A la bonne
heure ! voilà un garde-chasse comme j'en voulais un. Il
remplit ses fonctions en conscience. (*Haut.*) Mon ami, je
suis à présent tout entier à votre disposition. Voilà mon
permis de chasse.

LEGRIS

(*Il lit avec difficulté.*) Nous, préfet de la Manche, autorisons le sieur...(*Au comte.*) Vous vous appelez le sieur?

LE COMTE

Comment dites-vous ?

LEGRIS

Autorisons le sieur... Je vous demande si vous vous
appelez le sieur?

LE COMTE, *souriant.*

Oui, je m'appelle le sieur.

LEGRIS, *continuant.*

De Châteaulon, natif de Caen. (*Au comte.*) Vous êtes de
Châteaulon et natif de Caen. Comment est-ce que ça se
fait ça?

LE COMTE. (*A part.*)

Il n'est pas fort, ce garde. (*Haut.*) J'ai une propriété qui
s'appelle Châteaulon, mais ça ne fait rien à l'affaire ; je suis
natif de Caen.

LEGRIS

Ah! vous êtes de Caen !... Connaissez-vous Féru, le maré-
chal-ferrant, au coin de la rue des Trois-Amis?

LE COMTE

Non, je ne le connais pas.

LEGRIS

Même qu'il a une fille un peu rougeaude.

LE COMTE

Je vous dis que je ne connais pas Jean Féru, ni sa fille rougeaude ; faites votre office et dispensez-moi de vos questions.

LEGRIS

C'est en règle... Voulez-vous tenir votre permis comme ça, pour que je verbalise. (*Il tire un papier et un crayon de sa poche. Le comte l'aide à copier.*) Donc, nous disons : le nommé le sieur, natif de Caen, âgé de vingt-cinq ans. Attendez que je prenne le signalement : bouche moyenne, menton rond, visage ovale, yeux bleus, cheveux idem ; signes particuliers : néant. C'est bon, vous pouvez ramasser votre permis. (*Legris ramasse son papier dans sa poche. Le comte retourne près du feu. Moment de silence. Legris continuant.*) C'est vendredi aujourd'hui, dimanche à midi je remettrai ma plainte au greffe, vous êtes bien sûr de votre affaire. (*Legris fait semblant de sortir.*) Vous serez condamné, c'est sûr ; vous en serez quitte pour 25 francs... C'est égal, ça n'est pas amusant d'aller en police correctionnelle. (*Le comte ne répond pas ; nouveau silence.*) C'est égal, vous avez bien fait de filer doux ; ça ne vous aurait servi de rien de faire le méchant.

LE COMTE

Comment dites-vous ça?

LEGRIS

Je dis que vous avez bien fait de ne pas faire le récalcitrant avec moi, parce que, voyez-vous, mon bon homme, je vous aurais fait filer doux, et que vous n'auriez pas trouvé de pierres sur votre chemin, encore.

LE COMTE. (*A part.*)

Voilà un drôle qui est d'une rare impertinence, et c'est mon garde... Heureusement, il ne me connaît pas. (*Haut.*)

Dites-donc, garde-chasse, comment vous appelez-vous, sans vous commander?

LEGRIS

Moi, je m'appelle Legris.

LE COMTE

Eh bien! monsieur Legris, permettez-moi de vous dire que vous mériteriez bien une volée de coups de bâton pour votre insolence.

LEGRIS

Ah! je suis un insolent et vous voulez me donner des coups de bâton! Voilà que vous commencez. Je savais bien que les chasseurs pris en contravention ne pouvaient pas se passer de dire des sottises au garde parce qu'il fait son devoir, et même de le menacer.

LE COMTE

Comment, coquin! vous me prenez sur le chemin de traverse qui appartient à Mme de Blanville, c'est vrai, mais où je ne chassais pas, vous le savez bien; vous me dressez procès-verbal, je vous aide à verbaliser, je ne vous dis rien, je ne réclame rien, et c'est vous qui me provoquez?...

LEGRIS

Moi, je vous provoque, c'est un peu fort; c'est-il pas vous qui m'avez menacé de coups de bâton?

LE COMTE

Ne m'avez-vous pas dit que j'avais bien fait de filer doux?

LEGRIS

Je vous l'ai dit, parce que c'est la vérité. Pas plus tard que samedi dernier, j'ai pris un jeune homme qui n'avait pas de permis, il a voulu faire le méchant, aussi faut voir comme je l'ai mis au pas, et comme je vous y mettrais aussi, vous, sans me gêner, si vous faisiez comme lui.

LE COMTE. (*A part.*)

Cet animal-là me ferait perdre patience.

LEGRIS

Aussi c'est 20 francs qu'il lui en a coûté au lieu de dix ; voilà ce qu'on gagne avec moi à faire la mauvaise tête.

LE COMTE. (*A part.*)

Il paraît qu'il n'est même pas incorruptible. (*Haut.*) Eh bien ! Legris, mettons que j'aie tort, voilà cent sous, tenez, prenez, c'est tout ce que j'ai sur moi.

LEGRIS

Alors, c'est que vous voulez vous arranger ? Ce n'est pas moi que ça regarde. Mais je vais vous donner un mot de recommandation pour l'homme d'affaires de Mme de Blanville, l'huissier Hélin, qui est à Valognes ; vous vous arrangerez avec lui.

LE COMTE

Eh bien ! j'accepte la recommandation. (*A part.*) Je suis curieux de voir son style. (*Legris s'assied et écrit, le comte lit par-dessus son épaule.*) « Monsieur Hélin, je vous envoie le nommé le Sieur que j'ai pris chassant dans le chemin creux. » Comment, chassant, mais je ne chassais pas.

LEGRIS

Laissez donc, la loi est formelle ; votre fusil était armé et votre chien était dans le bois ; vous êtes toujours sensé chasser, vous seriez condamné. Ça m'est bien égal que vous ne chassiez pas. (*Legris se remet à écrire.*)

LE COMTE

(*Lisant.*) « Chassant dans le chemin creux. Cet homme demande arrangement pour 15 francs. » (*Legris plie le papier.*) Pour 15 francs, voilà qui est un peu cher ; et pourquoi 15 francs ?

LEGRIS

(*Remettant le papier au comte.*) C'est 10 francs quand on
file doux, mais pour la menace des coups de bâton, c'est
5 francs de plus, voilà ce qu'on y gagne.

LE COMTE

Mais c'est vous qui m'avez provoqué.

LEGRIS

Moi? Allons donc! c'est vous.

LE COMTE

Je vous dis que c'est vous.

LEGRIS

Et votre sœur !...

LE COMTE (*A part.*)

Voilà un garde qui ne fera pas de vieux os à mon
service.

LEGRIS

Remettez le papier ou ne le remettez pas ça m'est égal ;
si vous ne vous arrangez pas pour 15 francs, je déposerai
ma plainte. Maintenant j'ai d'autres affaires... Eh! la mère
Picot !...

LE COMTE

Rira bien qui rira le dernier.

LEGRIS

(*Appelant*). La mère Picot !...

SCÈNE VII

Les mêmes, La mère PICOT.

LEGRIS

Dites donc, mère Picot, j'ai à vous parler de vos petites

affaires et des miennes, voulez-vous retourner dans votre
chambre pour en causer.

LA MÈRE PICOT

A vos ordres, M. Legris. (*A Marie qui est encore dans la
chambre.*) Marie, tu vas venir voir si ce monsieur n'a besoin
de rien.

LE COMTE

Dites donc, M. Legris, sans vous commander... Et de ces
15 francs qu'est-ce que vous en faites?

LEGRIS

Qu'est-ce que ça vous fait, mêlez-vous de vos affaires.

LE COMTE

Vous partagez avec l'huissier, sans doute?

LEGRIS

Ça ne vous regarde pas; d'ailleurs si vous voulez le savoir,
c'est pour Mme de Blanville.

SCÈNE VIII

LE COMTE, MARIE.

(*Marie sort de la chambre quand Legris et sa mère y
entrent.*)

LE COMTE, *sans voir Marie.*

L'insolent, accuser ma mère d'une pareille vilenie. Du reste
cela ne m'étonne pas, c'est toujours ainsi quand on laisse
régir ses terres par des hommes que l'on ne connaît pas. On
se trouve si souvent mal représenté; c'est une insouciance
coupable contre laquelle je me tiendrai en garde à l'avenir.
Il est bien heureux que je sois venu chasser incognito
J'apprends à connaître mes gens.

10 *

MARIE

(*S'approchant timidement.*) Monsieur n'a besoin de rien?

LE COMTE

(*Il la regarde avec intérêt.*) Mais peut-être que si; laissez-moi réfléchir... Je voudrais... d'abord savoir comment vous vous appelez?

MARIE

Je m'appelle Marie, Monsieur, pour vous servir.

LE COMTE

Oh! oh! Pour me servir, Marie, c'est bien gracieux cela; mais dites-moi, n'auriez-vous pas plutôt besoin de mes services?

MARIE

Moi, Monsieur. Et pourquoi faire?

LE COMTE

Je vois bien que vos jolis yeux sont rouges, ils disent que vous avez pleuré; jeune fille qui pleure à votre âge, pleure par chagrin d'amour. Voyons, Marie, regardez-moi bien; vous ne me connaissez pas?

MARIE

Non, Monsieur.

LE COMTE

Eh bien! cela ne fait rien; ayez confiance en moi et contez-moi vos chagrins.

MARIE

Mais, Monsieur, je ne sais...

LE COMTE

Dites-moi quelles sont les affaires que Legris a à débrouiller avec votre mère.

MARIE

Oh! pour ça, on peut bien vous le dire : maman devait

1,000 francs à Mme de Blanville pour ses fermages; alors
pour s'acquitter elle a fait bâtir cette maison espérant gagner
de l'argent par le cabaret. Elle a emprunté pour ça à l'huissier
Hélin et il lui en coûte 12 pour 0/0 d'intérêt. Vous voyez,
la maison est bien placée, le derrière donne sur les champs
de Mme de Blanville, et le cabaret sur la grand'route qui est
bien passagère. Mais, hélas! c'est bien souvent des ivrognes
qui entrent chez nous, et qui demandent Jean Le Brun et
Marie Le Blond.

LE COMTE

Qu'est-ce que c'est que Jean Le Brun et Marie Le Blond?

MARIE

Jean Le Brun, c'est le café, et Marie Le Blond, c'est l'eau-
de-vie.

LE COMTE

Eh bien!

MARIE

Ils veulent dire qu'ils demandent du café infusé dans de
l'eau-de-vie, au lieu d'être infusé dans de l'eau.

LE COMTE

Ah! ah! très-bien, continuez.

MARIE

Et pour lors ces gens-là ça casse, ça fait du bruit et souvent
ça ne paie pas. Ça fait que ma pauvre mère doit 1,500 francs
cette année à Mme de Blanville, puis les intérêts de cet
huissier, et qu'il n'y a pas d'argent à la maison.

LE COMTE

Et M. Hélin ne veut pas faire crédit jusqu'à la récolte
prochaine?

MARIE

Alas non! puisqu'il a dit ce matin à ma mère qui a été

la ville exprès, que si elle ne payait pas de suite, il allait faire vendre la maison.

LE COMTE

Et c'est au sujet de cela que Legris est en conférence avec votre mère?

MARIE

Oui, Monsieur, mais ils s'entendent le garde-chasse et l'huissier, parce que je sais bien ce que Legris dit à ma mère à présent.

LE COMTE

Qu'est-ce qu'il lui dit?

MARIE

Il lui dit que si je veux être sa femme, il arrangera les affaires.

LE COMTE

Vous, la femme de Legris !

MARIE

Oui, Monsieur. (*Elle essuie ses yeux avec son tablier.*)

LE COMTE

Tiens, tiens, M. Legris, ne vous gênez pas ! Et vous, Marie, vous ne voulez pas l'épouser?... c'est juste, puisque vous pleurez. Vous voulez donc en épouser un autre?

MARIE

Moi, Monsieur !

LE COMTE

C'est évident; fille qui pleure pour ne pas épouser a jeté ses vues d'un autre côté. Eh bien! moi aussi je veux que vous épousiez l'autre.

MARIE

L'autre.

LE COMTE

Oui, parbleu! votre autre amoureux.

MARIE

Vous le connaissez donc?

LE COMTE

Certainement, un joli garçon, bien fait, et bon diable,
pas riche, mais si bon enfant.

MARIE

Oh! je vois bien que vous le connaissez?

LE COMTE

Allez le chercher, j'ai à lui parler.

MARIE

Il n'est pas loin; il est là à côté.

LE COMTE

Allez le chercher bien vite; mais avant donnez-moi un
petit verre de cassis, et de quoi écrire.

MARIE

Voilà, Monsieur. (*Elle sort.*)

SCÈNE IX

LE COMTE, *seul.* (*Il écrit.*)

Elle est charmante, cette enfant-là. Ma foi, j'ai bien envie
de faire deux heureux aujourd'hui, et je pourrai dire, comme
Antonin, que je n'ai pas perdu ma journée. (*Il serre dans sa
poche le papier sur lequel il a écrit.*)

SCÈNE X

LE COMTE, MARIE, BERNARD.

LE COMTE. (*A part.*)

Tiens! mais c'est mon garde d'hier au soir.

BERNARD. (*A part.*)

Tiens! mais c'est mon chasseur. (*Haut.*) Monsieur, Marie m'a dit que vous vouliez me parler.

LE COMTE

Me reconnaissez-vous?

BERNARD

Pardine! c'est pour vous qu'on m'a renvoyé de chez mes maîtres, parce que je ne vous ai pas fait de procès.

LE COMTE

Ah! vraiment! ils vous ont renvoyé pour cette raison? Alors c'est moi qui suis votre débiteur; soyez tranquille, je vous revaudrai cela. Mais, Marie, vous pouviez plus mal choisir.

SCÈNE XI

LES MÊMES, LA MÈRE PICOT, LEGRIS.

LEGRIS, *parlant fort.*

Eh bien! puisque c'est comme ça, maman Picot, la chose est arrangée; nous pouvons venir par ici, parce que je suis bien aise qu'il y ait des gens pour vous entendre. Par ainsi vous dites...

SCÈNE XII

LES MÊMES, MARTIN, GUÉRET, CHAUZEL.

GUÉRET

Ohé! Legris, qu'est-ce que vous faites par là? Voilà le
beau temps revenu, allons voir s'il y a quelques bécasses
dans le bois du chemin creux.

LEGRIS

Tout à l'heure, je suis à vous... mais vous venez bien à
propos... approchez, vous allez me servir de témoins...
faites bien attention; c'est ici comme à un contrat, écoutez
bien... Parlez, Mme Picot.

LA MÈRE PICOT

Vous défiez-vous comme ça de ma parole?

LEGRIS

Non, Mme Picot, mais vous savez bien qu'à un contrat il y
a toujours des témoins, et ici c'est comme à un contrat;
puisque d'un côté vous me donnez votre fille...

LA MÈRE PICOT

Oui, je vous la donne, mais à condition que vous me
tirerez d'affaire et que vous arrangerez tout avec M. Hélin.

LEGRIS

Vous entendez, pas vrai, vous autres... là, c'est bien
entendu, la mère Picot me donne sa fille, et moi j'arrange
ses affaires qu'il ne lui en coûtera pas un sou. Allez, vous
n'en trouverez pas souvent des gars comme moi, qui ne
demandent rien en plus de la fille, au contraire.

LA MÈRE PICOT

Vous n'êtes pas bien malade pour ça ; la maison vaut plus que ce que je dois, ce n'est que le temps qui me manque... encore, êtes-vous bien sûr de tout arranger ?

LEGRIS

Oh ! soyez tranquille, j'en sais assez sur son compte ; et, si je voulais, pensez que je le ferais courir. D'ailleurs si je n'arrange pas tout, vous entendez, Messieurs, c'est rien de fait... ainsi c'est entendu !...

LE COMTE. (*A part.*)

Voilà un mariage qui ressemble singulièrement à beaucoup de mariages du grand monde. (*Haut.*) Permettez, mais puisque je suis témoin aussi, je demande que Mlle Marie donne son consentement... A l'âge qu'elle a on ne marie pas une fille sans lui demander au moins son avis.

MARTIN

C'est juste, il faut que Marie se prononce.

LA MÈRE PICOT

(*A Marie qui est à l'écart.*) Tu entends, Marie, il faut encore que tu donnes ton consentement ; dis oui, et tout est fini... Eh bien ! à quoi penses-tu ?... C'est pas le moment de pleurer... Voyons, ma bonne Marie, tu ne voudras pas laisser ta pauvre mère dans l'embarras... Marie !... m'entends-tu, Marie ?

GUÉRET *et* CHAUZEL

Bien sûr qu'il faut qu'elle consente !

LEGRIS

Comment, Marie, vous ne voudriez pas de moi pour votre homme, vous savez que je vous aime bien.

LA MÈRE PICOT

Allons, Marie, sois gentille, réponds à M. Legris. Marie,

je veux que tu répondes à M. Legris... Ce n'est pas honnête ce que tu fais là... Je te quitte libre de dire oui ou non, mais faut dire oui.

MARIE

(*Avec effort.*) Non !...

LA MÈRE PICOT

Ah ! malheureuse que je suis ! c'est mon enfant, c'est ma fille qui met à la porte de chez elle sa vieille mère. Alas ! mon doux Seigneur ! qu'allons-nous devenir ?... Et à présent, mon Dieu ! où irons-nous faire nos rois ?...

LEGRIS

Ça m'est bien égal où vous irez faire vos rois ; quand à moi je sais bien... (*Il se dirige vers la porte qui donne sur le cabaret.*)

LA MÈRE PICOT

Alas ! mon doux Jésus ! c'est fait de nous, nous sommes perdues !

MARIE

(*Elle accourt à sa mère et lui prend la main.*) Maman !... M. Legris !... (*Legris rentre.*)

LEGRIS

C'est-il pour dire oui que vous me rappelez ?

MARIE

(*Elle cherche autour d'elle une protection. Bernard a l'air plongé dans le désespoir et ne répond pas à son regard interrogateur ; elle se retourne enfin vers le comte qui est appuyé à la cheminée.*) Et vous, Monsieur, vous ne dites rien ?

LE COMTE

(*Vivement.*) C'est juste, Marie, il est temps que je m'en mêle : (*Il tire de sa poche le papier qu'il a écrit.*) Tenez, Mᵐᵉ Picot, lisez ce papier et vous déciderez après.

LA MÈRE PICOT, *lisant*.

« Reçu de Mme Ve Picot la somme de quinze cents francs pour fermages arriérés de 1849, 50, 51... (*Avec émotion.*) Pour Mme de Blanville... Signé... » Ah! mon Dieu! ma pauvre Marie, je ne peux plus lire, j'ai les yeux pleins de larmes : tiens, regarde la signature.

MARIE, *lisant*.

Pour Mme de Blanville, signé, le comte de Châteaulon.

LA MÈRE PICOT

(*Elle se lève vivement.*) C'est-il vous, mon doux Seigneur! le fils de Mme de Blanville?

LE COMTE

C'est moi-même.

LA MÈRE PICOT

Je ne vous remettais pas sous ce costume, c'est vrai aussi qu'il y a bien longtemps que je ne vous ai vu, et que je me fais vieille. C'est donc le bon Dieu qui vous a envoyé... Marie, c'est M. le comte de Châteaulon, notre jeune maître.

LEGRIS. (*A part.*)

Châteaulon... le sieur de Châteaulon... Ah! bête que je suis, double bête. C'est pourtant vrai que Mme de Blanville s'est remariée, j'avais oublié ça.

LE COMTE

Eh bien! voyons, Mme Picot, terminez cette affaire; donnez-vous toujours votre fille à Legris?

LA MÈRE PICOT

Ah bien! il n'y a pas de danger que je contrarie ma fille en quoi que ce soit, elle est bien d'âge à se choisir un homme. C'est pas à la mère Picot qu'on reprochera de violenter sa fille. Pour tout l'or du monde, je ne voudrais pas faire le malheur de ma pauvre Marie.

LE COMTE

(*Sévèrement.*) Cependant il n'y a qu'un instant vous n'étiez pas loin de la sacrifier à votre intérêt. Je conviens qu'il est pénible à votre âge de ne pas savoir sous quel toit on ira coucher, mais il faut avoir plus de confiance en Dieu.

LA MÈRE PICOT

Ah ! mon cher Monsieur, ne croyez pas que j'aie voulu sacrifier ma fille ; que mon souper de ce soir me serve plutôt de cent poisons, si j'ai pensé à...

LE COMTE

Assez, assez, mère Picot. (*Avec autorité.*) Maître Legris, à partir de ce moment, vous n'êtes plus le garde de Mme de Blanville. Bernard, approche ici, mon garçon, je te donne la place de Legris avec 50 francs d'appointements par mois; je te donnerai en outre un permis de chasse et un fusil. Legris prendra ta place chez Prignon, si cela lui convient.

CHAUZEL

Ah bien ! on peut dire que c'est la journée des gardes, ça.

MARTIN

Ma fé, c'est bié couché.

LE COMTE

Marie, approchez, mon enfant; là, donnez la main à Bernard... c'est ça... Mère Picot, consentez-vous au mariage de votre fille avec Bernard?

LA MÈRE PICOT

Ah ! bien sûr que je consens, c'est tout ce que je demande.

BERNARD

Je ne sais pas si je rêve ou si je suis éveillé !

LE COMTE

Marie, consentez-vous à être la femme de Bernard?

MARIE

Oh ! oui, Monsieur.

LE COMTE, *riant*.

Eh bien ! je vous prends donc tous à témoins qu'il n'y a de violence d'aucun côté.

MARTIN

Moi, je suis content de ça tout de même.

GUÉRET

Et moi itou.

CHAUZEL

C'est bié couché !... Ah ! mon pauvre Legris !

LEGRIS

Voilà ce que c'est que de bien faire son service.

LE COMTE

Voilà ce que c'est que de chercher querelle aux chasseurs !

LEGRIS

Dites plutôt que je faisais trop bien mon service.

LE COMTE

Cet homme-là me porte sur les nerfs.

LEGRIS

Être renvoyé pour avoir bien fait son service !...

LE COMTE, *riant*.

Et votre sœur !... (*Legris se retire à l'écart.*) Maintenant, Messieurs, vous paraissez disposés à chasser dans mes bois, nous allons y aller ensemble, vous me montrerez les bons endroits, car je viens rarement par ici... Bernard, écoute bien : Tu laisseras chasser paisiblement tous les honnêtes chasseurs, tu ne feras de procès qu'aux tendeurs de lacets et à ceux qui font des dégâts.

GUÉRET

En voilà un bon homme.

CHAUZEL

Ah! oui, que c'est un bon homme!

LA MÈRE PICOT

Ah! bien sûr, que c'est la crême des hommes!

LE COMTE

Mère Picot, vous me ferez le plaisir de fermer votre cabaret, pour que je n'entende plus parler de Jean Le Brun ni de Marie Le Blond. Maintenant, Messieurs, partons, et les premières bécasses que nous tuerons aujourd'hui composeront le rôti du dîner des noces.

LE DRAGON VOLANT

CONTE

LE DRAGON VOLANT

Il y avait une fois un dragon volant.

Il y avait aussi deux cadets de famille, dont l'un se nommait Jehan de Pergue et l'autre Mignon du Trévalot. Cette histoire est très-ancienne, car aujourd'hui on ne se nomme plus Jehan mais Jean, ceux qui s'appellent encore Mignon ou qui le sont seulement un peu sont très-rares, et les cadets de famille ne sont plus obligés, comme nous allons voir ceux-ci, de courir le monde en cherchant à accomplir de périlleux exploits dans l'espoir qu'ils en retireront honneur et profit; car s'il existe encore à présent des cadets et des aînés et même plus de cadets que d'aînés, personne n'y prend garde, et peu d'entre eux courent les aventures.

Nos deux cadets, n'ayant donc que la cape et l'épée, prirent le parti de s'illustrer par des prouesses, convaincus que les services rendus par leurs hauts-faits aux rois et aux princes des divers cours leur assureraient le vivre et le couvert,

et peut-être par occasion leur gagneraient le cœur d'une
châtelaine quelconque. Il va sans dire qu'ils étaient tous
deux fort vaillants, et n'ayant d'autre regret que de ne pouvoir joindre les Sarrasins, de les combattre en bataille rangée
et de les couper en morceaux. Mais les Sarrasins habitaient
dans ce temps-là la Palestine et pays environnants, tous fort
éloignés de France, de sorte que nos héros étaient bien forcés
de se rabattre sur d'autres mécréants, non Sarrasins il est
vrai, mais tout aussi infidèles aux divins préceptes de
l'Évangile, ce qui ne manque pas dans tous les pays. Ils
avaient ainsi purgé bien des contrées, de brigands, de loups,
de chiens enragés, de serpents et autres bêtes détestables, et
s'étaient déjà attiré quelque renom. C'est pourquoi un roi
puissant, ayant entendu parler des deux braves compagnons,
les fit prier, par lettres courtoises, de vouloir se rendre dans
ses états pour quelques jours, afin de les délivrer d'un dragon
volant qui les ravageait. Les deux cadets furent ravis de
l'invitation. Si je voulais jeter de la poudre aux yeux, je
dirais qu'ils enfourchèrent de suite leurs palefrois ou leurs
destriers, mais je veux être avant tout véridique; ils n'enfourchèrent donc que leurs roussins, d'ailleurs en tout
semblables à ceux que nous possédons aujourd'hui; car, si
nous n'avons plus de dragons volants, il nous reste encore
heureusement des roussins.

Les voilà donc partis pour la cour du roi Milfrid XIX, et
même les voilà arrivés, si vous le voulez bien. Le premier,
Jehan de Pergue, était un gentilhomme de belle prestance,
au regard fier et hardi, et rempli d'admiration et de respect
pour sa valeur personnelle. Son amitié pour Mignon de
Trévalot n'était pas précisément le résultat d'un calcul, mais
bien la conséquence d'un fait, à savoir que le caractère doux
et presque soumis de ce dernier lui laissait la plus belle
part dans le partage des lauriers que récoltaient leurs
exploits communs, et la douce habitude qu'il avait prise

d'être le chef de l'association s'était tellement enracinée chez lui que bien certainement leur amitié se serait rompue si Mignon avait exigé que la domination de son compagnon rentrât dans les bornes de la justice.

Jehan, du reste, ne bravait pas ouvertement son ami et se contentait le plus souvent d'employer la ruse pour conserver l'avantage sur lui dans les circonstances importantes.

Que d'amitiés sont ainsi faites, qui mériteraient plutôt le nom d'exploitation! Il est si rare de trouver deux amis également confiants l'un envers l'autre, également désintéressés!

Mignon, quoique cédant presque toujours à Jehan, était comme beaucoup de personnes conciliantes, intraitables quand on les a poussées à bout, et gardant, pour ainsi dire pour un moment donné, toute la force de volonté qu'elles ont amassée pendant une longue soumission.

Le roi Milfrid XIX reçut ses hôtes avec toute la cordialité dont il était capable, et ne tarda pas à les mettre au courant des travaux qu'ils avaient à accomplir, à l'instar de ceux d'Hercule, et de la récompense qui en était le prix, toujours à l'instar du fameux fils d'Alcmène. Il leur apprit donc que la main de sa fille Rosamonde appartiendrait au vainqueur.

Puis on se mit à table, et nos deux cadets, admirant les grâces et la beauté de celle qui devait être le prix du courage, sentirent redoubler leur ardeur. Après le souper, le roi mena ses hôtes dans des chambres magnifiques où des lits somptueux, qui devaient réparer leurs forces, avaient été disposés à leur intention. Il avait été d'ailleurs convenu qu'on n'irait à la recherche du dragon volant qu'après le déjeuner du lendemain.

Mignon s'endormit d'un profond sommeil; mais Jehan, avide de gloire et de renom, ne tenant aucun compte des conventions, et peu jaloux de faire preuve d'une amitié délicate, se leva dès l'aurore furtivement et partit à la recherche du dragon, dans l'espoir de le vaincre seul et d'obtenir ainsi la main de la princesse.

La terreur avait rendu déserte la contrée où le monstre avait établi son repaire, éloigné de deux lieues seulement du palais du roi; mais Jehan avait marché en grande hâte pour être de retour à l'heure du repas et ne pas laisser de soupçons de sa trahison en cas de non réussite. Il arriva donc au fond du bois épais où se tenait le dragon, et fut guidé vers son antre par des ossements qui encombraient la route, les uns déjà blanchis, les autres encore couverts de lambeaux sanglants accusant les meurtres récents de l'horrible bête, mais le courageux gentilhomme n'en ressentit qu'un plus vif désir de la terrasser. Il allait donc pénétrer hardiment au fond de la caverne, épouvantable sanctuaire du monstre, quand celui-ci s'élança furieux pour le dévorer.

Mais Jehan était un habile cadet, aussi alerte qu'adroit, il esquive le monstre, et d'un revers de son épée il lui tranche la tête. Quel triomphe et quelle joie! Il se précipite sur cette tête affreuse, la prend dans ses bras pour la porter au prince et s'enfuit, laissant l'animal rendre le dernier soupir dans la sombre retraite où ses ailes ont encore eu la force de le porter; Jehan revient en toute hâte et n'est occupé pendant le chemin que de la gloire qu'il s'est acquise et de la récompense qu'il en attend, mais ne s'inquiète nullement de Mignon, son fidèle camarade, qu'il a frustré traîtreusement de sa part dans un si beau triomphe.

Il arrive couvert de sueur et de sang, et sans prononcer une parole jette au pied de Milfrid la tête du dragon volant.

— Et la queue? lui demande le roi.

— Quelle queue?

— La queue du monstre, parbleu!

— Ah! dit Jehan, elle est encore après son corps, mais si vous tenez aussi à la queue, j'irai la lui couper après déjeuner.

En ce moment Mignon rentrait de faire un tour de jardin
avec Rosamonde, et voyant cette tête horrible et son ami
couvert de sang, ne douta pas que ce ne fût celle du monstre,
et lui fit incontinent de vifs reproches de ce qu'il avait
profité de son sommeil pour violer leurs conventions.

Jehan lui répondit amèrement qu'il était un ingrat et que
c'était pour lui épargner un danger aussi grand que celui
qu'il avait couru que seul il avait été braver le dragon.

Mignon dit alors que puisqu'il était si bien porté pour lui,
il renonçât à la main de la belle princesse. Mais Jehan ne
voulut rien y entendre, et la querelle commençait à s'échauffer
quand le roi prenant la parole leur dit :

« Mes amis, calmez-vous, car il n'y a encore rien de fait ; »
et les menant dans une cour sur le derrière du château, il
leur montra cent treize têtes pareilles à celle qu'avait
rapportée Jehan, et jeta aussitôt celle-ci au milieu des autres.
« Vous voyez, continua-t-il, il y a à présent cent quatorze
têtes, mais il n'y a pas encore une seule queue, et c'est la
queue qu'il faut couper. La tête du monstre repousse sans
cesse, et il est heureux pour vous, Jehan, que vous soyez
revenu en toute hâte, car si, plein de sécurité après votre
victoire, vous fussiez resté un instant devant son antre, il en
fût ressorti plus terrible qu'auparavant, et vous eût dévoré
sans pitié. »

En ce moment la cloche sonnait le déjeuner, et Mignon
voyant le désappointement et la honte de son ami, se prit à
le consoler en faisant l'éloge de son courage, et grandissant
encore les dangers qu'il avait courus : c'était fort bien de sa
part. On se mit à table et l'on mangea beaucoup, car la table
des rois est toujours bien servie ; et après le déjeuner, Milfrid
envoya les deux cadets se munir de leurs armes et ensuite
les conduisit à la porte du palais en leur donnant les dernières
instructions : « N'oubliez pas, leur dit-il, que c'est la queue
du monstre qui fait sa force et que c'est elle qu'il faut

couper la première pour que la tête ne repousse pas; il est vrai que non-seulement elle est douée d'une vivacité peu commune, mais encore qu'elle possède un œil à son extrémité qui lance des flammes et la protége des coups qui la menacent; l'entreprise est donc fort difficile, et c'est pour cela qu'il est nécessaire d'être deux pour la tenter. Soyez prudents. Allez.

— Permettez-un instant, dit Jehan, j'ai encore une chose à prendre, et courant à la cuisine il décrocha le minot de gros sel suspendu à la cheminée et l'emporta.

—. Qu'est-ce, lui dit le roi, et qu'allez-vous faire de ceci ?

— Sire, permettez-moi de ne vous le dire qu'au retour, lui répondit Jehan. » Et tous deux s'éloignèrent à la hâte.

Jehan connaissait la route, aussi ne tardèrent-ils pas à se trouver en face de l'affreuse caverne. Quoique sur leurs gardes, les deux amis ne purent s'empêcher de frémir à la vue du dragon volant se précipitant sur eux avec fureur.

Ils s'étaient partagé les rôles, et fidèles aux instructions du roi, l'un tient la tête du monstre en échec pendant que l'autre attaque la queue; mais Jehan, ne pouvant venir à bout de lui porter un coup d'épée, de la main gauche jette des poignées de gros sel dans l'œil flamboyant du dragon. Le sel pétille, l'œil crève et le monstre jette un long cri de douleur, signe avant-coureur de sa défaite; en effet, au même instant Jehan lui coupe la queue et Mignon lui tranche la tête.

Quand le roi Milfrid XIX aperçut cette queue si convoitée, il ne put contenir sa joie; il embrassait les deux cadets, leur serrait les mains, pleurait, chantait, riait comme un enfant, les couvrait de caresses; et tout cela parce qu'ils avaient tué le dragon qui faisait le malheur de son peuple. Peu de rois aiment autant leurs sujets. Puis il leur dit : « Ma fille est à vous, elle vous appartient, je vous la donne, prenez-là... Ah! quel bonheur! ah! que je suis heureux! »

Le bon prince oubliait dans sa joie que toute princesse

honnête ne peut avoir qu'un seul mari; on lui en fit la
remarque. — C'est juste, dit-il, mais comment faire?

— C'est à moi dit Jehan, qu'est venue l'idée d'emporter du
gros sel.

— Oui, dit Mignon, mais sans mon adresse tu n'aurais pu
parvenir à sa queue. Pour te faciliter l'opération, j'ai bravé
mille dents meurtrières.

— Eh bien! dit le roi, tirez au sort.

— Oui, dit Jehan, que le sort des armes en décide.

— Ce n'est pas cela que j'entends, dit le roi, et je vous
défends de vous battre; ce serait une honte de laisser s'égorger
deux si braves chevaliers; laissez-moi réfléchir et nous trouverons ce soir au souper un autre moyen, du moins je
l'espère.

Le roi s'en alla de suite consulter son chapelain dans
lequel il avait la plus grande confiance. Celui-ci lui promit de
se recueillir et de lui faire part du fruit de ses méditations
entre la poire et le fromage.

Il y eut donc le soir un grand festin dans lequel les vins les
plus généreux ne furent pas épargnés; et quand vint la fin du
repas, chacun ayant la tête échauffée, parlait suivant le cours
de sa pensée.

— Moi, disait la princesse, je n'aime pas le saucisson de Lyon.

— Moi, je l'aime beaucoup, disait Mignon, mais pour vous
faire plaisir je n'en mangerai pas.

— Moi, disait Jehan, je l'aime aussi, mais j'en mangerai
et beaucoup encore, ne vous déplaise, belle princesse;
et ce serait vous tromper que de vous laisser croire qu'un
homme sérieux comme moi se conduise d'après des caprices
et des futilités. Et il se fit servir une tranche épaisse de deux
doigts de ce fameux saucisson.

— Monsieur, lui dit la princesse, rien n'est futile dans ce
monde, car la futilité qui affecte ceux qu'on aime devient de
suite une chose sérieuse.

— Je crois, Mademoiselle, que la chose reste néanmoins futilité, que de s'en affecter est un travers, et qu'il est bon de s'en corriger.

Et Jehan continua de manger du saucisson.

Cependant le dessert est servi, la jeune princesse s'est retirée dans ses appartements; et le roi, après s'être entretenu un moment avec le chapelain, prend la parole en ces termes :

« Messieurs, j'éprouvais le besoin de vous remercier publiquement du service éminent que vous avez rendu à mes états. Je tiens à ce que le souvenir de votre dévouement se perpétue parmi mes sujets, c'est pourquoi j'ai résolu d'adopter celui qui épousera ma fille, afin de lui laisser ma couronne après ma mort. Toute la question se résout donc à savoir lequel de vous deux est appelé à être l'époux de Rosamonde. Notre digne chapelain, que nous avons consulté à ce sujet, a fait descendre dans son esprit, par la prière et le jeûne, les lumières nécessaires à la solution de cet important problème, et voici le moyen qui lui fut inspiré :

(Chacun se tint immobile et prêta une oreille attentive.)

« Ce soir, continua le roi, quand ma fille se sera profondément endormie, les deux candidats, conduits par sa nourrice, se rendront dans sa chambre à coucher, sur laquelle veillent de compagnie les grâces et les vertus, et là, en état de grâce vous-mêmes, vous vous placerez respectueusement dans son lit, l'un à sa gauche, l'autre à sa droite. Celui qui, par un mouvement inconsidéré réveillera ma fille, l'aura perdue; mais celui vers lequel elle aura le visage tourné demain matin en se réveillant sera son mari. Moi-même, à sept heures, j'irai vérifier la position de Rosamonde et consacrer les droits de celui que le sort aura favorisé. J'ai dit... »

Les convives se levèrent, et Mignon pria le chapelain de vouloir bien le mettre en état de grâce; quant à Jehan, son premier soin fut d'aller trouver la nourrice de Rosamonde.

et, la corrompant avec de l'or, de lui demander traîtreusement sur quel côté la princesse avait l'habitude de dormir. La nourrice, après s'être fait prier toutefois, finit par céder à l'appât du gain, et découvrit à Jehan de Pergue que la belle Rosamonde avait l'habitude de dormir couchée sur le côté gauche, sur le côté du cœur.

Jehan, enchanté de sa ruse, portait la tête haute bien convaincu du succès. Mais le ciel déjoue les trames les mieux ourdies, et se sert souvent contre les traîtres de la plus légère de leurs fautes pour renverser tout l'échafaudage de leurs machinations. C'est pourquoi l'on peut dire que les plus habiles sont ceux qui restent dans le sentier de la justice et du devoir, décidés, quoiqu'il arrive, à ne pas s'en écarter.

A neuf heures, la nourrice conduisit les deux aspirants dans la chambre de la princesse et chacun prit place à côté de la belle Rosamonde qui dormait sur le dos dans ce moment. Jehan, sans affectation, se plaça à sa gauche et Mignon se mit à sa droite. La nourrice se retira.

Je n'ai pas besoin d'ajouter qu'ils ne dormirent ni l'un ni l'autre et gardèrent l'immobilité la plus complète.

Cependant la princesse ne tarda pas à se retourner sur son côté favori, à la grande joie de Jehan. Mais, hélas! il ne se doutait pas du mauvais tour que devait lui jouer le saucisson de Lyon. On sait que cet excellent comestible, si finement préparé qu'il soit, renferme toujours un peu d'ail; or, l'odeur de l'ail était désagréable à la princesse. Son odorat délicat ne tarda pas à en être affecté, et instinctivement elle se retourna du côté opposé. Plusieurs fois dans la nuit elle essaya de revenir sur le côté gauche, mais constamment poursuivie dans cette position par cette odeur nauséabonde, elle finit par rester sur le côté droit.

A sept heures précises, le roi entra dans la chambre, et comme c'était aussi l'heure précise à laquelle la princesse se réveillait, la première chose qu'elle vit en ouvrant les yeux

11*

fut son mari qui l'embrassa aussitôt, et le roi, transporté d'aise, lui déclara qu'il était son fils.

Les deux amis se levèrent et se retirèrent avec le roi pour permettre à la princesse de s'habiller. Jehan, mécontent et désappointé, quitta aussitôt le palais en maudissant son ami, et l'on n'entendit plus parler de lui. Quant à Mignon, il fut l'heureux époux de la princesse Rosamonde, et l'on dit qu'ils vécurent fort vieux et qu'ils eurent beaucoup d'enfants.

SCÈNES DE LA VIE DE BORD

MARINE MILITAIRE

SCÈNES DE LA VIE DE BORD

MARINE MILITAIRE

LE DÉJEUNER

DE MM. LES ASPIRANTS

L'élève qui quitte le vaisseau-école, après avoir satisfait à l'examen de sortie, est élevé, environ un mois après, à la dignité d'aspirant. Nous disons dignité, car c'en est une réelle pour un tout jeune homme que d'avoir le droit de se parer de l'aiguillette et de porter un sabre au côté. Un peu plus tard, l'aspirant, passant à la première classe, se dépouille de cette dignité de l'enfance, devient homme, et prend un grade. L'aspirant de première classe est assimilé au lieutenant en second de l'artillerie, c'est dire qu'à partir de ce moment il devient responsable en devenant propriétaire, et qu'un jugement seul peut lui enlever sa position.

A bord, les aspirants des deux classes sont traités à peu près de la même manière; ils font le même service, mangent à la même table, couchent à côté les uns des autres, et sont, en un mot, sur le même pied, malgré la différence notable de leur position officielle; nous les confondons aussi dans la sympathie que nous ont toujours paru mériter des jeunes gens gais, insouciants, pleins de bonne volonté, dont l'entrain, la vivacité, animent les traversées monotones, de même que les enfants mettent le mouvement dans une maison tranquille; les plus heureux du bord sans contredit; mais, au rebours des agriculteurs de Virgile, ils ne sont heureux que parce qu'ils ne connaissent pas leur malheur.

Que peut-il y avoir en effet de plus pénible pour un jeune homme de dix-huit ans, qui vient à peine de quitter les bancs des écoles, que de se voir enfermé pour quatre ans à bord d'une forteresse flottante, au moment où il entrevoit la liberté. Car les réglements sont faits de manière à rendre aux aspirants tout séjour à terre impossible, mesure très-sage du reste : l'exiguïté de leur paie ne leur permettant pas de vivre dans un port sans s'endetter et leur jeunesse de se conduire bien prudemment. Mais l'aspirant n'a rien à regretter, il n'a rien connu, il est même habitué à se passer de la maison paternelle dont il a oublié les douceurs. D'ailleurs, les nombreuses occupations du bord, l'intérêt des voyages, la nouveauté des climats et des pays qu'il visite, concourent au début du métier pour le lui rendre agréable et effacer des souvenirs qui, à cet âge, ne sont jamais très-enracinés.

La carrière maritime est la carrière de la faveur par excellence, nous devons en convenir, mais faut-il pour cela crier très-fort : à l'injustice?

Il est plus raisonnable de reconnaître que cette faveur découle le plus souvent de sources naturelles, et qu'elle est dans ce métier comme dans d'autres une conséquence presque forcée. Admettez la source, la conséquence est un cours d'eau. Admettez le capital, la conséquence est l'intérêt. Or, qu'est-ce que la faveur? C'est l'intérêt d'un capital représenté par la considération de la famille. Voulez-vous empêcher un capital de rapporter? Non! je suppose. C'est pourquoi la faveur est une chose juste, renfermée toutefois dans des limites qui n'en fassent pas un intérêt usuraire. Il est vrai que ces limites sont difficiles à saisir, et que cette affaire-là n'est pas réglée comme l'intérêt légal de l'argent ou comme un papier de musique.

Voici une phrase qui se dit souvent avec une certaine amertume : Il vient d'être fait au choix; ce n'est pas étonnant, c'est le fils d'un amiral, le neveu d'un ministre, le cousin d'un ambassadeur, etc. Parbleu ! certainement, ce n'est pas étonnant; que n'êtes-vous fils, neveu ou cousin d'un amiral, d'un ministre ou d'un ambassadeur? Vous auriez la même fortune, les mêmes chances de succès, les mêmes revenus en un mot de cet important capital qui s'appelle considération de la famille. Et qu'on ne dise pas que ce sont là de vieux préjugés de l'ancien temps, dont la révolution a fait justice, il n'y a pas de révolution qui puisse abolir un fait consacré par la nature, et depuis la chute du père Adam, depuis le péché originel, quoique fassent les révolutions passées, présentes ou futures, la race sera toujours une garantie ou un obstacle, et le capital une force vive que rien ne peut anéantir.

Un capital rapporte forcément. Renfermez-le dans une armoire, enterrez-le, il ne vous rapportera pas d'argent, il est vrai; mais, si l'on vous en sait propriétaire, vous aurez en intérêt une considération que cette fortune, dont on vous sait possesseur, ajoutera à la considération que vous pouvez mériter par vous-même. Votre capital est-il un secret pour tout le monde? Il vous rapportera encore un intérêt représenté par votre propre confiance dans l'avenir, par une certaine assurance dans votre manière d'être, qui vous donne un avantage sur celui qui n'en possède pas. La loi est dans la nature; il est puéril de se gendarmer contre elle, et peu sage de se rendre malheureux dans l'impuissance où l'on est de la renverser.

Dès les premiers pas dans la carrière de la mer, l'aspirant ressent les effets de cette faveur ; s'il est d'un port militaire ou de Paris, ses parents auront eu soin de lui ménager un commandant de connaissance qui lui servira de guide et de tuteur, avantage dont sera privé l'aspirant provenant d'une famille de l'intérieur. Les parents de ce dernier écriront bien une lettre de recommandation au commandant de leur fils, mais souvent, faute de renseignements sur la personne de ce chef suprême, la lettre sera maladroite et fera plus de tort que de bien. Les parents devraient être très-sobres de lettres de recommandation, et c'est tout le contraire qui a lieu, au détriment souvent de leur chère progéniture, car voici ce qui se passe : Le commandant, qui au moment d'un armement est toujours fort occupé, lira la lettre, la mettra dans sa poche, et dès ce moment se croira dispensé de s'occuper du recommandé, il le connaît, il ne s'en inquiète plus. D'un autre côté, le service de l'aspirant n'ayant pas assez d'éclat pour briller et appeler l'attention, tout commandant, s'il veut juger les divers membres de son jeune état-major, est obligé d'en étudier chaque sujet à part, et ne manque pas d'apprécier les qualités de ceux qui en possèdent. Or, votre lettre est venue remplacer cette étude, fort mal à propos en vérité. Rien n'est banal comme une lettre de recommandation, et vous avez collé sur la figure de votre fils ce cachet de banalité, aux yeux du chef, s'entend, mais c'est là tout ou à peu près. Si votre recommandation n'est pas appuyée par le nom de quelque personnage, tenez-vous tranquille, c'est plus sûr. En supposant que votre fils soit un aigle, vous pourriez bien lui couper les ailes. Mais c'est prêcher dans le désert; l'amour paternel est si fort et la facilité d'écrire si grande ! Puisqu'il faut donc absolument que vous recommandiez, nous regrettons que

dans les nouveaux réglements on n'ait pas inséré un type de
lettres de recommandation, car c'est une chose fort impor-
tante; et qu'on ne prenne pas ceci pour une plaisanterie, rien
n'est plus sérieux.

Type d'une lettre de recommandation utile.

Monsieur le Commandant,

Mon fils nous apprend qu'il a le bonheur d'être embarqué sur la frégate
que vous commandez (la frégate est toujours bien portée). Permettez-moi
de vous exprimer toute la joie que j'en éprouve, car sous un pareil chef je
ne doute pas que mon fils ne fasse des progrès rapides. Permettez-moi
aussi, Monsieur, de vous féliciter sur le but secret de votre mission (tout
commandant bien posé part avec une mission secrète), but qui sera atteint
d'une manière glorieuse pour la France, puisque le soin vous en est confié.
Ce n'est pas, Monsieur, mon opinion que je vous exprime en ce moment,
car je n'ai pas l'honneur de vous connaître personnellement, mais c'est
l'opinion d'un de mes intimes amis, qui est aussi l'ami d'enfance du Ministre,
et qui vous aurait recommandé mon fils si je ne m'y étais opposé, ayant
l'orgueil de croire qu'il saura, par son zèle, se recommander lui-même et
ne rien devoir à la faveur.

En vous souhaitant le bon vent, je vous prie d'agréer, Monsieur le
Commandant,... etc.

Il n'est pas indispensable d'avoir l'ami d'enfance du ministre
dans sa poche; la lettre, sans perdre de sa valeur, est en cet
endroit susceptible de variantes, pourvu qu'on mette en
avant le nom d'un personnage connu.

Type d'une lettre de recommandation nuisible.

Monsieur le Commandant,

Désiré nous apprend qu'il est embarqué sur votre bâtiment; nous espérons que vous serez satisfait de ses efforts dans le rude métier qu'il n'a pas craint d'embrasser. Quoique sa santé soit forte, sa mère n'en est pas moins inquiète, elle craint pour son fils le climat des pays chauds, auquel il n'est pas habitué, et elle vous le recommande pendant le cours de la campagne, en le plaçant, après Dieu, sous votre protection immédiate. Nous croyons pouvoir le faire, Monsieur le Commandant, avec l'assurance que notre fils se rendra digne de votre bienveillance, car il a un caractère très-doux et surtout très-soumis. Ma femme et moi nous vous remercions d'avance de vos bontés pour notre cher Désiré, et vous souhaitons une heureuse traversée.

Agréez,... etc.

Entre les deux lettres, il n'y a pas à balancer, c'est certainement la seconde qui est la plus simple, la plus naturelle, et qui mérite le plus de considération; eh bien! c'est celle-là qu'il ne faut pas écrire, car voici comment le commandant s'intéressera à Désiré : si dans le cours de la campagne, et quand une campagne dure deux ou trois ans, il peut se passer bien des événements, surtout si le capitaine sait les faire naître; s'il se présente donc quelque expédition à faire, quelque coup de main à tenter, comme, par exemple, d'explorer quelque rivière inconnue du Sénégal; dans la Plata, de remonter malgré les féroces Gauchos les fleuves de l'Uruguay et du Parana; dans le Levant, de croiser contre les pirates grecs, ou enfin de se battre contre des nègres ou une reine Pomaré quelconque, le commandant vous garde Désiré à bord, même quand son tour de corvée le porte à la guerre. « Mon ami, lui dit-il, lorsque l'expédition est terminée, que tout le monde s'est couvert de gloire, et que l'on fait mousser la chose; mon ami, je ne vous ai pas envoyé à cette affaire

parce qu'elle était trop dangereuse. Que m'auraient dit vos
parents si vous aviez été tué? » Et Désiré s'en va la queue
basse en maudissant les recommandations. C'est pourquoi je
vous le dis, il vaut beaucoup mieux rester tranquille.

A leur arrivée à bord, les aspirants sont livrés corps et
âme au second, vulgairement appelé lieutenant, qui les met
à toutes les sauces, et leur fait faire un rude apprentissage
de la subordination dont ils auront besoin plus tard. Ils vont
indistinctement respirer le grand air dans les hunes, ou
s'asphyxier dans la cambuse ou dans la cale. On les fait se
coucher, se lever, s'habiller, se déshabiller, jeûner ou déjeuner
à volonté. Rien n'est réglé à leur égard, le commandant en
dispose à peu près à sa convenance. Chaque homme de
l'équipage a son poste de couchage numéroté, et l'espace
compris entre deux hamacs est déterminé par un nombre de
centimètres réglementaires; l'aspirant n'ayant aucun droit à
revendiquer, quand tous les hommes sont couchés on partage
la place qui reste libre devant leur poste par douze s'ils sont
douze, par six s'ils sont six, et chacun y pend son hamac, tant
pis si l'espace est trop petit, tant mieux s'il est trop grand,
mais ce dernier cas arrive rarement ou plutôt jamais, car
alors on préférerait donner plus d'aisance à l'équipage. Le
dernier des mousses, quand il dîne, est un personnage presque
respectable qu'on évite de déranger, lui n'est jamais sûr de
manger tranquille et souvent n'a pas déjeuné à l'heure du dîner.

Ceci nous remet en mémoire l'illustre Catelinot qui, à son
début dans la carrière, se trouva fort aiguillonné par la faim.
Catelinot avait eu le quart de minuit à quatre heures, et se
trouvait conséquemment de corvée à la cambuse, à quatre
heures et demie, pour voir faire les rations, puis de corvée
pour voir déjeuner l'équipage, puis enfin de corvée pour la
poste aux choux. Catelinot revint à bord à huit heures avec
l'estomac dans les talons : c'est que dans un poste il n'est pas
facile de manger avant l'heure des repas; le chef de gamelle

ne laisse pas la clef sur les armoires, précaution fort utile
pour qu'il reste des vivres aux heures réglementaires.

Catelinot donc avait grand faim et voyait arriver neuf heures
avec complaisance, quand le timonier vint demander l'aspirant
de corvée : il était neuf heures moins un quart. Catelinot se
trouvait de seconde corvée, puisque l'élève qui avait quitté le
quart à huit heures était de première; mais celui-ci était
occupé dans le moment à voir peser la viande, force fut donc
à Catelinot de se rendre auprès du lieutenant qui lui remit
un pli à porter à bord d'un vaisseau mouillé sur rade, avec
ordre d'attendre la réponse.

Catelinot remit la lettre et attendit la réponse fort longtemps.
Tout conspirait contre lui, les aspirants ses confrères ne
l'invitèrent pas à déjeuner. Il revint à son bord à dix heures
et demie, bien persuadé cette fois qu'il allait enfin déjeuner.
Pauvre garçon, debout depuis minuit sans avoir bu ni
mangé.

Mais à peine descendu, le timonier revient demander
l'aspirant de corvée; c'était encore Catelinot, l'aspirant de
première corvée étant allé conduire les officiers à terre.
Catelinot n'était pas content, et cela se comprend. Il monte
en double, et reçoit la corvée d'embarquer dans le canot de
l'amiral. Catelinot objecte qu'il n'a pas déjeuné. Monsieur, lui
répond le lieutenant, un aspirant déjeune quand il peut et où il
peut. Muni de ce renseignement Catelinot descend, prend son
déjeuner, le fait passer par un sabord de la batterie basse
dans le canot de l'amiral, s'embarque et se met tranquillement
à table, en attendant qu'il plaise à son général de prendre
place à côté de lui. L'amiral met le nez à la coupée et
aperçoit ce spectacle inattendu.

— Monsieur l'officier, voulez-vous prier l'aspirant qui est
dans mon canot de venir me parler.

— Oui, amiral.

L'aspirant se présente aussitôt.

— Monsieur, lui dit l'amiral, comment vous nommez-vous?

— Catelinot, Amiral.

— Eh bien! Monsieur Catlinot...

— Catelinot, Amiral.

— Eh bien! Monsieur Catlinot...

— Pardon, Amiral, Catelinot, je dis Catelinot.

— Eh morbleu! Monsieur Catlinot...

— Pardon, pardon Amiral, Catelinot,... je dis : Ca te li not..

— Rendez-vous au magasin général.

L'aspirant ne se le fit pas répéter deux fois. Son déjeuner lui fut servi dans sa prison, c'est sans doute ce qu'il désirait; mais le lendemain il était embarqué sur un autre navire avec une note particulière.

A la mer les aspirants font un service plus tracassier que pénible, il semble qu'on prenne à tâche de ne pas leur laisser un instant de repos, de tranquillité, les timoniers sont constamment à courir après eux, c'est le commandant, c'est le second, c'est l'officier chargé des montres, ça n'en finit pas; ils ne sont jamais certains de pouvoir fumer une cigarette entièrement.

Ce qu'on exige particuliérement de l'aspirant à bord, c'est la souplesse, et c'est aussi la qualité essentielle d'un bon timonier; toutes les fois qu'un officier supérieur fait mander un aspirant, celui-ci doit voler à sa rencontre pour être bien reçu; s'il se rend simplement auprès de son chef au pas accéléré, ce défaut d'enthousiasme sera fort mal interprêté, et il ne tardera pas à s'apercevoir qu'il est bon de savoir sacrifier un morceau de dignité à une apparence de zèle. Courez donc, volez donc, jeunes gens, à la voix de vos chefs, et que ceux qui à l'âge de dix-neuf et vingt ans voudraient ne plus ressembler en public à des évaporés, et tiendraient à un certain décorum, fassent le sacrifice d'une retenue hors de propos; que le magasin général leur soit toujours présent.

A bord d'une frégate ou d'un vaisseau où se trouve toujours une dizaine d'aspirants, il est rare que les commandants retiennent les noms de chacun d'eux, ou du moins qu'ils ne se trompent en les appelant; et n'interpellent Jacques pour Pierre. Par derrière les aspirants se ressemblent beaucoup; malheur à celui dont le nom plus facile à retenir vient le plus souvent à la bouche du chef : Eh! jeune homme, Jacques! Jacques! Pas de réponse si Jacques se trouve être Pierre, et pauvre Jacques court grand risque d'avoir à la fin de la campagne un certificat contenant cette restriction : « Entente peu satisfaisante! » Heureusement les certificats n'ont pas une grande importance, car à l'examen on ne tient compte que de ceux qui sont tout à fait mauvais.

La véritable place de l'aspirant est dans un canot comme chef de corvée pour aller chercher des vivres, faire de l'eau, du sable, des balais, des briques, etc..., c'est là seulement qu'il commande, là seulement qu'il peut se faire obéir. A quoi sert en vérité la présence d'un aspirant dans une hune quand on fait une manœuvre, qu'on prend un ris ou qu'on change une voile ou une vergue? Il embarrasse et voilà tout. Souvent pour ne pas avoir l'air d'une emplâtre, il parle, il veut donner un ordre et personne ne l'entend ni ne l'écoute. C'est tout au plus si dans l'ardeur du travail le gabier qui connaît son affaire fait attention aux paroles de l'officier de quart, comment voulez-vous qu'il prenne en considération les observations plus ou moins justes d'un aspirant qui sort de sa coquille? Qu'on le fasse monter pour s'instruire, bien, mais pour diriger la manœuvre, c'est absurde; c'est l'affaire du chef de la hune; ces enfants-là ne peuvent en remontrer en fait de matelotage à de vieux gabiers qui n'ont fait que cela toute leur vie, et c'est les habituer fort mal au commandement que de les forcer à donner des ordres là où l'on sait bien qu'ils ne seront pas écoutés.

L'aspirant dans un canot, voilà sa place ; il règle sa voilure
à sa guise, veille le temps, vire de bord s'il louvoie quand le
moment lui paraît convenable, prend des ris, les largue à son
gré, se défie des courants contraires, cherche à profiter de
ceux qui lui sont favorables, presse à terre ses hommes
suivant le cas, ou leur donne un moment de répit, leur
permet, soit de laver leur linge, d'aller boire une goutte,
puis revient à bord et accoste à la voile d'une façon plus ou
moins adroite ; c'est là son rôle, c'est là la meilleure école
pour lui, c'est là qu'il apprend à manœuvrer, à veiller les
grains, à se faire obéir, et c'est là aussi qu'il se plaît le plus,
quoique sa corvée lui vaille quelquefois du magasin général,
et souvent sans qu'il y ait de sa faute ; car il suffit qu'un
matelot s'esquive un instant et se grise pour valoir à l'aspirant cette rude punition.

Huit jours au magasin général, peut-on sans trembler penser
à un tel martyre !...

Le magasin général est un lieu sous-marin, une grotte
fantastique ornée d'objets les plus disparates ; les dessins les
plus extravagants tapissent ses parois, et ces dessins sont
exécutés par le rapprochement artistique de clous noirs, de
clous jaunes, de pitons de toute espèce, d'instruments,
d'armes au reflet mat ou brillant, qui ne forment entre eux
que festons, que guirlandes, ronds, ellipses, etc..., quelquefois
même le magasinier, s'il est lettré, a construit à l'aide de
pointes, à l'entrée de ses domaines, un chien la gueule
ouverte, avec cette inscription : *Cave ne canem*. Une lampe à
l'entrée, moins merveilleuse que celle des *Mille et une Nuits*,
y fume constamment, et l'air suffoqué lui-même s'est enfui
de ce séjour, laissant le champ libre à la lampe et au magasinier, amphibies d'une espèce particulière, inconnus aux
naturalistes, pouvant végéter plusieurs années dans une
atmosphère exclusivement composée de fumée d'huile.

C'est là qu'on met les aspirants quand ils ne sont pas

sages, mais par une grâce d'état ils en sortent sans qu'on les enterre, et sans perdre beaucoup de leur gaité, comme on pourra en juger.

Il est neuf heures moins un quart, le commandant passe son inspection, le chef de poste, le plus ancien des aspirants, rôde dans le faux-pont, et le chirurgien de troisième classe, que son grade rend leur commensal, se hasarde seul à surveiller les apprêts du festin qui a lieu à neuf heures précises. La scène se passe à bord de la frégate la *Sirène,* sur rade de Montevideo, où le gibier, la viande et le poisson sont à vil prix.

LE DÉJEUNER

DE MM. LES ASPIRANTS

—◦◦◦—

PERSONNAGES

LE CHIRURGIEN DE TROISIEME CLASSE.
LE CHEF DE POSTE.
LE CHEF DE GAMELLE.
VITEL,
RADOTIN, } aspirants.

DE SERLAC,
VARU,
RICHARD et autres, } aspirants.
MENU,
BOSAN, } domestiques.
DÉREC, matelot cuisinier.

—◦◦◦—

LE CHIRURGIEN

Menu, comparais, et donne-moi le *menu* du déjeuner.

MENU

Monsieur, vous avez d'abord le poisson volant.

LE CHIRURGIEN

Nous avons du poisson volant à déjeuner! (*Au chef de poste.*) Dites donc, mon vieux brave, on a donc pris des poissons volants?

LE CHEF DE POSTE

Allons donc! des poissons volants dans l'eau saumâtre, en pleine Plata!...

LE CHIRURGIEN

Alors, Menu, tu te gausses de moi; il ne peut pas y avoir de poisson volant à déjeuner.

MENU

Monsieur, c'est le cuisinier qui me l'a dit, moi, je ne sais pas.

LE CHIRURGIEN

Enfin, passons; qu'y a-t-il encore?

MENU

Monsieur, vous avez ensuite le beafteak et le pâté de perdrix.

LE CHIRURGIEN

A la bonne heure! Menu, je suis content de toi; mais il est bientôt neuf heures et je ne vois pas que tu te presses de mettre le couvert.

MENU

Le couvert est mis.

LE CHIRURGIEN

Comment! le couvert est mis! et pas de pain sur la table.

MENU

Monsieur, il n'y en a plus; on a mangé toute la ration ce matin dans le vin sucré.

LE CHIRURGIEN

Dorénavant, Menu, tu me garderas ma ration de pain frais. Mais vas-tu nous faire manger du biscuit?

MENU

Oh! non, Monsieur, on va vous donner du pain d'équipage, Bosan est à la cambuse pour en prendre.

(*En ce moment le dialogue est interrompu par l'arrivée du commandant qui passe l'inspection du poste.*)

Un instant après neuf heures sont piquées, une dizaine d'aspirants tombent comme une avalanche dans le poste.)

TOUS ENSEMBLE

Et le déjeuner? Chef de gamelle, il est neuf heures. Qu'y a-t-il à déjeuner?

LE CHEF DE GAMELLE

Du silence, Messieurs. Menu, donne-nous le menu du déjeuner. (*Silence général.*)

MENU, *avec hésitation.*

Monsieur, il y a... vous avez d'abord... d'abord vous avez...

LE CHEF DE GAMELLE

Ah çà! vas-tu accoucher aujourd'hui? (*Le chef de poste s'empare du bâton qui sert à ouvrir les hublots et menace le domestique.*)

MENU

Monsieur, vous avez d'abord le poisson volant. (*Explosion de rires.*)

LE CHEF DE GAMELLE

Je demande la parole. C'est un vol-au-vent de poisson.

TOUS

Ah! bravo, délicieux le poisson volant! (*Les uns montent sur la table, les autres sur les pliants et les caissons.*) Bravissimo, le poisson volant. (*Vacarme.*)

LE CHIRURGIEN, *dominant le tumulte.*

Double ration à Menu pour le poisson volant!

TOUS

Double ration à Menu pour le poisson volant!

(*Bosan entre apportant les beafteaks et le pâté de perdrix.*)

LE CHEF DE GAMELLE

Messieurs, voilà votre déjeuner avec le poisson volant. Il

est seulement fâcheux que vous ayez la mauvaise habitude de dévorer votre ration de pain d'avance.

LE CHEF DE POSTE

Est-ce que nous allons manger du biscuit?

BOSAN

Non, Monsieur, voici un pain d'équipage.

LE CHEF DE POSTE

(*Il désigne une douzaine de galettes sur un caisson.*) Alors que fais-tu de tout ce biscuit?

BOSAN

C'est pour les bestiaux.

LE CHEF DE GAMELLE

Quels bestiaux?

BOSAN

Pour vos bestiaux?

LE CHEF DE POSTE

Ah çà! nous avons des bestiaux à présent.

TOUS

Vive le chef de gamelle!

LE CHEF DE GAMELLE

Suspendez-vous, Messieurs, et laissez parler cet homme, qu'il s'explique. Bosan, tu as donc acheté des bestiaux?

BOSAN

Non, ce sont ceux que vous avez pris à Ténériff.

LE CHEF DE GAMELLE

Mais, animal, nous n'avons acheté que des poules a Ténériff.

BOSAN

C'est pour ceux-là, Monsieur, le biscuit. (*Rire général.*)

TOUS

Mónsieur le biscuit, oh! oh! délicieux, ravissant, Monsieur le biscuit. (*Vacarme.*)

LE CHIRURGIEN

Ainsi, Bosan, tu appelles les poules des bestiaux, tu es un garçon qui iras loin, cela vaut le poisson volant. Double ration à Bozan pour les bestiaux.

TOUS

Double ration à Bosan pour les bestiaux.

(*On n'entend plus pendant un instant que le bruit des fourchettes et des mâchoires, chacun déjeune avec un grand appétit. Le beafteak est englouti.*)

VITEL

Passons au pâté.

TOUS

Passons au pâté.

VERLINE

Ce pâté est excellent. Décidément Bérec se distingue; je vote une mention honorable à Bérec.

SERLAC

C'est justice, il la mérite, d'autant plus qu'on lui a flanqué des calottes hier parce que le beafteak était trop cuit.

RICHARD, *qui a déjà beaucoup mangé.*

......fant de saint Louis, montez aux cieux! Menu, du pain.

(*Menu écoute la conversation. L'aspirant lui lance une tête de perdrix à la figure. Menu regarde d'où l'apostrophe est partie.*)

Menu, du pain.

MENU

Voilà, Monsieur.

RADOTIN, *qui a mangé trop vite.*

...... geat, limonade, bière.

SERLAC

Décidément, vous êtes d'une malpropreté...

LE CHIRURGIEN

C'est bien! c'est bien! couvrez-vous, grand d'Espagne.

LE CHEF DE GAMELLE

Ouf! cela commence à aller mieux. Savez-vous qu'il était temps que nos six farceurs revinssent de leur promenade à Rio. On nous avait mis à la ration de vin.

(*Le chef de gamelle fait sans doute ici allusion aux plus jeunes des aspirants qui auraient été détachés de la frégate pour faire un voyage de quelques mois.*)

SERLAC

Parbleu! à vous six vous n'auriez pas été gênés de boire la ration de douze, et de nous endetter d'autant.

LE CHEF DE GAMELLE

Ce qui ne nous empêche pas à douze de boire la ration de vingt-quatre.

LE CHEF DE POSTE

Oui, mais le lieutenant a fait ce raisonnement très-juste que si chacun de nous s'endette en particulier, il se rattrapera sur la masse. Profondément raisonné. Heureusement que vous voilà, mes enfants, que vous ne me quitterez plus, n'est-ce pas? Et que vous ne m'obligerez plus à déjeuner, comme je l'ai fait pendant votre absence, avec mon couplet. Pensez combien je devais avoir l'estomac creux pour me livrer à la poésie.

Sur l'air de M. et Mme Denis : Souvenez-vous-en.

Si nous sommes à la ration de vin
C'est grâce à ce brick de vingt ;
Aussi je voudrais bien qu'il vint
 Avant le vingt,
 Avant le vingt,
Aussi je voudrais bien qu'il vint,
Avant le vingt, plus quart de vingt.

RICHARD

Ce quart de vin fera toujours mon bonheur, il est seulement fâcheux que vous soyez revenus le vingt-six au lieu du
vingt-cinq ; mais à un jour près le calembour m'est encore
cher. C'est décidément le meilleur couplet.

LE CHEF DE GAMELLE

Ah ! je réclame pour le mien.

(*Il chante.*)

 La gamelle de la *Sirène*
 Est joliment dans la peine,
 Car nous n'avons pas le sou,
  Et nous en devons,
  Et nous en devons,
 Car nous n'avons pas le sou,
 Et nous en devons beaucoup.

VITEL

Ce couplet-là a son charme, mais ne vaut pas l'autre ;
cependant nous devons le respecter pour son âge, c'est lui
qui a donné la mesure ; mais continuez, bel Arsène.

RICHARD

Nous avions un jambon
Qui aurait été fort bon,
Mais Bérec ce cornichon
  Nous l'a fichu par,
  Nous l'a fichu par,
Mais Bérec ce cornichon
Nous l'a fichu par le fond.

Cet animal l'avait amarré
Avec un bout de fil de caret;
Aussi quand est venu le jusant
  Il est devenu bouete [1],
  Il est devenu bouete,
Aussi quand est venu le jusant
Il est devenu bouete à mâchoirans [2].

LE CHIRURGIEN

Quelle imagination foudroyante! Avoir fait deux couplets!
Moi qui ai eu tant de mal à trouver le mien.

(*Ce couplet fait sans doute allusion à l'un des aspirants
qui, dans une corvée, aurait eu le malheur de gagner une
maladie de peau.*)

A bord de cette goëlette,
Ils étaient au nombre de sept;
De tous le mal s'empara
  Y compris même le
  Y compris même le
De tous le mal s'empara
Y compris même le pacha.

[1] Bouete, terme de pêcheur, amorce.
[2] Mâchoiran, poisson de la Plata.

SERLAC

Quant à ça, j'aurais parié d'avance que votre couplet renfermait quelque saleté.

LE CHIRURGIEN

C'est bon ! c'est bon ! mouchez-vous Forestier. (*Serlac est son voisin à table, il le prend tout à coup par la tête et l'embrasse.*)

SERLAC, *en colère.*

Voulez-vous finir. Je vous ai déjà prévenu que je vous donnerai la main sur la figure.

LE CHIRURGIEN, *riant.*

Serlac aussi sur l'*Éclair*
Est parti pour Buénos-Ayres,
Mais il en est revenu
   Avec une empoule
   Avec une empoule
Mais il en est revenu
   Avec une empoule.....

SERLAC

Ce n'est pas vrai d'abord, et puis je ne suis pas le premier qui se soit blessé à cheval, en accompagnant Manuellita à sa Quinta. Elle va toujours d'un train !...

TOUS, *voyant l'aspirant blessé, reprennent en chœur.*

Serlac aussi sur l'*Éclair*
Est parti pour Buénos-Ayres, etc.

(*Le couplet fini, on décide que si Serlac se fâche encore ou donne des soufflets à quelqu'un, tout le monde l'embrassera.*)

LE CHEF DE GAMELLE, *envoyant un croûton de pain à la tête de Bosan, fort occupé de la scène qui se passe.*

Eh bien! tu ne penses pas au café, toi?

(*Bosan sort en courant.*)

UN TIMONIER

Le lieutenant demande l'aspirant de corvée.

LE CHEF DE POSTE

C'est toi, Varu.

VARU

Oui, c'est moi, mais c'est assommant, on n'a jamais le temps de finir son déjeuner. (*Il met promptement ses vêtements en ordre et prend sa casquette.*) Il vaut mieux néanmoins se passer de café que de faire trois jours au magasin général. (*Il sort.*)

VERLINE

Avec un lieutenant comme le nôtre!

SERLAC

Tu en veux au lieutenant, depuis qu'il t'a fait manger du magasin; avant tu le trouvais charmant.

LE CHIRURGIEN

Pourquoi vous a-t-il puni, Verline?

LE CHEF DE POSTE

C'est de l'histoire ancienne, ne parlons pas politique.

LE CHIRURGIEN

Permettez, je n'en ai pas su le premier mot.

VERLINE

Voici le fait : Je suis allé au Bucéo chercher la viande de la station avec la chaloupe; les hommes avaient emporté leur dîner, car nous ne devions revenir que fort tard, et comme il pleuvait, je leur permis d'aller manger dans une masure abandonnée, couverte en chaume et bâtie en bois. Moi, j'allai déjeuner de mon côté.

Mais voilà que mes gaillards ne trouvent rien de mieux à faire que de mettre le feu à la maison qui leur avait servi d'abri. De là réclamations virulentes des autorités locales.

J'étais moi-même furieux, et en arrivant à bord je demandai énergiquement la punition des chaloupiers. Mais, me dit le lieutenant de fort mauvaise humeur, leur aviez-vous défendu de brûler la maison? Non, répondis-je naïvement.

Alors, Monsieur, il n'est pas étonnant qu'ils l'aient brûlée, toute la faute en est à vous, il fallait leur défendre. Rendez-vous au magasin général. J'y restai six jours.

LE CHIRURGIEN

Il n'y a rien à répondre à un raisonnement de cette force.

LE CHEF DE POSTE

On étouffe dans ce magasin.

VITEL

Enfin voilà le café.

LE CHIRURGIEN

Voilà ce que c'est, mon pauvre Verline, que d'avoir été réclamer au commandant et d'avoir eu deux fois raison; je vous avais bien prévenu que le lieutenant vous repincerait.

VITEL

Voilà un café qui a un drôle de goût. Pouah! Je crois que Bérec veut nous empoisonner.

LE CHEF DE GAMELLE

Quelle drogue est-ce cela?

SERLAC

Il a fait son café avec de l'eau de mer, c'est la troisième fois que cela lui arrive.

VITEL

Il faut le lui faire boire.

TOUS

Il faut le lui faire boire. (*Vacarme.*)

LE CHEF DE POSTE

Un peu de silence, Messieurs. Bosan, va chercher Bérec.

(*Bosan s'empresse d'obéir.*

Bérec est un matelot à grand visage pâle, à grands yeux fixes, à longs cheveux plats qui lui tombent sur les joues, avec une grosse chique du côté gauche qui lui dessèche le gosier, ce qui l'oblige à faire un mouvement du cou comme s'il avait toujours quelque chose à avaler ; ses courtes jambes portent un long torse, son sang-froid et son air bête en font un grotesque personnage. Il est parvenu au grade de cuisinier parce que quand il monte dans les hunes, de violentes palpitations de cœur l'obligent à s'y arrêter presque sans connaissance, et que cette infirmité le rend impropre à tout travail de force.

Mais voilà Bérec conduit par Bosan. Il entre, ôte son bonnet, met sa chique dedans et se tient respectueusement au port d'armes.)

LE CHEF DE GAMELLE

Bérec, voici la troisième fois que tu nous fais du café avec de l'eau de mer. Pour toute punition nous te condamnons à le boire.

(*Bérec ne répond pas, mais jette un coup d'œil furtif du côté de la porte.*)

CRI GÉNÉRAL

Fermez la porte.

(*On se lève, on entoure Bérec qui commence à s'effrayer quoique rien n'en paraisse sur son visage. On lui met une tasse pleine dans la main. Bérec goûte, fait la grimace et veut replacer la tasse sur la table*)

LE CHEF DE GAMELLE

Avale tout, coquin, ou gare dessous.

(*Bérec boit la tasse d'un trait, en fermant les yeux, et se retourne pour sortir.*)

DE TOUS CÔTÉS

Ça n'est pas fini, il faut qu'il boive tout; tu boiras les douze tasses.

(*Chacun s'arme : l'un prend une canne, l'autre un balai, celui-ci sa baguette de fusil, celui-là son fourreau de sabre.*)

LE CHEF DE GAMELLE

Tu vois, Bérec? Eh bien! alors, ne fais pas le rétif. (*On lui verse du café dans un grand bol. Toutes les figures sont animées, les yeux pétillent, les gestes deviennent menaçants, la scène passe du comique au tragique.*) Il boira, il faut qu'il boive; il s'en souviendra le drôle. Allons, boiras-tu, coquin?

(*Bérec reste impassible, sa froide figure représenterait fort bien l'image de la résignation. A la merci d'une douzaine de mauvais garçons, l'enfance est sans pitié, il sait que rien ne peut le sauver. Il a reçu d'ailleurs maintes gratifications aussi peu méritées que sa punition est cruelle en ce moment pour une étourderie involontaire. Devant les menaces et la colère qui commence à gronder, il se décide à boire encore.*)

SERLAC

C'est assez, c'est assez, laissez tranquille ce pauvre diable. Il n'en peut plus.

RADOTIN, *qui pleure chaque fois qu'il lit un roman.*

Non, il faut qu'il boive, il boira tout.

DE TOUS CÔTÉS

Il faut qu'il boive tout.

Bérec a bu une partie du bol qui lui a été versé, mais il n'en peut plus. Le pauvre homme a bien plus envie de rendre ce qu'il a pris que de boire encore, sa figure est blême, mais aucun symptôme de passion ou d'agitation intérieure ne se trahit sur son visage. Personne ne viendra-t-il à son secours ? Bérec avait sans doute un patron et s'était recommandé à lui intérieurement, car au moment où il reportait à ses lèvres la coupe amère, la porte s'ouvrit et son patron lui apparut sous les traits du capitaine d'armes. C'est ainsi que Minerve apparut sans doute à Diomède et à Ulysse, quand ces deux héros, pénétrant dans le camp troyen pour voler les coursiers de Rhésus, furent avertis par cette déesse qu'il était temps de battre en retraite.)

LE CAPITAINE D'ARMES

Messieurs, il est bientôt onze heures, le commandant va venir pour votre leçon d'intonation.

(Ce fut un coup de baguette magique, à l'instant Bérec fut oublié, qui n'oublia pas de s'éclipser. Chacun se mit en devoir de mettre le poste en ordre. En un clin d'œil le couvert fut enlevé, la table essuyée, le plancher balayé, chaque chose fut remise à sa place, chacun s'habilla, passa la main dans ses cheveux et prit un maintien décent en attendant le grand chef, le pacha, qui parut bientôt, accompagné de l'officier de manœuvre et du capitaine d'armes. Une chaise est apportée pour le commandant. L'officier de manœuvre prend un pliant, le capitaine d'armes reste debout.)

LE COMMANDANT

Messieurs, vous pouvez vous asseoir.

(Chacun s'assied sur les caissons tout autour du poste. L'officier de manœuvre fait alors répéter les divers commandements en usage avec l'intonation voulue, et les aspirants s'exercent gravement à la ronde. Puis le capitaine d'armes fait aussi répéter les divers commandements de l'exercice du fusil. La leçon dure une heure ; le commandant lève la

séance et sort, accompagné du capitaine d'armes. L'officier de manœuvre reste au milieu des aspirants.

Ceux-ci, qui ont gardé un sérieux à toute épreuve pendant toute la durée de la leçon, à la sortie du commandant, commencent à se regarder en riant ; puis, le croyant bien loin, le chef de poste prend une règle en guise d'archet, en bat l'air en mesure, et au quatrième coup donne du pied sur le plancher en véritable chef d'orchestre, et tous chantent en chœur.)

Air connu.

Ah ! quel bonheur !
Ah ! quel plaisir !
La classe est terminée ;
Il est midi, l'heure est sonnée,
Allons nous divertir.

L'officier reprend seul en basse-taille.

Allez, allez, je le permets,
Je suis content de vos progrès ;
Avant deux mois,
Oui sur ma foi,
Vous en saurez autant que moi.

Reprise en chœur.

Ah ! quel bonheur !
Ah ! quel plaisir !
La classe est terminée ;
Il est midi, l'heure est sonnée,
Allons nous divertir.

(L'officier de manœuvre sort en riant et rencontre le commandant qui est resté au pied de l'échelle à écouter.)

LE COMMANDANT

Que diable chantent-ils donc là?

L'OFFICIER DE MANOEUVRE

Ma foi, Commandant, je n'en sais rien; ils s'amusent.

LE COMMANDANT, *montant l'escalier.*

Hum! hum! ils s'amusent... Bah! après tout c'est de leur âge.

Il n'est pas très-intéressant d'ajouter, qu'à partir de ce jour, le commandant supprima la leçon d'intonation. On peut supposer que les aspirants étaient suffisamment instruits. Nous n'avons rapporté cette scène entre mille à peu près semblables que pour laisser le lecteur juge du degré de mélancolie que les aspirants gardent à bord, et nous lui demandons la permission de passer dès à présent à un chapitre plus sérieux.

SCÈNES DE LA VIE DE BORD

MARINE MILITAIRE

LE DÉJEUNER

DE MM. LES OFFICIERS

On se fait à tout, l'habitude est une seconde nature. A la longue, la figure la plus désagréable devient insignifiante, la tyrannie elle-même devient supportable. C'est pourquoi de longues années de captivité ne peuvent tuer un homme, ce qui arriverait au bout de très-peu de temps, si la privation de la liberté se faisait constamment sentir d'une manière aussi douloureuse que le premier jour. On s'habitue donc à la vie de bord, et l'on s'y habitue même tellement que grand nombre de marins ne peuvent plus se passer de la mer et s'ennuient bientôt s'ils se trouvent dans l'obligation de passer quelques mois à terre. La raison en est bien simple : tout marin en quittant son navire abandonne des habitudes qui, à un certain âge, sont de véritables besoins; il débarque et se trouve dépaysé, il lui faut se créer un nouveau genre de vie,

ce qui est un ennui et une fatigue. A bord il avait tout sous
la main. Officiers, officiers mariniers et marins, n'ont à
s'occuper qu'à remplir le cadre d'un tableau de service tout
tracé : leur soupe est prête, leurs effets sont nettoyés, lavés,
brossés ; ils sont peignés, inspectés, endormis et réveillés à
des heures fixes ; il n'ont aucune préoccupation à avoir,
aucun autre soin que celui d'obéir. Or, quand on est parvenu,
certainement après efforts, à cette parfaite abstraction de
soi-même ; quand on a abdiqué toute volonté, toute initiative
personnelle, il est juste de trouver à ce sacrifice une compensation comme à tout sacrifice. Or, cette compensation, on
peut même dire cette récompense, se trouve dans le calme et
le repos de l'esprit, dans un assoupissement de l'âme, un
engourdissement de l'intelligence qui, certainement, a son
charme. Par la même raison, les moines vivent tranquilles
et heureux dans leurs monastères et même les trappistes dans
leur trappe. Mais avant d'arriver à cette quiétude, à cette
insouciance, qui rendent la marque des heures, la division du
jour et de la nuit, la distinction des saisons à peu près
inutiles, combien de luttes, de combats et de misères !

Il n'est peut-être pas un marin au monde qui n'ait dit une
fois : « Oh ! quoiqu'il arrive, je quitterai cet affreux métier à
mon retour. » Malheur passé n'est que songe. Au retour on
s'ennuie à terre, on aspire après une nouvelle campagne
pour avoir l'occasion de médire une fois de plus d'un métier
dont on ne peut se détacher.

Ce n'est qu'après plusieurs années de mer que l'officier de
vaisseau, frotté et limé sur tous les angles qui faisaient sa
personnalité, arrive à cet état parfait que l'on peut comparer
à celui d'Adam dans le paradis terrestre. Ainsi que notre
premier père, qui n'avait autre chose à faire dans ce divin
jardin qu'à flâner, l'officier de vaisseau transforme son existence en une flânerie constante.

Il semblerait tout d'abord que la mer offre peu de ressources

à l'alimentation du flâneur, mais ce serait une erreur que de
le croire, car pour l'officier de vaisseau tout est sujet d'observation. La variation de la brise en direction ou en
intensité, influençant dans l'un et l'autre cas la marche du
bâtiment, est un sujet constant d'un véritable intérêt; le
changement de couleur de la mer, la grosseur des lames, la
houle, le ciel, les nuages, les grains que couve l'horizon,
tout est préoccupation pour ces hardis flâneurs qu'on appelle
des marins. Les navires en vue sont aussi l'objet d'hypothèses
et de conversations scientifiques; et puis les requins, les
marsouins, les thons, les bonites, les dorades, les poissons
volants, les oiseaux de mer; on n'en finirait pas à détailler
le nombre des distractions intéressantes qu'on peut avoir à
la mer, mais il faut être flâneur, et on le devient forcément
à la longue, heureusement; il est des grâces d'état.

La coque du navire et son gréement sont aussi pour le bon
officier un objet continuel d'attention et d'observation. Quand
la longue-vue est inutile, que l'horizon est vide, armé de son
binocle, l'officier porte son attention sur la mâture; le
moindre bout de corde qui dépasse, un raban, une jarretière
mal amarrée, une empointure qui se relâche, un racage qui
perd ses pommes, etc..., procurent à l'observateur la satisfaction d'y faire remédier aussitôt. D'ailleurs chacun a sa
spécialité : celui-ci surveille la cale, celui-là les embarcations,
un autre l'artillerie, la peinture, le fourbissage, la propreté,
etc... On en voit s'enthousiasmer pour la coupe d'une voile,
pour le dessin d'une raie de batterie, pour une inclinaison
de mâture, pour les rateliers de pied de mât, pour telle ou
telle couleur de la peinture intérieure. Les soins constants
que l'officier apporte à la bonne tenue de son navire ne se
relâchent jamais par cause de lassitude ou d'ennui, parce
qu'ils sont du ressort de la flânerie, qu'ils ne sont pas une
occupation, mais une distraction; et quand même toutes ces
ressources contre la monotonie de leur existence viendraient

à manquer tout à coup, un véritable marin doit trouver une
jouissance dans la simple contemplation de l'eau coulant le
long du bord. Le commandant est le chef des flâneurs, rien
ne le dérange dans ses fonctions, il se promène sur le pont,
cause, mais observe sans cesse ; il n'est pas de conversation
intéressante qui tienne devant une tache, une négligence, un
fil de caret, un brin de poussière, qui offusque ses regards
clairvoyants.

Dans ce moment, le commandant de l'*Iris*, corvette de
24 canons, se promène à grands pas sur le pont, en compagnie
de son lieutenant qui a la parole, par exception.

— Oui, Commandant, nous débarquâmes tous et portâmes
nos pénates, dans des cabanes non fermées, sur cette petite
île infestée de tigres ; nous craignions tous les soirs d'être
dévorés pendant la nuit. Les hurlements de ces bêtes féroces
dans l'obscurité étaient vraiment effrayants. Cependant, le
jour nous n'en chassions pas moins dans les bois les poules
et les faisans. Un jour, en revenant de la chasse, à dix minutes
de notre petit camp, j'entends un bruissement dans le feuil-
lage d'un fourré épais bordant le sentier que je suivais, je
regarde et j'aperçois quelque chose de fauve et de gros qui
remue ; je fus pris d'une terreur panique, j'étais chargé à
petit plomb ; je file à toutes jambes et, arrivé dans ma
cabane, je charge mon fusil à balle, et rencontrant le maître
d'équipage, je lui demande s'il veut venir avec moi tuer un
tigre. Il accepte avec plaisir, s'arme d'un fusil de munition
et nous voilà partis. Je n'avais qu'une crainte, c'était de ne
plus trouver l'animal. Nous arrivons, et tout palpitants
d'émotion, à quinze pas du fourré, nous voyons encore remuer
les branches : — Attention ! dis-je au maître d'équipage...

Ici le commandant interrompt subitement son second pour
interpeller un officier marinier qui passe.

— Maître Calfat !

— Plaît-il, Commandant.

— Savez-vous si le maître d'équipage a encore de la peau
de vache?

— Oui, Commandant, il en a encore.

— Demandez-lui-en pour réparer trois cuirs des avirons de
mon canot.

— Oui, Commandant.

Le maître calfat s'éloigne, et le commandant continue :
C'est singulier, je ne sais pas si ce sont mes canotiers qui
nagent d'une façon particulière ou si c'est depuis que j'ai fait
doubler mes dames en cuivre, mais le cuir de mes avirons
se mange au portage en un rien de temps; cependant, à bord
de la *Ville-de-Marseille*, j'avais ma yole, etc... Le commandant va passer en revue tous les navires sur lesquels il a été
embarqué; il n'est plus question de l'histoire du tigre; c'est
lui qui a la parole, il ne la cédera plus et parlera deux heures
de cuir et d'avirons, si la vue de quelque infraction ou de
quelque personnage à qui il a affaire ne vient donner un autre
cours à sa pensée et lui faire entamer un autre chapitre.
Mais ne croyez pas que le lieutenant se soit offensé de l'inter-
ruption peu polie de son chef, vraiment non; il lui finira son
histoire un autre jour, et lui expliquera comme quoi son tigre
était un veau. Du reste, il n'est pas bien certain que ce ne
soit pas la vingtième fois que le lieutenant raconte la même
histoire au commandant, mais ce serait la première fois qu'il
en serait exactement de même.

Comme nous l'avons dit, pour arriver à cette béatitude
des justes, à cette parfaite tranquillité de l'esprit qui, malheureusement, donne naissance à l'égoïsme, et qu'on n'observe
que chez les officiers d'un âge mûr, il faut passer par bien
des moments pénibles, et faire en un mot son apprentissage;
car ce n'est qu'après des querelles sans nombre, des disputes
plus absurdes les unes que les autres, que l'on finit par se
dompter soi-même en reconnaissant tout le vide de discus-
sions aussi oiseuses que virulentes.

Mais comment des officiers de bonne éducation, d'une instruction variée, de caractères conciliants, peuvent-ils s'engager dans des querelles absurdes, n'étant pas absurdes eux-mêmes? et comment s'y prennent-ils pour faire un paradis perdu, presque un enfer, d'un séjour qui devrait être un paradis terrestre? Ah! c'est que l'homme n'est pas parfait, et que tout caractère, si bon qu'il soit, a toujours quelques pointes, quelques aiguilles qui piquent et qui ont besoin d'être émoussées pour le rendre sociable dans la vie commune; progrès qui ne s'accomplit du reste que par la perte de l'originalité individuelle.

Le lieutenant de l'*Iris* est un lieutenant de vaisseau célibataire, ayant perdu le premier feu de la jeunesse, et flâneur par excellence : c'est-à-dire bon marin, insouciant et quelque peu égoïste. L'officier de vaisseau a beaucoup de qualités et fort peu de défauts; il n'est ni joueur ni buveur, mais il devient égoïste après quelques années de mer. Il le devient presque par nécessité; car c'en est une pour lui de ne prendre parti ni pour l'un ni pour l'autre, s'il veut conserver sa tranquillité, car comme à chaque campagne on change de visages, et qu'en somme on est obligé de vivre avec toutes sortes de caractères, il faut bien se résoudre à les accepter tous et par suite à ne s'attacher à personne qu'à soi.

Si la marine de guerre ne comptait parmi les membres de son état-major que des officiers déjà d'un certain âge, posés, calmes et impassibles, le bord serait un véritable Eden; on y parlerait peu, il est vrai; il n'y aurait point de joyeuse hilarité ni de ces moments d'expansion qui font vivre doublement, mais du moins on passerait sa vie sans secousse morale, sans illusion et sans déception, on serait heureux enfin par l'absence de tout malheur; mais il ne peut en être ainsi. Tous les petits bâtiments, et c'est la généralité, ont tout au plus un ou deux officiers anciens de grade, et les autres sont des jeunes gens d'environ vingt-cinq ans, des

enseignes de vaisseau dont les angles saillants n'ont pas
encore été émoussés, et dont l'épiderme se rougit bien vite
à l'action d'un frottement réciproque. Ajoutez à ce continuel
contact des officiers entre eux l'irritation causée par une
nourriture échauffante, exclusivement composée de viandes
salées, de moutons maigres, de poules étiques, et presque
toujours l'absence d'eau potable qui les oblige à boire leur
vin pur; car on embarque bien de l'eau douce à bord, mais
dès que les premières caisses sont finies, le commandant,
pour ne pas laisser perdre à son navire ses lignes d'eau, les
fait remplir aussitôt d'eau de mer que l'on vide ensuite dans
la cale pour la laver. Quand on arrive en rade, on remplit
de nouveau ces caisses d'eau douce, et quoiqu'on ait eu soin
de les rincer, l'eau y prend un goût désagréable en peu de
temps; mais comme ces caisses sont sous la main, ce sont
toujours celles-là qu'on épuise les premières, et c'est pourquoi l'on boit presque toujours de l'eau mauvaise. Il faut
encore ajouter, pour les officiers de quart, la privation d'un
sommeil régulier qui ne permet pas à leurs nerfs de se bien
reposer. Toutes ces causes réunies rendent les caractères si
difficiles dans une campagne un peu longue, qu'on serait
tenté de ne plus reconnaître les mêmes gens dont on a apprécié
à terre les bonnes qualités. On en arrive à ce point que pour
la moindre contrariété on se fâche, on se trouve même
insulté, une simple négation devient un démenti.

— Il est neuf heures.

— Non, il est neuf heures et demie.

— Alors je suis donc un imbécile, je ne sais pas ce que
je dis.

Mais il est réellement neuf heures. Les officiers de la
corvette l'*Iris*, qui compte trente jours de mer, vont se
mettre à table; mettons-nous à table avec eux.

Le docteur est un homme d'une quarantaine d'années, plein
de gaîté à terre au milieu de sa petite famille, mais fort

morose et fort chagrin en mer. Son caractère s'aigrit d'autant plus de la douleur de cette séparation forcée, qu'il n'a pas, comme l'officier de vaisseau, un service continuel pour l'occuper et la flânerie pour le distraire. Le marin seul sait se servir d'une longue-vue sans se fatiguer.

Le commissaire a vingt-deux ans.

Le lieutenant à trente-cinq ans.

Célestin, enseigne de vaisseau provenant des maîtres, trente-huit ans.

Béricot, enseigne de vaisseau, vingt-quatre ans.

Salmondi, id., vingt-six ans.

Un aspirant de première classe fait aussi partie de l'état-major, mais il est de quart en ce moment.

LE DÉJEUNER

DE MM. LES OFFICIERS

La scène se passe dans le carré.

PERSONNAGES

LE DOCTEUR.	CÉLESTIN,
LE COMMISSAIRE.	SALMONDI, officiers.
LE LIEUTENANT.	BÉRICOT,
LE MAITRE D'HOTEL.	LE DOMESTIQUE.

LE LIEUTENANT, *entrant dans le carré.*

Eh bien! Maitre d'hôtel, à quoi pensez-vous? Il est neuf heures; servez donc, je vous ferai manger des fers, prenez garde à vous; je vous ai déjà prévenu plusieurs fois.

LE MAITRE D'HOTEL

De suite, Lieutenant, on apporte les côtelettes.

LE LIEUTENANT

Allons, Messieurs les passagers, à table.

13

CÉLESTIN, *de sa chambre.*

Passagers!... vous n'avez pas eu le quart de minuit à quatre, vous.

LE LIEUTENANT

Ce n'est pas une raison pour retarder le déjeuner.

CÉLESTIN

Je ne vous empêche pas de manger.

LE MAITRE D'HOTEL

Messieurs, vous êtes servis.

(*Les convives prennent leurs places ordinaires à table. Chacun est le plus possible en face de la porte de sa chambre.*)

LE COMMISSAIRE

Voilà des côtelettes qui ne sont pas mauvaises; cet animal de cuisinier, il faudra le mettre aux fers toutes les fois qu'il ne les fera pas aussi bonnes.

CÉLESTIN

C'est ennuyeux qu'il n'y ait pas de crachoirs. Lieutenant, ne pourriez-vous pas nous en faire faire?

LE LIEUTENANT

Eh! c'est vous que cela regarde; vous êtes chargé du détail du charpentier.

CÉLESTIN

Je le lui ai dit déjà plus de vingt fois, mais il prétend que vous lui donnez toujours des ouvrages plus pressés.

LE LIEUTENANT

C'est un blagueur.

CÉLESTIN

Eh bien! nous allons voir; s'il ne fait pas mes crachoirs, je le mets aux fers.

LE COMMISSAIRE

Voilà un verre qui est sale, Maître d'hôtel, malpropre que vous êtes, on vous mettra aux fers, tonnerre! si vous ne faites pas plus d'attention. (*Il crache.*) Tonnerre!...

LE DOCTEUR

Commissaire, vous me dégoûtez de cracher ainsi.

LE COMMISSAIRE, *aigrement.*

Et que voulez-vous que j'y fasse? je suis enrhumé.

LE DOCTEUR

Vous êtes enrhumé, c'est bien! mais ce n'est pas une raison suffisante pour expectorer sous mon nez.

LE COMMISSAIRE

Expectorer!...

LE DOCTEUR

Oui, expectorer. Allez expectorer dans votre chambre.

LE COMMISSAIRE

Dans ma chambre! me lever de table chaque fois, merci.

LE DOCTEUR

Eh bien! expectorez dans votre mouchoir.

LE COMMISSAIRE

J'ai des mouchoirs pour me moucher, mais pas pour expectorer. S'il y en a dans votre pharmacie à cet usage prêtez-m'en.

LE DOCTEUR

Il n'est pas moins fort désagréable de manger à table à côté de quelqu'un qui semble prendre à tâche de vous dégoûter.

LE COMMISSAIRE

Ah! si vous n'êtes pas content, allez déjeuner ailleurs, tonnerre!

LE DOCTEUR, *grommelant.*

Déjeuner ailleurs, déjeuner ailleurs!...

SALMONDI

Docteur, faites-vous usage du traité des petites vertus, on en a souvent besoin dans ce monde?

LE COMMISSAIRE

Surtout à votre égard.

SALMONDI

Oui, mon bon, pour moi, pour tout le monde, voire même pour vous.

LE DOMESTIQUE

Ah! Monsieur de Béricot, voilà un de vos oiseaux qui s'est noyé dans votre pot-à-l'eau!

BÉRICOT, *se levant vivement.*

Est-il mort? Oh! la pauvre bête!...

LE DOMESTIQUE

Prenez garde, vous marchez sur l'autre.

BÉRICOT

Animal, tu ne pouvais pas me prévenir plus tôt?

LE DOMESTIQUE

Je n'étais pas sûr que vous alliez marcher dessus.

BÉRICOT, *revenant à table.*

Pauvres bêtes, ils sont bien morts, je n'ai pas de chance. Mais aussi il n'est pas possible de voir des butors comme ces domestiques. C'est comme ces pauvres petits pluviers que j'avais dénichés en Islande l'année dernière; tu me les as laissé mourir pendant que je faisais de l'hydrographie.

LE DOMESTIQUE

Oh! Monsieur, je les ai bien soignés au contraire; même que je leur avais fait un nid avec de la ouate.

BÉRIGOT

Comment! mais je les avais apportés dans leur nid.

LE DOMESTIQUE

Oui, Monsieur, mais ce nid-là était mal fait; j'en ai fait un moi-même qui était bien plus chaud.

BÉRICOT

Double brute!

(*Le domestique se retourne et essuie vivement une assiette, seul indice de l'indignation que lui cause l'injustice de son maître.*)

SALMONDI

Bah! après tout, ce n'est un malheur que pour vous, car je suis bien certain que vos oiseaux à l'heure qu'il est sont enchantés d'être morts.

BÉRICOT

Vous croyez peut-être que l'esprit consiste à soutenir des paradoxes?

SALMONDI

Pouvez-vous nier que ces pauvres bêtes ne soient délivrées de leurs souffrances?

BÉRICOT

Quelles souffrances? Ils ne souffraient pas, j'en avais le plus grand soin.

SALMONDI

Très-bien! mais n'étaient-ils pas privés d'air et de soleil?

BÉRICOT

Est-ce ma faute à moi? Je n'ai pas de cage. Ils se seraient envolés si je les avais mis sur le pont. Je voudrais bien savoir comment vous leur auriez donné du soleil, vous qui savez tout faire?

SALMONDI

Mon Dieu! je ne dis pas qu'il y ait de votre faute; mais enfin ils souffraient, et seraient morts infailliblement un peu plus tard, car ils souffraient.

BÉRICOT

Ils ne souffraient pas.

SALMONDI

Mais vous venez d'en convenir.

BÉRICOT

Je ne suis convenu de rien.

SALMONDI

Mais vous venez de convenir qu'ils étaient privés de soleil.

BÉRICOT

Oui, je l'ai dit, parce que c'est vrai, mais autrement ils ne souffraient pas.

SALMONDI

Ces petites bêtes-là ne se nourrissent que de graines, et vous ne leur donniez que de la mie de pain à manger.

BÉRICOT

Eh! comment auriez-vous fait, vous? Y a-t-il de la graine en pleine mer? Vous savez bien qu'ils sont tombés à bord en partant de Toulon. N'est-ce pas insupportable que vous veniez me chercher querelle à propos de rien?

SALMONDI

Mais je ne vous cherche pas querelle.

BÉRICOT

Tenez, laissez-moi tranquille, il faut toujours vous céder, et vous élèveriez une seconde dispute pour prouver que vous êtes un homme conciliant, tandis que vous êtes d'une humeur dominatrice!

SALMONDI

Le fait est que je suis un grossier despote.

CÉLESTIN

Je ne puis pas souffrir les despotes, moi.

SALMONDI

Mangez, Célestin, et laissez les tyrans en paix.

LE LIEUTENANT

Que diable avez-vous contre les despotes, Célestin?

CÉLESTIN

Rien, je ne les aime pas, voilà tout.

LE LIEUTENANT

Vous aviez une idée, Célestin ; faites-nous en part.

CÉLESTIN

Je n'avais pas d'idée, j'ai dit cela seulement à cause de Salmondi qui ressemble à un de mes amis qui voulait toujours avoir raison. C'est le frère de ma femme, il a un enfant de onze ans et le fait toujours lire le soir, sous prétexte de se faire endormir.

LE LIEUTENANT

Eh bien !

CÉLESTIN

Eh bien ! c'est du despotisme, de la tyrannie.

SALMONDI

Et vous me comparez à ce tyran féroce?

CÉLESTIN

Vous avez encore l'air de rire ; mais ce que j'ai dit n'en est pas moins vrai.

SALMONDI

Je n'en doute pas. Seulement les mots de tyrannie et de despotisme n'ont pas le même sens pour moi que pour vous, car je trouve fort simple qu'un père, soit couché, soit debout, soit assis, fasse lire son fils.

CÉLESTIN

Vous n'y voyez pas de tyrannie? du reste, cela ne m'étonne pas, vous ne voyez jamais comme les autres. Je trouve du dernier despotisme qu'on fasse lire un pauvre enfant pour s'endormir. J'ai des enfants, moi, et jamais l'idée ne m'est venue de me faire lire des histoires pour m'endormir.

SALMONDI

Franchement, mon cher, vous voulez plaisanter?

CÉLESTIN

Pas du tout.

SALMONDI

Alors, je suis un fameux despote, car je suis capable de me passer cette atroce fantaisie.

CÉLESTIN

On sait bien d'ailleurs que vous êtes d'une famille de despotes. Vous croyez que tout vous est permis parce que vous avez des protections, tandis que moi...

SALMONDI

Vous êtes le fils de vos œuvres; c'est connu. Quelle modestie!

CÉLESTIN

Vous avez l'air de rire comme toujours et de vous moquer des autres, il n'est pas moins vrai qu'il est très-despotique de faire lire un pauvre petit enfant en le privant de sommeil. Un père n'a pas ce droit-là; tout le monde sera de mon avis. N'est-ce pas, Commissaire?

LE COMMISSAIRE, *qui n'est pas à la question.*

Certainement, tonnerre!

CÉLESTIN

Empêcher un pauvre enfant de dormir et trouver cela bien, il faut absolument...

SALMONDI

Empêcher un enfant de dormir?...

CÉLESTIN

Vouloir contrarier les gens.

SALMONDI

Mais vous changez la question.

CÉLESTIN

Jusqu'à une heure, deux heures du matin.

SALMONDI

Mais que ne le disiez-vous? vous avez changé la question.

CÉLESTIN

C'est vous qui changez toujours la question, n'est-ce pas Commissaire?

LE COMMISSAIRE

Certainement, tonnerre !

SALMONDI

Espèce d'horloger. (*Hors logé.*)

(*Les administrateurs du grade du commissaire de l'Iris sont privés de frais de logement à terre, on ne sait trop pourquoi.*)

CÉLESTIN

Il n'y a que quand on veut faire de l'opposition quand même que...

SALMONDI

Je suis à présent de votre avis.

CÉLESTIN

Que l'on peut trouver bien...

SALMONDI, *accentuant*.

Je... suis... de... votre... avis.

CÉLESTIN

Il faut vouloir chercher dispute à tout prix.

SALMONDI, *impatienté*.

Mais je suis de votre avis.

CÉLESTIN

Quand on ne demande qu'à vivre en paix, être toujours à se disputer à cause d'une seule personne. Soutenir la cause d'un ivrogne, qui se fait endormir en privant un pauvre enfant de sommeil jusqu'à des quatre heures du matin.

SALMONDI (*A part.*)

Au diable, l'animal! (*Haut.*) Traité des petites vertus, traité des petites vertus!...

LE DOCTEUR

Le Traité des petites vertus! J'ai vu ce petit livre-là, à Rochefort, chez mon cousin le renégat.

SALMONDI

Vous avez un cousin renégat? Que diable fait-il des vertus petites ou grandes?

LE DOCTEUR

Mais c'est un fort honnête homme, quoique renégat.

SALMONDI

Peuh!

LE DOCTEUR

Quoi, peuh! vous allez me soutenir le contraire?

SALMONDI

Ma foi non, mais je fais peuh!

LE LIEUTENANT

A propos de quoi votre cousin, docteur, est-il devenu renégat.

LE DOCTEUR

Il a épousé une protestante et il s'est fait protestant.

SALMONDI

Il adorait donc le Coran, votre cousin?

LE DOCTEUR

Il était catholique et il s'est fait protestant.

SALMONDI

Je prends la défense des absents, moi, et je ne vous permets pas, docteur, d'appeler votre cousin un renégat; vous l'injuriez sans raison. Ce n'est pas un renégat.

LE DOCTEUR

Comment, ce n'est pas un renégat! On voit bien que vous ne savez pas ce que c'est qu'un renégat.

SALMONDI

Mieux que vous, je pense.

LE DOCTEUR

Renégat vient du latin *negare*, nier, qui renie, renégat; c'est évident.

SALMONDI

Fort bien! mais qu'est-ce que cela prouve? Si je niais que vous fussiez un docteur fort érudit, à votre compte, je serais aussi un renégat?

LE DOCTEUR

Nier, qui nie, renégat, donc mon cousin est un renégat; enfin, n'est-ce pas vrai, Commissaire?

LE COMMISSAIRE

Certainement, tonnerre!

SALMONDI

Morbleu! mais votre cousin était chrétien avant son mariage, il est encore chrétien après; ce n'est pas un renégat, c'est un protestant.

LE DOCTEUR

C'est un protestant, c'est vrai, mais c'est un renégat, et vous aurez beau faire, celui qui renie sa religion est un renégat.

SALMONDI

Allons donc ! il y a des schismatiques, il y a des hérétiques, il y a des apostats, il y a des protestants, et votre cousin serait tout cela avant d'être un renégat. Enfin, Lieutenant, je vous fais juge.

LE LIEUTENANT

Oh ! je ne me mêle pas de vos disputes qui sont fatigantes.

SALMONDI

Très-bien !

LE DOCTEUR

Il ne connaît pas mon cousin, et veut savoir mieux que moi s'il est renégat ou non. Hum ! hum ! *negare,* nier, qui renie, renégat : c'est évident, tout le monde sait cela.

CÉLESTIN

Le fait est que Salmondi veut toujours avoir raison.

SALMONDI

Tu quoque ?

CÉLESTIN

Puisque vous ne connaissez pas son cousin.

LE DOCTEUR

Il faudrait toujours lui céder. Hum ! hum ! On ne peut pas déjeuner tranquille. Avec vous les disputes ne finissent jamais.

SALMOND I

Après tout, cela m'est bien égal.

LE DOCTEUR

Negare, nier.

SALMONDI. (*A part.*)

Oui, niais.

LE COMMISSAIRE

Maitre d'hôtel, n'avez-vous plus rien à nous servir?

LE MAITRE D'HOTEL

Non, Messieurs.

CÉLESTIN

Tiens, je croyais qu'il y avait des œufs frais.

LE MAITRE D'HOTEL

Il y en a trois, mais le cuisinier les a sans doute oubliés.

(*Un domestique entre et apporte trois œufs dans une assiette, deux fort petits et un fort gros.*)

LE COMMISSAIRE

Animal! il fallait servir cela en premier; des œufs à la coque à la fin d'un déjeuner !...

LE DOMESTIQUE

Le cuisinier les avait oubliés. Les deux petits sont de jeudi et le gros est d'hier.

CÉLESTIN.

Trois œufs pour six, comment allons-nous partager?

LE DOCTEUR

Ma foi, je n'en mange pas.

SALMONDI

Il y en a un qui est superbe! C'est que j'ai encore faim.

BÉRICOT

Mangez-les tous les trois.

SALMONDI

Allons donc !... Ce gros œuf est magnifique. (*Il le prend et le retourne dans sa main.*)

LE COMMISSAIRE

Ma foi, j'en prends un petit. Oh! ils sont déjà froids, dépêchez-vous de les manger.

CÉLESTIN

Je vous laisse ma part.

BÉRICOT

Alors, que Salmondi mange le gros, puisqu'il y tient tant.

SALMONDI

Oh! je n'y tiens pas tant que cela; je n'en veux même pas. (*Il le remet dans le plat.*)

LE LIEUTENANT

Allons, mangez-le; ne faites pas de façons.

SALMONDI

Non.

BÉRICOT

Ma foi, on ne va pas vous prier. Lieutenant, nous allons tirer au sort qui de nous deux aura le gros.

LE LIEUTENANT

Non, donnez-moi le petit.

BÉRICOT

Du tout, du tout, tirons au sort. (*Il prend un œuf dans chaque main et les change sous la table, puis il présente au lieutenant ses deux poings d'une inégale grosseur.*) Choisissez.

LE LIEUTENANT, *souriant, frappe sur le plus petit poing.*

Je prends celui-ci.

BÉRICOT

C'est le sort qui a décidé, ma foi, je le mange sans remords... Il est délicieux.

LE COMMISSAIRE

Le mien était très-bon aussi. J'aime mieux d'ailleurs les petits œufs que les gros.

LE LIEUTENANT

Moi, j'aime mieux les gros.

CÉLESTIN

Moi, je trouve les petits plus délicats.

SALMONDI

Moi, je suis comme Béricot, j'aime mieux les gros.

BÉRICOT

Comment! comme moi? Je n'ai pas parlé de cela.

SALMONDI

Vous avez mieux fait que de le dire, vous l'avez prouvé par une manœuvre fort adroite, et qui m'a fort amusé, soit dit sans vous offenser.

BÉRICOT

Je ne sais ce que vous voulez dire.

SALMONDI

J'avoue que votre petite tactique m'a fort diverti; et qu'elle m'a été une agréable compensation au serrement de cœur que j'ai éprouvé en vous voyant engloutir ce bel œuf, car réellement j'en étais fort amateur.

BÉRICOT

Il fallait donc le prendre, je vous l'ai proposé; je n'y tenais nullement, cela aurait bien mieux valu que de venir à présent me le reprocher.

SALMONDI

Je ne vous reproche rien, je dis seulement que je suis comme vous, j'aime mieux les gros; d'ailleurs, c'est une plaisanterie.

BÉRICOT

Oui, mais tout est plaisanterie avec vous, et j'en suis las de vos plaisanteries. D'autant plus qu'on sait bien ce que vous voulez dire; personne ne se trompe à vos paroles, et votre humeur querelleuse est trop connue pour que...

SALMONDI.

Ah çà! Béricot, sur quelle herbe avez-vous donc marché ce matin?

BÉRICOT

C'est vrai; je suis aussi conciliant que possible; je lui offre même de manger les trois œufs; il n'en veut pas. Je tire ensuite au sort avec le lieutenant, pour savoir qui de nous deux aura le gros; pouvais-je mieux faire? Et il vient me chercher querelle.

SALMONDI

Béricot!

BÉRICOT

Me chercher querelle pour un œuf, pour un œuf que je mange plutôt que lui.

SALMONDI

Béricot!

BÉRICOT

Ce n'est pas tenable à la fin.

SALMONDI

Ah çà! Béricot, vous allez me faire le plaisir de me laisser la paix.

BÉRICOT

Eh! si cela me convient, il y a trop longtemps qu'on vous cède, et qu'on vous prie de nous la laisser la paix à nous tous. Il est facile de dire laissez-moi la paix quand on a élevé des querelles avec tout le monde.

SALMONDI

Vous êtes assommant; tenez, laissez-moi tranquille, vous

m'agacez, vous me portez sur les nerfs ; vous voyez bien que
je me contiens.

BÉRICOT

Et moi aussi je me contiens depuis trop longtemps.

SALMONDI

Eh bien ! ne vous contenez plus, et allez au diable.

A peine Salmondi avait-il fini sa phrase que son adversaire
lui avait appliqué sur la joue un grossier soufflet.

SCÈNES DE LA VIE DE BORD

———◦———

LE DÉJEUNER

DE MM. LES OFFICIERS

(SUITE)

Prompt à s'interposer, le lieutenant s'est placé entre les deux champions ; son devoir dominant son égoïsme, il a fait ses efforts pour empêcher le scandale d'une voie de fait de se répéter, et il y a réussi. L'extrémité à laquelle s'est laissé emporter Béricot est heureusement aussi rare à bord que les querelles y sont fréquentes. Salmondi tenu en échec reprit son sang-froid, se rassit et dit simplement : Vous m'en rendrez raison, Monsieur.

M. Charles-Alexandre de Béricot est un jeune homme de bonne famille, grand, bien fait de sa personne. Sa figure est belle quoique un peu mélancolique ; il porte les cheveux longs, et leur couleur foncée contraste avec le bleu limpide

de ses grands yeux; de manières distinguées, il porte son
uniforme avec grâce. On dit de lui : C'est un aimable et joli
garçon, un charmant officier. Son caractère est doux et pacifique, mais incapable de se contenir dès qu'une contrariété
assez forte est venue déranger son équilibre. C'est d'ailleurs
le propre de tous les gens pacifiques au delà des bornes
raisonnables, de s'emporter aussi au delà de toute mesure.
Ces deux extrêmes sont la conséquence d'une faiblesse de
caractère.

Béricot avait donc senti s'amasser dans son cœur une
montagne d'irritation, fruit d'une trop longue patience, et
toute sa mauvaise humeur s'était concentrée sur la tête de
Salmondi.

Salmondi était un homme de moyenne taille, mais large
des épaules, trapu, et fort comme un taureau, d'une jolie
figure aussi, quoique un peu colorée; cheveux noirs, grands
yeux noirs. Il était d'une extrême vivacité, emporté par
tempérament, mais sachant souvent se contenir; son
érudition, son imagination, sa merveilleuse mémoire, et
surtout un sens droit et juste, le sens commun, c'est-à-dire
le sens le plus rare, comme on l'a fort bien dit, lui donnaient
un avantage marqué sur les autres membres de l'état-major.
C'est un grand tort que d'avoir toujours raison, surtout
quand, comme Salmondi, on possède un esprit persifleur,
abusant de la victoire, et ajoutant la raillerie à la justesse
des arguments. Souvent un adversaire, qui ne demanderait
pas mieux que de se rendre à la raison, est poussé par une
piqûre d'amour-propre à soutenir les plus grandes absur-
dités, pour avoir été blessé par une raillerie au moment où
il allait capituler de bonne grâce. D'ailleurs, à bord la supériorité d'un individu se manifestant sans relâche dans chacune
de ses paroles, dans la moindre de ses actions, sans qu'il soit
possible de s'y soustraire, est rarement acceptée sans jalousie,
si le caractère de ce personnage le mieux doué sous le rapport

des facultés intellectuelles n'est pas aussi d'une extrême
réserve et d'une extrême douceur. Il y a des gens qui, ayant
raison, vous font avaler leur logique avec les plumes et la
queue de peur de vous en laisser perdre ; qui ne vous
permettent pas le plus léger écart original, et finissent par
se faire prendre en grippe eux et leur raison. Voilà ce qui
était advenu à Salmondi à cause de son persiflage continuel
et quoiqu'il fût toujours le premier à revenir de ses plaisanteries quelquefois déplacées ; condescendance d'ailleurs peu
méritoire, il est si facile de faire le bon prince quand on est
victorieux. Gai compagnon, Salmondi était toujours invité
des premiers aux diners que les divers bâtiments de l'État se
donnent entre eux quand ils se trouvent ensemble sur quelque
rade étrangère. Là, il prenait toujours quelqu'un à parti, et
l'abrutissait, amicalement s'entend. Souvent il rencontrait
plus fort que lui, mais alors il faisait une fugue et tombait
sur un autre. Si quelques-uns de ses camarades du même
grade se trouvaient capitaines de petits navires, comme
goëlettes ou côtres, son plus grand plaisir était de leur dire,
quand il déjeunait avec eux : Je vais être nommé lieutenant
de vaisseau, et le ministre doit me donner votre commandement ; mais soyez tranquille, je vous garderai pour mon
second ; seulement, je vous ferai changer la couleur de
l'intérieur. Où diable avez-vous été pêcher une pareille
nuance ? Votre mâture est trop inclinée, vous voulez singer
les Américains, etc... il partait de là pour tout critiquer. Le
mieux était d'en rire, car il le faisait par pure plaisanterie,
et pour pouvoir dire : Je viens de faire endêver un tel ou un
tel. Du reste, brave jusqu'à la témérité, il eût risqué sa vie
pour celui qu'il venait de contrarier de propos délibéré un
quart d'heure auparavant. Cependant, en somme, on peut
dire qu'à la distribution des caractères il eût pu en choisir
un autre.

Béricot, déchargé du poids qui l'oppressait par l'explosion

de son offense, sentit bientôt l'abattement remplacer son irritation; il monta sur le pont et s'asseyant sur le couronnement, plongé dans ses pensées, se mit à regarder couler l'eau.

On savait que Salmondi n'était pas homme à garder un soufflet; cependant le lieutenant essaya d'arranger l'affaire, mais ne pouvant y parvenir, il en référa au commandant.

Le commandant fit mander Salmondi.

— Monsieur, lui dit-il, vous avez eu avec votre collègue, M. de Béricot, une altercation des plus malheureuses; j'espère que vous aurez assez d'égards pour moi pour ne pas pousser les choses plus loin.

— Mais, Commandant, répliqua Salmondi, j'ai reçu un soufflet.

— Je le sais, Monsieur, mais c'est vous qui aviez tort.

— Permettez-moi de vous dire, Commandant, que vous avez été mal renseigné.

— Point du tout, Monsieur, je sais fort bien comment les choses se sont passées, vous avez provoqué M. de Béricot.

— Du tout, Commandant, j'ai au contraire été provoqué par tout le monde.

— Allons, allons, dit le Commandant, ne changez pas les rôles; je connais Béricot, il est doux et pacifique, et il faut que vous ayez eu de grands torts à son égard pour qu'il se soit emporté si loin en dehors des habitudes de son caractère.

— Mais, Commandant, voici comment les choses se sont passées.

— C'est inutile, Monsieur, je suis parfaitement informé, et tous ces Messieurs vous donnent tort.

— Ah! c'est très-bien! Commandant; injurié et battu, il ne me reste plus qu'à faire des excuses et à être content.

— Je ne vous force pas à faire des excuses à M. de Béricot, mais je vous prie de vous réconcilier avec lui, et, à cet effet, nous allons déboucher une bouteille de champagne,

— Oui, dit Salmondi, pour trinquer avec tous ces Messieurs qui me donnent tort, et me pardonneront gracieusement à cette occasion. Vous n'êtes pas sérieux, Commandant?

— Comment? mais très-sérieux, vous acceptez?

— Vous plaisantez, Commandant.

— Vous refusez?

— Parbleu, cent fois pour une. Merci bien de votre obligeance.

— Réfléchissez, M. Salmondi.

— Il n'est pas besoin de réflexion, ce que vous me proposez est par trop...

— Achevez!...

— C'est inutile.

— Eh bien! Monsieur, rendez-vous à votre chambre et gardez-y les arrêts.

— C'est la dernière raison des commandants qui ont tort, dit Salmondi en s'éloignant; pendant que le commandant murmurait entre ses dents : Caractère indécrottable.

Salmondi se rendit dans sa chambre et garda des arrêts peu propres à calmer son ressentiment.

La chambre d'un officier à bord d'une corvette comme l'*Iris* est tout juste assez grande pour pouvoir mettre une chaise devant le secrétaire ouvert. En fermant le secrétaire et en reléguant la chaise dans le grand carré on a la possibilité de faire un pas dans l'espace laissé libre. Les arrêts des officiers sont donc le *carcere duro* poussé à sa dernière limite. L'officier puni ne peut bouger de sa chambre, il y mange sur ses genoux comme il le peut; les hublots étant fermés à la mer, il se passe d'air, et se trouve condamné à l'immobilité absolue pendant la durée de sa punition; il reste assis ou couché pendant tout ce temps-là, et par les chaleurs des tropiques les arrêts deviennent une torture physique.

On a aboli les peines corporelles pour les matelots, c'est

fort bien, mais n'aurait-on pas pu s'intéresser au sort de ces
malheureux officiers que le ressentiment d'une autorité sans
contrôle peut condamner à une souffrance longue et souvent
sans bon résultat. L'officier qui a souffert d'une trop rude
correction en conserve longtemps le souvenir, et souvent
gardant rancune à son commandant, s'il se tient dans les
limites du réglement, remplit désormais ses fonctions sans
zèle et sans aucun profit pour le bien du service. Ne pour-
rait-on, puisqu'il faut emprisonner par punition des gens déjà
en prison, leur laisser au moins la jouissance de la chambre
commune du carré, et ne renfermer un officier chez lui au
secret, comme un criminel, que pour des infractions graves?

Salmondi vit ses arrêts levés au bout de trois jours, et
reprit ses fonctions ordinaires; il fit son quart comme de
coutume, mangea à table à sa place ordinaire, et ne tarda
pas à s'apercevoir que personne ne lui adressait plus la parole
ni ne répondait à ses questions : Salmondi était en quarantaine.

Mais pour le moment peu lui importait, il ne pensait qu'à
sa vengeance qui ne pouvait se faire attendre, car on était en
vue de terre, et la corvette, poussée par une fraîche brise,
n'allait pas tarder à serrer le vent pour aller jeter l'ancre sur
la rade de Fort-de-France.

Le soir du même jour la corvette était mouillée.

Aussitôt l'ancre au fond, le premier soin du commandant
fut d'aller rendre sa visite au chef de la station dont le
pavillon flottait au mât d'artimon de la frégate la *Clio*.

Après avoir vidé les questions qui touchaient le but de sa
mission, le commandant de l'*Iris* fit part à l'amiral des
événements du bord. Ils en conférèrent longtemps entre eux,
et après mûr examen, l'amiral signa le débarquement de
Salmondi qu'il prit à son bord, et donna en échange à l'*Iris*
un de ses propres officiers. Les autorités se flattèrent ainsi
d'étouffer le germe de l'incendie. Ils eussent mieux fait de
les faire se battre de suite et s'embrasser après.

Salmondi fit son paquet et partit sans saluer personne, mais glissa deux mots seulement à l'oreille de Béricot : à bon entendeur salut.

Béricot prit Célestin pour son témoin. Célestin se serait bien passé de l'honneur ; le brave garçon était très-peiné de ce qui était arrivé, au fond il aimait autant Salmondi que Béricot, et Béricot que Salmondi. Béricot, de son côté, n'avait aucune envie de tuer Salmondi, sa colère était tombée, mais il ne pouvait se résoudre à faire des excuses, d'autant plus que les autorités, s'étant mêlées de l'affaire, avaient tout envenimé en écrasant Salmondi, dont le cœur ulcéré devait être impatient d'une éclatante revanche.

Salmondi, à bord de la frégate, raconta ses aventures, suivant la plus exacte vérité ; il convint des torts antécédents qu'il avait eus à l'égard de ses collègues, mais fit bien ressortir comment ayant pris le parti sincère de se corriger, il avait vu ses camarades devenir à son égard de plus en plus intolérants à mesure qu'il leur cédait davantage. Puis il raconta la scène de l'œuf à la coque. Il fut compris facilement par des officiers ayant tous passé par là plus ou moins, et fut approuvé dans sa conduite ultérieure. On juge plus équitablement une question quand on n'y est pas intéressé.

Un des officiers de la frégate s'offrit pour être son témoin.

Sur ces entrefaites, Célestin arriva à bord, à l'effet de régler les conditions du combat. Il ne fut pas parlé d'excuses ni d'aucune espèce d'arrangement, trop de gens avaient pris part à la querelle.

Il fut donc convenu entre les témoins qu'on se battrait au pistolet, à vingt-cinq pas, et que le duel aurait lieu le jour où Salmondi et Béricot seraient libres en même temps. Si les témoins n'étaient pas libres, ils se feraient remplacer dans leur service.

Ce fut un samedi soir, par un temps magnifique, que les deux champions, accompagnés de leurs témoins, se réunirent au rendez-vous écarté où Salmondi attendait trouver la satisfaction de l'offense faite à sa personne. Quant à lui, aucun trouble ne précipitait les battements de son cœur, la vengeance seule l'animait, il lui semblait impossible qu'il ne pût l'atteindre; la confiance était peinte sur sa figure, quoiqu'une agitation fébrile, causée par une rare impatience, en contractât souvent les traits. Il semblait sûr de la victoire, et cependant il était fort médiocrement adroit.

Béricot, au contraire, était triste et abattu. Sorti violemment de son caractère, il n'avait pu rentrer dans son calme habituel, et courbait la tête, non pas devant le danger, mais devant ce malheur d'avoir à tuer un camarade qu'il avait souffleté. Il était fort adroit au pistolet.

Cependant les témoins tirèrent au sort pour savoir qui ferait feu le premier, et le hasard favorisa Béricot.

Ceux-ci placèrent les combattants à vingt-cinq pas l'un de l'autre, et au troisième coup frappé dans les mains, le coup partit et la balle perça les airs bien loin des oreilles de Salmondi. Béricot avait tiré en l'air.

Salmondi fut un instant avant de comprendre, tout occupé qu'il était à recevoir la balle meurtrière, mais son adversaire avait tiré en l'air d'une manière si visible qu'on ne pouvait s'y tromper : bientôt la lumière se fit jour dans son esprit, et sentant sa vengeance lui échapper, la colère vint troubler sa raison.

— Ah! s'écria-t-il, ceci est le coup de grâce; je ne m'attendais pas à cette dernière lâcheté.

Célestin s'approcha de Béricot et lui dit : Vous avez tort, il faut vous battre sérieusement.

— Eh! voulez-vous que je le tue? répondit douloureusement Béricot.

En ce moment le témoin de Salmondi s'avança en leur demandant s'ils étaient venus pour se battre ou pour plaisanter.

— Pour nous battre certainement, répondit Célestin.

14

— Dites à Salmondi, ajouta Béricot, qu'il peut tirer sur moi.

— Il ne tirera qu'après vous, Monsieur, s'il vous reste assez de cœur pour le regarder en face.

— Dites-lui donc alors que je vais tirer sur lui.

Le témoin se retira, et Célestin rechargea le pistolet.

— Non, Célestin, voyez-vous, c'est plus fort que moi, je ne saurais le tuer, j'ai mangé trop longtemps avec lui, j'aimerais mieux lui serrer la main.

— Eh! que diable! on ne fait pas toujours ce qui plaît le plus; il faut faire son devoir, c'est bien plus difficile que d'être bon enfant.

— Ah! le tuer!... Non!...

— Eh! tirez à côté si vous voulez, en ayant l'air de le viser, vous êtes assez adroit pour le manquer; il ne sait pas tirer, lui, et vous en serez quitte pour vous embrasser.

Célestin lui remit le pistolet chargé, et s'éloignant de quelques pas, donna de nouveau le signal en frappant dans ses mains.

Salmondi entendit siffler la balle.

— Ah! enfin, c'est à moi, dit-il, en poussant un profond soupir.

Le coup part, et Béricot tombe frappé au cœur.

Salmondi, en rentrant à bord, fut mis de par l'amiral aux arrêts jusqu'à nouvel ordre.

Cependant comme les informations prises par les autorités sur la manière dont l'affaire avait eu lieu tendaient toutes à prouver que Salmondi s'était conduit loyalement, et que par suite le délit commis ne ressortait plus de leur compétence, l'officier fut relâché au bout de huit jours. Salmondi reprit son service et sa liberté, l'amiral se réservant de le renvoyer en France à la première occasion pour le remettre à la disposition du ministre. Hélas! le malheureux officier ne revit pas la France...

Salmondi, vainqueur et satisfait dans sa vengeance, ne tarda pas à entendre une voix dans sa conscience qui lui reprochait d'avoir tué un camarade. C'est alors surtout qu'on se repent de n'avoir pas été au-devant d'excuses faites sincèrement.

Les officiers de la frégate, quoique convaincus de son bon droit, ne purent s'empêcher de laisser percer à l'œil pénétrant de Salmondi l'espèce d'horreur qui s'attache toujours au meurtrier. Célestin, dans sa douleur, avait eu de son côté la regrettable imprudence de laisser entendre que Béricot avait tiré exprès à côté de Salmondi. Ce bruit était parvenu à l'oreille de ce dernier, comme un glas funèbre; le malheureux, dès ce moment, n'eut plus de repos. Il avait immolé son généreux rival, rien ne pouvait plus fermer cette plaie saignante.

Salmondi chercha à s'étourdir, et ne pouvant y parvenir, (ne devient pas buveur qui veut), se lança dans les excentricités les plus bizarres. Montant les chevaux les plus fougueux, on le vit sur la grande route faire sauter son cheval par dessus des barrières et des poteaux, descendre ventre à terre les côtes les plus rapides, faire en un mot mille extravagances. Ses chutes étaient fréquentes, mais jamais il n'en reçut la moindre égratignure. Son audace lui valut une réputation colossale, et lui donna un aplomb que les créoles, peu patients de leur naturel, ne tardèrent pas à vouloir corriger.

Un jour, Salmondi se trouvait dans une de ces soirées de jeu que les créoles se donnent encore entre eux, quoique la fureur des cartes soit bien tombée depuis que les nègres ne sont plus là pour combler les pertes des joueurs malheureux.

On jouait le whist à vingt francs la fiche et de sérieux paris étaient engagés; Salmondi debout, le dos tourné à la table de jeu, semblait se mirer dans une glace placée en face de lui et frisait ses favoris, quand un démêlé survint entre les joueurs. L'un d'eux prétendait que son adversaire avait

renoncé à une couleur, et mis du cœur sur du pique quand
il avait encore du pique en main ; celui-ci soutenait le contraire. Les enjeux étaient très-élevés et la querelle s'échauf-
fait, quand Salmondi, se retournant tout à coup, dit gravement en désignant le joueur accusé : — « Monsieur a
renoncé à pique.

— Mais, lui dit celui-ci, avez-vous suivi la partie?

— Monsieur, répondit Salmondi en allongeant le bras vers
son interlocuteur, Monsieur a renoncé à pique.

— Mais avez-vous suivi la partie?

— Monsieur a renoncé à pique, dit l'imperturbable
Salmondi.

— Mais, dit le partenaire du joueur accusé, vous aviez le
dos tourné, Monsieur.

— J'avais le dos tourné, répondit Salmondi en allongeant
de plus en plus le bras vers le joueur, mais Monsieur a
renoncé à pique.

— Et que diable, Monsieur, y voyez-vous par derrière?

— Monsieur a renoncé à pique.

— Eh! gardez votre bras près de vous, Monsieur, vous
me fatiguez.

Salmondi allongea le bras jusque sous le nez du joueur :

— Pour la dernière fois, dit-il, Monsieur a renoncé à
pique. »

Le créole exaspéré lui dit : — « Monsieur, on ne se moque pas
de moi impunément. Je me nomme Adolphe de Bonichen,
voici ma carte, nous nous reverrons demain matin.

— Mon témoin attendra le vôtre, Monsieur, répondit
Salmondi, qui s'éloigna en murmurant entre ses dents : Il a
pardieu bien renoncé à pique. »

Le lendemain au matin les deux champions étaient en
présence. On se battait au fleuret. Bonichen était passé maître
dans l'art de manier cette arme. Salmondi, au contraire,
n'avait pris que quelques leçons toutes récentes, car c'est

une nécessité des extravagants et des originaux que de savoir
tenir une épée ou un pistolet. Son maître d'armes voyant
qu'il n'avait pas les premières notions de l'art, avec ce tact
qui distingue ceux de sa profession, avait deviné que son
élève ne tarderait pas à se battre, et s'était borné à lui
apprendre la botte qu'il appelait la *botte aux ânes*. Salmondi
ne connaissait que cela, mais pendant trois semaines, deux
heures par jour, il avait constamment tiré la *botte aux ânes*
et y était devenu très-fort.

Au signal donné les fers sont croisés ; mais comme Bonichen
s'asseyait sur ses jarrets en maniant le fer de son adversaire
et sentant sa supériorité, s'apprêtait à lui porter une botte
sûre, mais peu dangereuse (on regrette toujours la mort
d'un jeune officier), Salmondi, prompt comme l'éclair, se
fend en avant du pied gauche en se dérobant sous le fleuret
de son ennemi et le transperce de part en part.

Bonichen tombe blessé mortellement. Salmondi le regarde
en riant et lui dit : « Vous aviez renoncé à pique, je suivais la
partie dans la glace. »

— Vous auriez pu le dire plus tôt, répondit le malheureux jeune homme en rendant le dernier soupir.

Salmondi s'éloigna le sourire sur les lèvres, son épée
ensanglantée à la main et gagna la campagne. Les témoins
eux-mêmes n'osèrent ni le suivre, ni lui faire une observation.
Ils emportèrent le cadavre.

Salmondi marchait au hasard, ricanant par moments et
frappant de la pointe de son fleuret les cailloux du chemin.
Son cœur ulcéré, débordant du dégoût de la vie, ne pouvait
pleurer ; les larmes sont encore un gage d'espérance. Tel que
Caïn après le meurtre de son frère, Salmondi, quoique moins
coupable que le fratricide, n'entrevoyait plus d'espoir ; ses
yeux étaient secs, et un sourire amer et diabolique plissait
ses lèvres.

Le hasard, sa bonne ou sa mauvaise étoile l'amenèrent devant une petite maison de campagne de modeste apparence, quoique propre et bien tenue. En jetant les yeux sur la façade, il vit écrit sur le fronton :

HECTOR DE COUSSILON, VERRIER.

— Tiens, se dit Salmondi, je vais allumer mon cigare chez ce gentilhomme verrier. Il déposa son fleuret le long d'une haie et entra dans la maison.

Hector de Coussilon était un homme d'environ cinquante ans, que de malheureuses affaires avaient chassé de France, il y avait une vingtaine d'années, et depuis cette époque il vivait paisiblement en confectionnant des bouteilles pour la consommation des habitants de Fort-Royal et même de Saint-Pierre, car ses produits avaient une bonne réputation, et il expédiait au loin.

Monsieur de Coussilon avait eu une jeunesse fort orageuse, mais depuis longtemps le feu de ses passions s'était endormi sous l'amas de cendres dont il l'avait recouvert.

Il était grand, gros, coloré, sa tête énorme semblait posée directement sur ses épaules tellement son cou était court, et cette difformité de la nature contrastait bizarrement avec son nom de Coussilon.

Cependant le gentilhomme verrier offrit du feu à l'officier de vaisseau et l'engagea à s'asseoir. Celui-ci n'était pas d'humeur paisible, le repos ne pouvait lui être qu'antipathique, il le remercia ; mais avant de sortir, observant la difformité de son hôte, une pensée burlesque lui traversa l'esprit ; quand on n'a plus rien à perdre, on peut se passer ses fantaisies.

— Monsieur, lui dit tout à coup Salmondi, vous vendez des bouteilles ?

— Oui, Monsieur.

— Je serais bien aise que vous m'en fissiez voir quelques

échantillons, j'en prendrais volontiers un millier pour la frégate la *Clio*.

— Avec plaisir, Monsieur.

Monsieur de Coussilon sortit aussitôt et rapporta quelques bouteilles de diverses grandeurs.

Salmondi examina avec soin les bouteilles, puis, secouant la tête :

— Monsieur, lui dit-il, celles-ci feraient bien mon affaire. mais je n'aime pas les cous si longs.

— Qu'à cela ne tienne, Monsieur, répartit le verrier, j'en ai qui ont le cou plus court. Tenez, en voici qui, sans doute, vous conviendront.

— Oui, celles-ci me conviendraient mieux si je pouvais aimer les cous si longs.

Mais, Monsieur, on n'a jamais fait de bouteilles avec des goulots plus courts que ceux-ci.

— Je n'en disconviens pas, mais je vous dis que je n'aime pas les cous si longs.

— Ah ça! Monsieur, lui dit Coussilon, qui commençait à s'impatienter, mais ne comprenait pas dans quel but un inconnu venait se moquer de lui sans raison, ah ça! voulez-vous acheter oui ou non des bouteilles?

— Certainement, je suis venu pour cela, mais je vous répète que je n'aime pas les cous si longs.

— Monsieur, sortez d'ici, vous êtes un polisson.

— Et vous un drôle.

— Un écervelé.

— Et vous un sot.

Le verrier poussa le jeune homme vers la porte; mais celui-ci s'assit en face de la maison et se mit à épeler tout haut le nom de Coussilon, c o u s cous, si si, coussi, l o n lon, Cous... si... lon... Et cela indéfiniment.

Le gentilhomme exaspéré sortit à la fin avec un fleuret dans chaque main.

— Monsieur, dit-il à Salmondi, vous paraissez appartenir à l'armée de mer ; si vous ne voulez renier cet illustre corps, vous allez à l'instant me rendre raison de vos impertinences.

— Oh ! très-volontiers, dit Salmondi, tenez, ici derrière cette haie, sans témoins, ça me va comme un gant. Vous allez me faire aimer les Coussilon.

— Trève de plaisanterie, Monsieur ; en garde.

— J'y suis, marchez.

— Otez votre cigare, Monsieur, les chances ne sont pas égales.

— Allongez le cou, Monsieur de Coussilon.

— Tant pis pour vous ; que votre sang retombe sur votre tête.

Salmondi, fatigué de tant d'émotions diverses, n'était pas de force à lutter contre un adversaire frais, robuste et irrité, sa botte secrète, qui n'avait de chances de succès que par l'effet d'une extrême promptitude, lui fut inutile ; il manqua son coup et sentit le froid du fleuret de son adversaire traverser sa poitrine, tandis qu'un voile sombre s'appesantissait sur ses yeux.

— Ah ! enfin, dit-il en tombant ; et comme M. de Coussilon, pâle et effrayé, cherchait à arrêter le sang : — Laissez, lui dit-il, et ne craignez rien, mettez seulement à côté de moi ce fleuret ensanglanté qui est là contre la haie, là, celui-là, c'est cela, et dites que je me suis donné la mort, tout le monde vous croira, car en vérité, c'est vraiment la vérité, et il expira.

Et voilà comment deux gentils officiers de la marine française perdirent malheureusement la vie à propos d'un œuf à la coque.

POÉSIES DÉTACHÉES

L'AGNEAU ET LA MÉDAILLE BÉNITE

FABLE

Une bonne petite mère
Brebis de son état, adorait son enfant,
Un tout petit agneau tout blanc,
Tout poudré, tout frisé, dont la grâce légère
Captivait l'admiration
De tous les moutons du canton.

« Mon fils, lui dit un jour cette excellente mère,
« De l'autre côté du torrent,
« Qui gronde toujours en colère,
« Vient d'expirer ta mère grand.

« Je suis convoquée au partage
« De son très-modeste héritage ;
« Je t'en rapporterai ta part ;
« Pendant ce temps-là sois bien sage,
« Je serai de retour vers la brume, au plus tard. »
Puis elle mit une médaille
Autour du cou de son agneau.
— « Maman, ne veux-tu pas que j'aille
« Avec toi ? Je sais passer l'eau.
— « Non, mon fils, c'est trop loin.—Pourquoi mettre un joujou
« En pendant autour de mon cou ?
— « Mon ami, c'est une amulette
« Bénite par un saint pasteur,
« Ne t'en fais pas une amusette
« Ça pourrait te porter malheur. »
— « Mais pourquoi faire alors ? — Pour qu'elle te conserve
« A ta maman, et te préserve
« De tout malheureux accident. »
— « Et des loups ? Aussi, mon enfant. »
Dame brebis se mit en route,
Et le jeune agneau bondissant
De se dire au bout d'un moment :
« Il ne faut plus que je redoute
Les loups ni les mauvaises gens.
« Grâce à ma médaille bénite
Je puis bien franchir la limite
Des pâturages d'alentour
Pour y gambader tout autour. »
Il poussa même la licence
Jusqu'à s'approcher du grand bois,
Quand messire le loup, guettant en tapinois,
Le punit de son imprudence,
Le terrassant et le mangeant des yeux d'avance.
Mais deux grands chiens courants, en quête de gibier,

Sortant du bois à l'improviste,
Du malfaiteur prirent la piste,
Le forçant à lâcher pour courir au hallier,
Le gentil petit héritier
De sa mère'grand décédée.

La brebis sur le soir fut vraiment désolée.
« Pauvre innocent,
Dit-elle à son fils en pleurant,
C'est moi seule qui suis coupable,
J'ai cru te rendre invulnérable,
Mais à présent, je le vois bien,
Une médaille au cou ne doit servir à rien
Si l'on n'observe la prudence,
Même ayant dit en confiance
La prière écrite en dessous :
« Mon Dieu, préservez-nous des loups. »

Elle eut raison; car Dieu n'entend pas la prière
De beaucoup de gens ici-bas,
Qui trouvent fort aisé d'en faire leur notaire
Pour se garer de tout tracas.

7 mai 1854.

J'aime à reporter ma pensée
Vers un coin de terre chéri
Que le bon vouloir d'une fée
Sut exempter de tout souci.
Dans ce pays que je regrette,
Et sous un climat toujours beau,
Je sais un tout petit château,
Une mignonne maisonnette
Qui se dresse fière et coquette
Au sommet d'un riant coteau.

Les arbres, les fleurs, la verdure,
Les clairs ruisseaux, les prés fleuris,
Sont la plus charmante parure
De ce jardin du Paradis.

Dans le bas coule la rivière
Et le moulin de la meunière
Se trouve assis sur son courant
Aussi limpide que constant;
Car dans la saison des beaux jours
La chaleur n'est pas assez forte
Pour dessécher son joyeux cours;
Et quand l'hiver frappe à la porte
Et que tout gèle aux alentours,
Le profond ravin qui l'abrite
Ne permet pas à l'aquilon
D'y souffler sa froide visite
Pour le convertir en glaçon.

Jouissant d'une paix profonde
Les habitants de ce beau lieu
Aux passions de ce bas monde
Ont dit un éternel adieu;
L'amour! Eh qui peut s'en défendre?
Mais aussi l'amour le plus tendre
Qui brûla jamais sous les cieux
Pût seul trouver grâce à leurs yeux.

Cupidon, toujours si despote,
Reniant son tempérament,

Par un prodige que je note
S'y fit docile et patient ;
Exemple aussi beau qu'instructif,
Et qu'il est bon que je rapporte,
Trop souvent l'amour, sans motif,
A l'amitié ferme sa porte.

Je ne veux pas ici décrire
D'un chaste amour les feux brûlants ;
Mais un jour vint, jour de martyre,
Qui sépara les deux amants.
« Je pars, dit-il, à son amie,
« Dieu seul sait quand je reviendrai,
« Il n'est plus d'espoir pour ma vie,
« Car si loin de vous je mourrai.
« Le destin, usant envers moi
« D'une cruauté sans seconde,
« Me condamne à prouver ma foi
« Par un voyage autour du monde.
« Prêt à former ce doux lien !
« Fut-il un sort pareil au mien?
— « Courage, lui répondit-elle,
« Puisqu'on l'ordonne il faut partir ;
« Je jure de ne pas mourir
« De cette épreuve si cruelle. »

— « Mais si le terrible aquilon,
« Soulevant la mer irritée,
« Creusait dans l'humide sillon
« Une tombe prématurée

« Pour ton ami, ton fiancé?
— « L'amour soutenant mon courage,
« J'irai réclamer à la plage
« Les restes de mon bien-aimé ;
« Peut-être dans mon infortune
« Le rapide et puissant Neptune,
« Prenant pitié de mes douleurs,
« Du sein de la plaine liquide
« Sur le bord de l'arène humide
« Porterait l'objet de mes pleurs.
« Evoquant ton ombre ravie,
« Si là, ma voix et mon amour
« Ne la rappellent à la vie,
« Ne peuvent te rendre le jour,
« Reconnaissant tes traits chéris,
« Mes pauvres yeux gonflés de larmes
« Pleureront de mes tristes charmes
« Et l'impuissance et le mépris.
« Je prierai la mort redoutable
« De m'être en ce jour favorable,
« Et pour terminer son malheur,
« D'emporter la pauvre colombe
« Et de la coucher dans la tombe
« Auprès de l'élu de son cœur.
« Mais vous vivrez, oui, je l'espère,
« Partez ! mon esprit vous suivra,
« Et Dieu qui fait tout sur la terre,
« En ces lieux vous ramènera. »
Il partit. La sainte Espérance
Les prit tous les deux par la main
Et leur fit de quatre ans d'absence
Concevoir le terme prochain.

Je n'entreprends pas de vous dire
Leur douce ivresse à son retour,
Hélas ! mon impuissante lyre
Ne peut chanter d'un si beau jour
Tout le bonheur et l'allégresse,
Mais je sais que dans sa tendresse,
Quand l'hymen combla tous leurs vœux,
Dieu les bénit du haut des cieux.

FRAGMENT

Pour des actions étonnantes,
Elevé par les soins des dieux,
Il fut de leurs mains prévoyantes
Doté d'attributs précieux :
Comme une immortelle déesse
Il tient d'une main la sagesse,
De l'autre la foudre et le fer ;
Son portrait que Clio conserve
Est aussi celui de Minerve
Sortant du front de Jupiter.

La majesté de son visage,
Rayonnant au feu des combats,
Jette un reflet de son image
A la face de ses soldats :
Ses revers, étonnant prodige,
Ajoutent un nouveau prestige
A son immense piédestal
Près duquel, la main désarmée,
Le soldat de la grande armée
Garde un aspect monumental.

Le Soleil au splendide orbite
Quittant le soir nos régions,
Va verser au sein d'Amphitrite
L'or et l'éclat de ses rayons :
Ainsi l'auréole de gloire,
Dont le génie et la victoire
Ceignirent son auguste front,
Brillant météore éphémère,
Illumina notre hémisphère
Et disparut à l'horizon.

Longtemps on garda l'espérance
De voir avec l'aube du jour
Se lever sur le sol de France
Un astre à jamais sans retour.
Triste erreur, espérance vaine,
Neptune, lavant dans sa haine
La honte des peuples vaincus,
De son trident creusa la fosse
Qui se ferma sur le colosse ;
Et le héros ne revint plus !...

Mais son nom, sa noble influence,
Les charmes de son souvenir,
Sont un talisman pour la France,
Un bouclier pour l'avenir :
Bientôt l'on verra sur la scène
Le sceptre du grand capitaine
Sortant radieux du tombeau
Se placer dans la main sacrée
Que les destins tenaient cachée
Dans un des plis de son drapeau.

Islande, 27 juin 1854.

J'ai relevé le gouffre où les grands de la terre
    Sombrent chargés par leur orgueil,
Et j'ai dit en partant à ma barque légère :
    Cinglez bien au vent de l'écueil.

Heureuse d'obéir à la voix qui la guide,
    Elle a bordé ses fins tissus,
Voiles que les amours ont pris sous leur égide ;
    Et les zéphirs soufflent dessus.

Charmant et doux esquif, ton modeste équipage
　　Est composé d'un couple aimant,
Leur voile est confiante, et ton humble sillage
　　Les ramène au port sûrement.

L'innocence est ton fret, tu ne veux en échange
　　D'un bien justement honoré
Que la douce faveur de jouir sans mélange
　　D'un bonheur toujours ignoré.

Léger d'ambition, ton essence, ta vie,
　　C'est l'amour, l'amour le plus pur :
Tu périrais bientôt si la haine ou l'envie
　　De ton beau ciel troublait l'azur.

Tes pavois, tes agrès n'ont pas la forme aride
　　Du trafiquant, du chercheur d'or,
Pauvres serfs enchaînés par l'intérêt cupide
　　Trouvant le dégoût pour trésor.

Ton pont est recouvert de mousse et de verdure,
　　Tapis de la simplicité,
Sur lequel la vertu peut tomber sans blessure,
　　Se relever dans sa beauté.

Tu vogues respecté des vents et des orages,
　　Et pour toi les flots sont constants ;
Neptune, en ta faveur, de ses coursiers sauvages
　　Réprime les fougueux élans.

Cependant les moments d'un destin si paisible
        Sont aussi courts qu'ils sont sacrés ;
Puissions-nous réunis passer le jour pénible
        Qui change la rose en cyprès.

Mon Dieu! la mort à deux n'est pas une souffrance,
        Jamais nos cœurs n'en ont frémi,
Car ensemble la mort, c'est pour nous, ma Clémence,
        Le bonheur qui s'est endormi.

LA SOURIS ET LE RAT SÉDUCTEUR

FABLE

Une jeunesse de souris,
Pure et chaste comme un beau lys,
Fuyait la poursuite amoureuse
D'un rat à l'âme vicieuse,
Un très-mauvais sujet de rat,
Un diable à quatre, un scélérat.

Près de devenir la victime
De son ardeur illégitime,
La pauvrette sentant les forces lui manquer,
(Car elle était bien épuisée
Par cette poursuite acharnée),
Ne savait plus où se fourrer.

« Indiquez-moi, grands dieux ! une fente secrète,
    Quelque trou noir, une retraite
    Que ce rat ne connaisse pas,
    Pour mettre à l'abri mes appas. »

    Lors elle entrevit la portière
    D'une perfide souricière,
Naguère le sujet d'une juste terreur ;
Mais sacrifiant tout au soin de son honneur
    La pauvre enfant s'y réfugie,
    Ne sauvegardant sa pudeur
    Qu'aux dépens, hélas ! de sa vie.
    Qui fut attrapé ? c'est le rat.

    Remise un peu de son effroi,
    La petite souris pleura.
    Ce n'était pas sujet de rire
    Que d'être seulette à se dire :
    Pas plus tard que demain matin,
    Grâce à ce vilain libertin,
    Je périrai vierge et martyre.
    Adieu les jeux ! adieu les ris !
    Encor, s'il existait un petit paradis
    Pour récompenser les souris !...

    N'aurait-on pas mauvaise grâce
    D'approfondir en ce moment
Si la chaste souris, dans cette rude impasse,
Ne se repentit pas de son beau mouvement.

N'était-ce pas assez qu'elle ait, pour rester pure,
 Bravé la mort et la torture,
Et serait-il prudent d'en demander si long
  A plus d'un aimable tendron
  Issu d'une bonne maison?

Le lendemain matin, visitant la ratière,
  Un joyeux enfant rose et blanc,
  Dans le plus grand ravissement,
 S'empara de la prisonnière.
  Allons, dit-il, arrive vite,
  Mina, ma chatte favorite.
  Tiens, tiens, attrape la souris,
  Mais si tu la perds c'est tant pis.

L'enfant ouvrit la porte à la triste recluse.
  Mais minette avait déjeuné
  De mou de veau, de lait sucré.
 C'est, je crois, la meilleure excuse
  De sa paresse. Le fait est
  Que, dressant à peine l'oreille,
Elle laissa partir, sans aucun intérêt,
  La plus étonnante merveille
   De chasteté
  Dont le monde ait jamais parlé.

L'histoire nous dit bien que la chaste Lucrèce
  S'est poignardée après la pièce.
  Après la pièce en vérité,
  C'était toujours ça de gagné.

La morale de cette fable
Est que la mort est préférable
        Au déshonneur ;
Mais aussi que la Providence
Vient au secours de l'innocence
        Dans le malheur.

LE LION DÉCRÉTANT LA RÉPUBLIQUE

FABLE

Le lion maître des forêts
Fit assembler tous ses sujets :
Mes amis, leur dit-il, depuis que je gouverne
J'ai vu tout trembler devant moi ;
Quoique fort juste sur ma foi,
Mon régime était peu paterne.
Je veux que vous cessiez de trembler désormais.
Et pour finir mes jours en paix,
J'abdique un pouvoir tyrannique
Et vous mets tous en république.

O le plus honnête des rois !
Jamais pareille chose encor ne s'était vue !

15

Aussi d'une commune voix,
A cette nouvelle imprévue,
Convint-on de crier pour la dernière fois :
Vive le roi ! le roi des rois !

Le premier moment fut superbe :
L'on put voir de sensibles veaux
De leur palais s'arracher l'herbe
Pour en saturer des agneaux.
Tout se réglait à l'amiable,
On mangeait à la même table,
Et l'ex-roi des forêts, l'auteur de tout ce bien,
Prit le titre pompeux de premier citoyen.
Tout le monde était dans l'ivresse,
On devait le bénir sans cesse,
Et l'on s'embrassait de bon cœur
En se disant : Ah ! quel bonheur !

Mais on ne tarda pas à changer de langage ;
Les griffes de l'ancien tyran
Faisant trembler le voisinage,
On le pria fort poliment
De les rogner, car, lui dit-on,
Toute puissance en fonction
Qui donne sa démission,
Pour ne pas être soupçonnée
De nourrir d'arrière-pensée,
Doit renvoyer la force armée,

Ce qu'il fit incontinent,
Et sans la moindre réplique,
C'était pour la République
Un sacrifice important.

Quand un désarmement commence
On n'est pas quitte pour si peu.
Dans ce cas, le juste milieu
Prend la bascule pour balance,
Ce qui, sans plus ample examen,
Est suffisant pour qu'on comprenne
Comment le premier citoyen
Fut amené sans grande peine,
Après un petit bout de temps,
A n'avoir plus griffes, ni dents.

Alors ses sujets se souvinrent
D'avoir été tyrannisés,
Et dans un conseil qu'ils tinrent,
Il fut à l'unanimité,
Pour un grand nombre de forfaits,
   Condamné.

Ah! quel indigne martyre
Tous ces animaux en délire
Firent subir à leur vieux roi.
Le lion était sans défense,
On le mordit, on le griffa,
Le plus menu lui fit offense
Et le plus gros l'égratigna,
Finalement on le chassa
   De l'Etat.

Mais le tigre accourut alors,
Soutenu par les siens; altéré de puissance,
Rien ne put contenir la superbe arrogance
De cet animal sans remords,

Qui disait s'appeler lui-même République
    Et défendait toute critique
    Sous peine de la pendaison ;
    Et c'est avec plus de raison
    Que nos bêtes déconcertées
Se plaignirent alors d'être tyrannisées.

    O vous ! moutons, poulets et veaux,
    Citoyens à pauvres cerveaux,
    Puisque vous devez reconnaître
    Plutôt cinquante qu'un seul maître,
Gardez le plus puissant, c'est toujours le meilleur
    Pour vous préserver du malheur ;
    Je ne dis pas, notez la différence,
    Pour vous procurer le bonheur,
    Ce serait une impertinence
    Propre à vous induire en erreur.
    Le bonheur n'est pas de ce monde,
Il n'habite ni l'air, ni la terre, ni l'onde ;
    Mais s'il fréquentait quelques lieux
    Ce serait loin des cerveaux creux.

    Peuple de fous, si peuple libre,
Qui de la liberté n'adorez que le nom,
Apprenez que rogner les griffes du lion
    C'est allonger celles du tigre.

L'ÉCHELLE DE MAITRE PIERRE

FABLE

Maitre Pierre, un beau jour, maçon de son état,
Appliquait sur les flancs d'une vieille tourelle,
  Pour en réparer le dégât,
Les montants élancés d'une solide échelle.
  Muni d'un précieux moëllon,
Il allait enjamber le premier échelon,
L'échelon le plus bas, le dernier pour bien dire,
  Du reste c'est comme on voudra;
  Quand l'étonnement l'arrêta.
Cet échelon parlait, et disait : « Ah ! messire,
  « Ayez pitié d'un malheureux.
 « Qu'ai-je fait pour subir un sort si rigoureux?
   « Pendant que mes heureux confrères,
   « Que le hasard a mis en haut,
   « Ont au soleil le dos bien chaud,
   « Sans se douter de mes misères,

« Je suis crotté comme un vieux porc :
« Sans cesse recouvert d'une boue éternelle,
　　« Quiconque monte à cette échelle,
　　« Doit d'abord passer sur mon corps. »
　　— « Ami, répliqua le maçon,
　　« Votre plainte me paraît juste,
« Je veux y faire droit. » Lors d'une main robuste,
　　L'enlevant sans plus de façon,
Il le met à l'écart. Quelle fut sa surprise !
　　Quand l'avant-dernier échelon,
Devenu le dernier, lui dit : — « Belle sottise !
« En vérité ! N'est-ce pas digne d'un maçon,
　　« D'avoir pitié d'un malheureux,
　　« Pour en faire un autre à sa place;
　　« C'est scandaleux, c'est monstrueux. »
— « Allons, dit l'artisan, troublé par tant d'audace,
　　« Faisons-le taire, s'il se peut,
　　« En lui donnant ce qu'il désire. »
Quand le troisième s'écria : — « De mieux en mieux. »
Mais ici, le maçon interrompit son dire,
　　Fort mécontent : — « Holà ! tout beau,
　　« Que chacun reprenne son poste
　　« Et sans conteste ni riposte;
« Je vois bien qu'il faudrait, sur le même niveau
　　« Vous placer tous, et la querelle
　　« Se terminerait aussitôt.
　　« Mais autant dire plus d'échelle,
　　« Et maître Pierre pas si sot. »

CHUT!... MON FILS DORT

Jeune mère,
Toi naguère
Insoucieuse et folle enfant,
Te voilà grave et sévère,
Serrant contre ton sein blanc
Ton innocent.

Quelle ivresse
De tendresse
A transformé ton doux regard
En courroux de la tigresse,
Jalousie à l'œil hagard
Du léopard?

Je vois ; il pleure.
Voici l'heure,
Où tu vas implorer les cieux,
Où tu quittes ta demeure
Et te rends dans les saints lieux
Offrir tes vœux.

Je t'en prie,
Ma chérie,
Si tu négliges ce devoir,
Il fait beau dans la prairie !
Allons tous deux nous asseoir
Jusqu'à ce soir.

A la place
Qu'avec grâce
Tu foulas de tes pieds légers,
D'où tu suivais dans l'espace
Le vol hardi des ramiers
Aux cous moirés.

La charmille
Si gentille
Où tu m'as juré d'être à moi :
Confiante jeune fille,
Viens-y retremper ta foi.
Ah ! viens, suis-moi.

Ton cœur tremble
Lorsqu'ensemble,
Nous visitons ce lieu chéri.
L'amour qui nous y rassemble
N'y réserva pas d'abri
Contre un mari.

Ton oreille
Qui sommeille
N'entend plus la voix d'un amant ;
Mon désespoir me conseille
De fuir cet affreux tourment
D'un cœur constant.

Es-tu folle ?
La parole
Est-elle morte en ton palais ?
Dis un mot qui me console,
Et rende à mes sens charmés
Leur douce paix.

La ceinture
Qui t'assure
La palme due à ta beauté
Est là, viens ; et ta parure
Qui met la rivalité
Dans la cité.

Ce silence
Là m'offense.
Je suis saisi d'un vague effroi.
Femme je perds patience.
Ami ! calme ton émoi ;
Son enfant boit.

Chère Hélène,
C'est à peine
Si de ton sein le souffle sort ;
Quel étrange phénomène.
Réponds... grands dieux ! quoi !... la mort ?
Chut !... mon fils dort !

ODE

Mars inconstant, dieu de la guerre,
Dieu des vaincus, dieu des vainqueurs,
Fais rentrer tes foudres sous terre,
Suspends un instant tes fureurs !
Souffle ta torche, ô toi, Bellonne !
Bas le feu ! que l'airain qui tonne
Ait vomi ses derniers boulets !
Le destin veut parler au monde,
Et sa voix, de l'urne profonde,
Va faire éclater les secrets.

Le destin dit : Guerriers terribles,
Braves Anglais, valeureux Francs,
Unissez vos bras invincibles
Aux bras des soldats musulmans :
Jouets d'étranges destinées,
Vos incomparables armées
Triompheront : mais c'est en vain
Que les Turcs puisent l'espérance
Dans leur droit et votre vaillance ;
Leur nom disparaîtra demain.

Tel qu'un flambeau qui se consume
Lance en mourant ses derniers jets,
Sous un souffle qui le rallume
Et qui doit l'éteindre à jamais,
L'Ottoman que le danger presse,
Secouant sa longue paresse,
Se réveille et vole aux combats :
Son pied foule léger la terre,
Son front s'empourpre de colère
Et sa main sème le trépas.

Mais ce n'est que l'éclair qui passe ;
Ah ! pour conjurer l'ouragan,
Le tourbillon qui les menace
N'ont-ils plus foi dans le Coran ?
Symptômes de leur décadence,
Quoi ! les fils de l'intolérance
Désertent leurs vieux étendards !
Quoi ! les dogmes du fatalisme
Et les fureurs du fanatisme
Ne protègent plus leurs remparts !

C'en est fait, la Porte chancelle,
Et sur le front de Mahomet
Se ternit l'ardente étincelle
Qui brilla d'un si beau reflet;
Illustre croissant du Prophète
Tu vas sombrer sous la tempête
Malgré de généreux efforts.
Déjà sur les cartes d'Europe,
O trop lents vengeurs de Sinope,
Je vous vois au nombre des morts.

Mais toi, peuple à demi sauvage,
Relève hardiment ce front
Qui s'est courbé sous l'esclavage,
La faim, la misère et l'affront,
Ta longue et dure servitude
A touché ma sollicitude:
J'ai voulu qu'à coups de canon
On perçât partout tes frontières
Pour laisser passer les lumières
De la civilisation.

O jours de sang! jours de carnage!
Malgré moi le livre inspiré
Tend à se fermer sur la page
Dont le voile enfin déchiré
Montre les ruines fumantes
Des cités les plus florissantes
Où le Russe, au cœur exalté,
Se défend et meurt impassible,
Que l'accouchement est pénible
Pour enfanter la liberté!...

Quant à vous amants de la gloire,
Agitateurs de l'univers,
Entonnez vos chants de victoire
Ou pleurez de récents revers,
Vous ne remplirez vos journées
Qu'en déroulant vos destinées;
Qu'importe quel concert humain,
Triste ou gai me frappe l'oreille,
Pour moi les vaincus de la veille
Sont les vainqueurs du lendemain.

Le destin dit : Soudain Bellonne
Attelle les coursiers de Mars
Que son fouet sanglant aiguillonne :
L'œil en feu, les cheveux épars,
Digne sœur du Dieu des batailles,
Ses noces sont des funérailles;
Elle y vole, et la torche en main,
Rallumant les feux de la guerre,
Fait de nouveau trembler la terre
Aux coups répétés de l'airain.

FIN.

LILLE. — IMP. VANACKERE

LILLE. — IMP. VANACKERE.

www.ingramcontent.com/pod-product-compliance
Lightning Source LLC
Chambersburg PA
CBHW070321030726
47505CB00004B/1047